TATJANA WEICHEL

BIS DANN,

ich lieb dich

WRITER'S
NOTES

1. Auflage, 10/21
WRITER'S NOTES 1: Bis dann, ich lieb dich von Tatjana Weichel
ISBN: 978-3-96966-845-0

Tatjana Weichel, Quellenstr. 49, 53913 Swisttal
hallo@tatjanaweichel.de

Lektorat: Susanne Ertl
Korrektorat: Kristin Schöllkopf
Umschlaggestaltung: Constanze Kramer, www.coverboutique.de
Bildnachweise: ©olindana, jessicahyde – stock.adobe.com, ©Gile68 - depositphotos.com, ©Kindlena - shutterstock.com, ©BiZkettE1 - freepik.com,
rawpixel.com
Buchsatz: Kim Leopold, www.ungecovert.de
Druck: booksfactory.de, Print Group SP. z. o.o., Szczecin, Polen
Vertrieb: Nova MD, Traunstein, Deutschland

Bibliografische Information der Deutschen Nationalbibliothek:
Die Deutsche Nationalbibliothek verzeichnet diese Publikation in der
Deutschen Nationalbibliografie; detaillierte bibliografische Daten sind im
Internet über
www.dnb.de abrufbar.

Gedruckt auf 100 % Recyclingpapier.

Trau dich einfach mal was.

Lara

Du bist genau der heiße Typ, den ich jetzt brauche.«
Lara tastete nach ihrem Handy auf dem Nachttisch. Sie musste dringend ihre Gedanken notieren.

»Hrrrm. Das höre ich gern, es ist viel zu lange her«, raunte Ben und schob sich näher an sie.

Lara zuckte zusammen. »Wieso schläfst du nicht?«

»Du hast mich geweckt. Nicht schlimm … ich freu mich.« Er legte seine Hand auf ihren Bauch und streichelte sich langsam tiefer. Sein warmer Atem traf ihren Hals, im nächsten Moment spürte sie, wie er kitzelnd über diese Stelle leckte.

Verdammt. Da hatte er aber gründlich was missverstanden.

»Schatz, bitte … ich wollte nur was aufschreiben.« Sie hielt seine Hand fest, bevor sie in Regionen tauchen konnte, die gerade nicht dafür empfänglich waren.

Er hielt inne. Mit allem. »Etwas … aufschreiben?«

Lara rückte von ihm ab, wollte ihren Gedanken nicht verlieren. So lange hatte sie darüber nachgedacht, Bilder recherchiert, in der Stadt Menschen beobachtet.

Sie griff nach ihrem Telefon. »Nur kurz, für meine Geschichte.«

Ben ließ sich zurück auf seine Bettseite fallen. »Das ist jetzt nicht dein Ernst.«

Lara ignorierte ihn und hielt sich das Handy vor ihr Gesicht, Face ID, eine praktische Sache. Sie rief die Notizen-App auf und schrieb ein paar schnelle Stichpunkte hinein. Dann legte sie das Telefon wieder zur Seite. »Schon fertig. Ich wollte dich nicht wecken. Aber ich hatte da einen Gedanken und ...«

»Mit dem heißen Typen war also nicht ich gemeint«, stellte er fest.

Lara fühlte verlegen die Hitze an ihrem Hals hochsteigen, genau da, wo Ben sie eben noch liebkost hatte. Doch ihr Körper sprang nicht an, viel zu müde war sie, viel zu sehr in Gedanken ganz woanders. Sie drehte den Kopf zu ihm. »Es war nur was für meine Geschichte. Lass uns schlafen.«

Aber Ben dachte nicht daran. Er machte das Licht auf seinem Nachttisch an, setzte sich auf und sah ihr in die Augen. »Dir ist eben ein Mann eingefallen. Mitten in der Nacht. An wen hast du gedacht, Lara?«

Mitten in der Nacht? Lara stieß die Luft aus. Sie waren eben erst ins Bett gegangen, es war noch nicht einmal Mitternacht. Sie zog die Bettdecke höher und kuschelte sich darin ein. Es war sinnlos, mit Ben darüber zu reden, was da passierte in ihrem Kopf, sie verstand es ja selbst nicht einmal richtig. Die Ideen kamen zu den unmöglichsten und seltsamsten Zeitpunkten. Was ja nun wieder einmal bewiesen wäre.

»Ich hatte nur ein Bild im Kopf«, versuchte sie zu erklären, »einen Mann, der zu meiner Protagonistin passen würde. Es ist niemand, den ich kenne, er ist nur ein abstraktes Bild, aber bisher passte das alles nicht, und nun-«

»Wie sieht er aus?«, unterbrach er sie erneut.

Lara runzelte die Stirn. Für wirkliches Interesse war seine Stimme einen Hauch zu scharf und sein Unterton ein wenig zu zickig. »Bist du eifersüchtig? Du spinnst doch.«

»Wie sieht er aus, Lara?« Seine Stimme wurde gefährlich leise. Sie kannte diesen Tonfall, sie hatte den noch nie an ihrem Mann gemocht.

Für einen Wimpernschlag schloss sie die Augen. »Groß, um die vierzig, dunkle Haare, blaue Augen, grauer Haaransatz, Bart.« Sie blickte wieder hoch zu Ben. Er war einunddreißig, dunkelblond, mit braunen Augen und meistens glattrasiert.

Und bevor sie wegschauen konnte, hatte er ihre Gedanken gelesen: Er war nicht das Vorbild für ihre Geschichte, nicht der Mann, den sie sich nachts vorstellte. Und sei es nur für eine Geschichte.

Er verzog kurz das Gesicht, dann drehte er sich um und machte das Licht aus.

Lara biss sich auf die Unterlippe. Sacht legte sie die Hand an seinen Rücken. »Ben …«

»Lass uns schlafen.«

»So war das nicht gemeint.«

Er antwortete nicht mehr, und Lara, die ihren Mann ihr ganzes Leben lang kannte, wusste, dass sie jetzt nichts mehr aus ihm herausbringen würde. Ben konnte sehr gut schweigen.

»Wir haben gewonnen, Lara. Gewonnen! Das ist so krass. Niemeyer war völlig von den Socken.« Ben setzte sich an den Esstisch, zog den Stuhl heran und schöpfte ihnen beiden vom Essen auf. »Schatz, das könnte eine Gehaltserhöhung bedeuten, das ist ein riesiger Auftrag. Und es ist meine Bewerbung!«

Er sprudelte förmlich vor Begeisterung, seit er von der Arbeit gekommen war, das Schweigen schien vergessen, und so ein bisschen steckte sie das an. Lara lächelte, während sie Wasser in ihre Gläser goss und Ben aufmerksam zuhörte.

»Das klingt echt gut. Herzlichen Glückwunsch! Und wie geht es nun weiter?« Lara wusste, wie wichtig Ben sein Job war. Nach dem Konkurs hatte sie gedacht, er würde nie wieder auf die Füße kommen, doch diese neue Firma hatte ihn gerettet – und ihre Ehe vermutlich auch.

»Niemeyer hat uns für Freitag ins *Blue* eingeladen. Ihm ist nach feiern, sagte er.«

»Freitag? Diesen Freitag?« Lara ließ ihr Besteck sinken und sah ihren Mann an. Seine Haare waren akkurat nach hinten frisiert, die Krawatte gelockert. Auf dem grauen Hemd prangte ein roter Spritzer.

»Genau, das wird cool. Er will mit uns besprechen, wie die weitere Planung aussieht und wer was machen darf.« Ben strahlte sie an.

Doch Lara war nicht zum Strahlen zumute.

»Am Freitag ist meine Feier. Ich … du hast es vergessen?« Ihre Stimme zitterte gefährlich. Verdammt, das konnte er doch nicht ernst meinen. Lara fühlte die Wut hochsteigen, doch zuerst kamen wie immer diese verräterischen Tränen.

Ben wurde blass. »Ach, Mist.« Er legte seine Hand auf ihre. »Schatz, es tut mir leid, ich mach's wieder gut, ja?«

Lara schluckte all die aufkommenden Gefühle runter und konzentrierte sich zwei, drei tiefe Atemzüge lang. Dann blickte sie ihm in die Augen.

»Wie meinst du das, du machst es wieder gut? Du sagst das doch ab, oder?« Sie entzog ihm ihre Hand, richtete sich auf. Er sollte bloß nicht meinen, dass sie einknicken würde. Sie konnte nicht fassen, dass er wirklich die Party zu ihrem 30. Geburtstag vergessen hatte. Wegen seines Jobs. Mal wieder.

Ben kniff die Lippen zusammen. »Du verstehst das nicht. Ich kann das nicht absagen. Wir sind auch explizit mit Frauen eingeladen. Können wir deine Feier nicht auf Samstag verschieben?« Er nahm einen Schluck aus seinem Glas, und nur an seiner betont lässigen Miene sah Lara, dass er angespannt war.

Doch sie würde nicht darauf eingehen. Diesmal nicht. »Wir wollten reinfeiern, und ich kann doch nicht vierzig Leuten sagen: Ach, kommt doch einen Tag später.«

Ben seufzte. »Niemeyer reist extra aus Hamburg dafür an. Ich ... was soll ich denn machen?«

Lara sank in ihrem Stuhl zurück und betrachtete ihn. Er schien das wirklich ernst zu meinen, und sie wusste nicht, wie sie damit nun umgehen sollte.

Ben arbeitete seit wenigen Jahren als Angestellter in einem Architektenbüro und hatte dort rasant Karriere gemacht. Vor einiger Zeit hatte sein Chef Werner Niemeyer ihm den Entwurf für einen Wettbewerb anvertraut, ein großes Projekt an der Nordsee. Das und der Job an sich brachten mit sich, dass Bens Geschäftstermine manchmal so ungünstig und kurzfristig organisiert waren, dass schon das eine oder andere Mal ihr Privatleben darunter gelitten hatte. Der Preis für diesen guten Job, für die Chance, die sich damals aufgetan hatte. Doch jetzt sollte das Opfer ihr Geburtstag sein, und das ging dann doch zu weit.

»Dann musst du ohne mich hingehen, und ich muss ohne dich feiern.« Sie fühlte erneut Tränen aufsteigen, zwang sich jedoch, Bens Blick standzuhalten.

Ben sah sie bittend an, er beugte sich über den Tisch und griff noch einmal nach ihrer Hand. »Dein letztes

Wort? Bitte, Lara, wir könnten doch wenigstens rumfragen, ob die Leute auch am Samstag Zeit haben, es ist immens wichtig für mich, ich ...«

Sie zog ihre Hand erneut weg, enttäuscht, dass er den Termin nicht absagte, es nicht einmal versuchen wollte. »Mein letztes Wort. Du könntest ja auch deinen Chef fragen, ob es wann anders geht.«

Er sah ebenso enttäuscht aus, als er sie für einen Moment schweigend ansah, fast schien es, als wollte er noch etwas erwidern, doch dann rückte er den Stuhl zurück, stand auf und ging aus der Küche. Kurz danach hörte sie die Haustür zufallen.

Lara schob ihren Teller zur Seite, die Tränen schossen ihr nun ungehemmt in die Augen.

Sie konnte nicht mehr zählen, wie oft Ben ihre Pläne durcheinandergebracht hatte mit seinen spontanen, so unfassbar wichtigen Geschäftsterminen. Niemeyer hier, Scholz da. Doch das Wochenende, ihr Geburtstag – dass er den vergessen hatte, zog ihr regelrecht den Boden unter den Füßen weg. Wann war ihm seine Arbeit so viel wichtiger geworden? Wann sie so unwichtig?

Und sie verstand nicht? Verstand er denn noch?

Ben war die Liebe ihres Lebens. Dessen war sie sich so lange so sicher gewesen. Immer hatten sie Seite an Seite gestanden, hatten gekämpft um ein gutes Leben, nächtelang geträumt von der Zeit, in der sie genug Geld haben würden, das Leben zu leben, das sie sich wünschten. Doch das schien lange her. Derzeit kämpften sie auch, aber jeder für sich, und ihre Träume träumten sie wohl auch nicht mehr gemeinsam. Sie redeten ja nicht einmal mehr.

Sie schwiegen, als Ben nach Hause kam.

Sie schwiegen, als sie nacheinander das Bad benutzten, um ins Bett zu gehen.

Sie schwiegen beim Einschlafen, beim Aufwachen, beim Kaffeekochen und beim Aus-dem-Haus-Gehen.

»Wir reden einfach nicht mehr miteinander. Also, nicht nur jetzt, wegen der Party. So generell. Keine Ahnung, wann das aufgehört hat.« Lara stocherte in ihren Pommes herum, schob den Teller zur Seite.

Marleen, beste Freundin seit der Verschwesterung im Kindergarten, schnappte ihn sich sofort und zog ihn zu sich. Fragend blickte sie Lara an, die abwinkte und zusah, wie Marleen die Pommes jeweils erst in ihre Eiscreme tunkte und dann aß.

Sie erschauderte und wandte sich ab. Sie würde sich nie an Marleens Essgewohnheiten gewöhnen.

»Sein Job ist ihm halt wichtig.«

»Ich sollte wichtiger sein, findest du nicht? Ausnahmsweise mal?« Lara musterte ihre Freundin, die frisch vom Friseur kam und sich auf ein spontanes Mittagessen in einem Fast-Food-Restaurant mit ihr getroffen hatte.

»Klar.« Marleen sah sie eindringlich an, und Lara fühlte sich durch den Blick provoziert: *Verlass ihn doch, los, such dir wen anderen.* Sie schüttelte den Gedanken ab. So dachte Marleen bestimmt nicht.

»Feier ich halt ohne ihn. Ich werde es nicht absagen.« Lara war sich nicht sicher, ob das wirklich die richtige Entscheidung war. Sie freute sich auf den Abend. Zumindest hatte sie das, bis jetzt. Aber ohne Ben …

»Du bist ihm wichtig. Das weißt du, oder?« Marleen hielt inne, obwohl sie sich gerade ein Pommes in den Mund stecken wollte. Karamellcreme lief an dem Kartoffelstick herunter.

»Wie kannst du so was essen?« Lara deutete mit dem Kopf auf Marleens Hand.

»Lenk nicht ab.« Marleen biss demonstrativ ab. »Du weißt es, oder? Das mit dem Job. Er tut das für euch. Für dich, euer Haus, eure Kinder. Eure Zukunft.«

Lara schnaubte. »Welches Haus und welche Kinder?« Sie hatten keine, und derzeit versuchten sie es auch nicht einmal mehr. Ein Haus auf dem Land hatten sie auch gewollt. Wünsche hatte es viele gegeben, jetzt gab nur noch die Realität.

»Lara, jetzt ist doch mal gut. Deine Enttäuschung in allen Ehren, aber Selbstmitleid ist echt nicht angebracht. Du wirst dreißig, nicht vierzehn. Du wirst es doch wohl hinbekommen, deinen Geburtstag ohne deinen Kerl zu feiern. Es ist blöd, ja, verstehe ich, aber es ist auch kein Weltuntergang. Ich wünschte, ich hätte noch einen Mann,

15

über den ich mich mal ärgern könnte.« Marleen sah sie ernst an, jedwede Belustigung war aus ihrem Gesicht verschwunden.

Lara schämte sich sofort. Es war nicht richtig, sich Marleen gegenüber über Ben zu beschweren. Marleen hatte ihren Mann viel zu früh verloren und nicht einmal Zeit gehabt, Ärger über ihn zu entwickeln. Vielleicht war es überhaupt nicht richtig, sich zu beschweren. Es ging ja auch nicht wirklich um den Geburtstag, sondern darum, wie egal sie geworden war, ihre Beziehung, ihre Zukunft. Hatten sie eine? Sie seufzte.

»Du hast mich doch letztens gefragt, was ich mir zum Geburtstag wünsche. Also, falls du noch nichts hast: Schenke mir ein Wochenende Zeit mit dir. Nur wir zwei, irgendwo schön ausgehen, Wellness, schwimmen. Das würde mir gefallen.« Sie zog Marleen den Teller wieder weg, um das letzte Pommes selbst zu essen.

Die Worte ihrer Freundin begleiteten sie den ganzen Nachmittag über. Sie sorgten dafür, dass Lara sich mehrfach dabei ertappte, wie sie gedankenverloren auf den Monitor starrte, ohne die Arbeit wahrzunehmen, die sie eigentlich erledigen musste. Es war ein ruhiger Nachmittag. Mittlerweile wussten die Kunden, dass Tom Seidler, Geschäftsführer und ihr Chef, dienstags nur vormittags arbeitete. Die Anrufe ließen ab der Mittagspause rapide nach. Für gewöhnlich nutzte Lara diese Zeit, um die Woche zu organisieren. Zu ihren Aufgaben als Office Managerin gehörte es unter anderem, Einladungen zu verschicken, anzunehmen oder abzusagen, die Termine ihres Chefs mit ihren eigenen zu synchronisieren und Restaurants oder Events für diese Meetings zu buchen. Heute war sie zu unkonzentriert dafür, und nachdem sie Tom für einen Abend an zwei verschiedenen Stellen der Stadt zu Verabredungen verplant hatte und eine davon wieder absagen musste, gab sie es auf.

Er tut das für euch. Für dich, euer Haus, eure Kinder. Eure Zukunft. Tja, das mochte ja durchaus sein, dennoch hatten sie nichts davon. Weder Haus noch Kinder. Für beides hatte es noch nicht gereicht. Beim Haus fehlte das Geld, bei den Kindern – wenn man das mal wüsste.

Es war nicht so, als hätten sie es nicht versucht. Das hatten sie. Oft sogar. Reichlich. Geplant und ungeplant. Doch in den ersten Jahren ihrer Ehe war Lara nicht schwanger geworden, in den Jahren danach sorgte sie dafür, dass sie es nicht wurde. Der Konkurs vor einigen Jahren hatte alles an Zukunftsträumen zunichtegemacht. Und nun war es halt so.

All das nagte an ihr. Anfangs nur so ein bisschen, doch dann spürte sie den Druck in Form ihres Kinderwunsches immer mehr, immer deutlicher, immer schmerzhafter. Es war ihr Lebenstraum gewesen, jung Mutter zu werden, mit

Ben und Kindern und Tieren auf dem Land zu leben, die Freiheit im Nacken, Augen und Sinne weit geöffnet. Doch Ben stand ihr im Weg, so sehr sie ihn auch liebte, so klar sie ihn als Vater ihrer Kinder sah, und nur ihn, ohne jeden Zweifel.

Mit dem Konkurs hatten sie verpasst, ihre Träume wieder anzugleichen. Sie waren gestolpert, ach was, nicht nur gestolpert. Ben war böse gestürzt und hatte sie mit in den Abgrund gezogen, denn so war das, wenn man einander ein Versprechen gab. In guten wie in schlechten Zeiten, doch wenn es mehr gute Zeiten gegeben hätte, vielleicht hätte es die schlechten besser aufgefangen. Jetzt blieb die Frage, ob es noch gemeinsame Träume gab. Neben den Sorgen, die eigentlich kaum noch welche waren und mittlerweile Alltag hießen.

Was, wenn sie einfach nicht mehr das Gleiche träumten?

Das Telefon riss Lara aus ihren Überlegungen, sie meldete sich und zuckte zusammen, als sie die Stimme ihres Chefs vernahm. Sogleich setzte sie sich aufrecht hin, die rechte Hand suchte instinktiv nach einem Kugelschreiber, denn Tom rief nicht einfach so an – irgendwas gab es zu tun.

»Lara, sei so gut, und schau mal, ob du für Freitag noch einen Tisch für sechs im Landgasthof reservieren kannst. Ich habe Whitman endlich erreicht und noch einen Termin bekommen.«

»Wow, das ist prima, ich rufe da direkt an. Warte, hast du Freitag gesagt?«

»Hab ich. Spreche ich neuerdings undeutlich? Was ist denn? Ich muss zurück in das Meeting, ich bin offiziell nur auf dem Klo.« Er klang ungeduldig, und Lara biss sich auf die Unterlippe. Sie hasste es, wenn er diesen Ton anschlug, denn Tom war nicht nur ihr Chef, sondern auch ihr bester Freund. Sie hatte ihn mehr als einmal beim Pinkeln gesehen, da sollte er jetzt mal nicht so tun.

»Ich kann Freitag nicht, kann dich Jenny begleiten?« Ihre Stimme klang belegt, sie wusste, dass es nicht an Tom lag, der musste nun wirklich nicht ihren Geburtstag im Kopf haben. Aber direkt nach gestern fiel es ihr schwer, das Thema unbeschwert anzuschneiden. Jenny war seine Freundin, sie ging zwar nie auf seine Veranstaltungen mit, aber vielleicht …

Lara wartete auf Toms Reaktion, während sie ihren gemeinsamen Kalender aufrief. Auf den hatte Tom natürlich auch Zugriff, er bevorzugte es aber trotzdem, sie für Termine anzurufen. An guten Tagen kam sie sich deshalb unglaublich unersetzbar vor.

»Jenny? Nein, sorry. Es geht ihr nicht so gut, ich brauche dich dabei. Außerdem bringt Whitman seine Frau mit, du weißt schon, die Bestsellerautorin. Du hättest guten Gesprächsstoff mit ihr, das würde Whitmans Laune deutlich heben.«

»Tom, du hast am Freitagabend eigentlich keine Zeit. Ich hab … ich feiere doch meinen Geburtstag.« Sie brauchte all ihren Mut, diesen Einwand auszusprechen, deshalb zitterte ihre Stimme deutlich. Sie hörte selbst, wie weinerlich sie klang. Lara presste die Finger der freien Hand auf ihre Augen und hoffte, sie würde jetzt nicht komplett die Fassung verlieren.

Das ging so nicht, sie musste dringend mit Ben sprechen. Es nahm sie viel zu viel mit, dieses Thema. Dabei war es doch bloß so ein blöder runder Geburtstag.

»Scheiße, daran hab ich nicht gedacht. Ich meld mich wieder.«

Irritiert starrte Lara auf das Display. Tom hatte einfach aufgelegt.

Was hatte das denn nun zu bedeuten? Sie legte das Telefon zur Seite und rieb sich über das Gesicht. Warum war sie bei diesem Thema so empfindlich? Niemand wollte ihr was, niemand wollte ihr weh tun, und doch fühlte es sich so an.

Einige Minuten später klingelte das Telefon erneut, wieder war es Tom. »Ich habs verschieben können, direkt am Montag dann. Sag den Club mit den Brüdern ab, das mit Whitman ist wichtiger. Und sorry noch mal.«

Lara konnte nichts dagegen tun, aber diese Worte lösten alle Dämme in ihr.

Ihr bester Freund – ihr Chef – hatte seinen Termin verschoben. Wegen ihres Geburtstages.

»Bist du noch dran? Lara? Heulst du?«

Eine Antwort konnte sie ihm nicht geben, und er verlangte auch keine. Für einen kurzen Moment hörte er ihr beim Weinen zu, während sie krampfhaft versuchte, ihre Fassung wiederzuerlangen.

»Geht … geht schon …«

Tom seufzte. »Ich bin nur noch von heulenden Frauen umgeben. Irgendwas mach ich falsch in meinem Bemühen, ein cooler Typ zu sein.«

Lara zog die Nase hoch. »Wie meinst du das?«

»Erzähl ich dir später. Mach Feierabend, Süße, wir sehen uns morgen früh. Ich bring Brötchen mit, und dann reden wir. Aber mach das für Montag noch klar, und suche bitte was Gutes aus. Ich muss Whitman beeindrucken. Da lassen wir uns nicht lumpen.«

Sie versprach es ihm. Sie würde ihm jetzt alles versprechen – und wenn sie im Landgasthof dafür bezahlen musste, einen Tisch zu bekommen. Sie war verdammt gut in ihrem Job, sie würde Tom einmal mehr beweisen, wie gut. Und sie würde sich ein neues Kleid für diesen Abend kaufen, damit er keinen Grund hatte, auch nur ansatzweise an ihr zu zweifeln. Bester Freund hin und her, er war immer noch ihr Chef.

Und sie würde mit Ben reden. Er war der wichtigste Mensch in ihrem Leben, er musste verstehen, dass seine Gleichgültigkeit sie verletzte, und jetzt, durch Toms Reaktion, hatte sie auch einen Gesprächsanfang.

Sie machte Feierabend und fuhr nach Hause, arbeitete an ihrer neuen Geschichte, aß zu Abend, überredete sich zu Yoga, telefonierte mit Marleen, danach mit ihrer Mutter, und hatte drei Seiten geschrieben, als die Haustür aufging und Ben nach Hause kam – weit nach zweiundzwanzig Uhr.

Lara klappte den Laptop zu. Sie hatte im Wohnzimmer gesessen statt wie sonst in ihrem Büro, um nicht den Eindruck zu vermitteln, sie würde sich abschotten. Das wollte sie ja nicht, sie hätte gerne mit ihm gesprochen. Doch jetzt war es so spät, dass es auch keinen Sinn mehr machte.

»Hi«, begrüßte er sie überrascht, als sie in den Hausflur kam. Er ließ seine graue Sporttasche auf das Sofa fallen und zog Jacke und Schuhe aus, bevor er sie unschlüssig anschaute. »Ich war noch im Studio«, erklärte er.

»Das sehe ich«, antwortete sie und deutete mit dem Kopf auf seine Tasche.

Ben lächelte, doch das Lächeln war verhalten. »Mhm. Ich … ich geh duschen und dann ins Bett. War ein langer Tag.« Er nahm die Tasche und drängte sich an ihr vorbei.

Aus einem Reflex heraus hielt Lara ihn am Arm fest.

Er blieb stehen und wandte ihr sein Gesicht zu. Seine dunklen Augen fixierten sie, er wartete, was sie noch wollte, doch ihr fiel nichts ein. Ihr fehlten die Worte. Sie hatte dem Mann, mit dem sie seit so ewigen Zeiten lebte, nichts zu sagen.

»Okay«, flüsterte sie also nur.

Kurz zogen sich seine Augenbrauen zusammen, bevor er endgültig im Schlafzimmer verschwand.

Ben

Er tat so, als würde er schon schlafen, als Lara einige Minuten nach ihm ins Bett kam. So wie sie vorher keine Worte hatte, hatte er jetzt keine. Dabei gab es sicher genug, was gesagt werden musste.

Ben hätte ihr erzählen können, dass er versucht hatte, den Termin zu verlegen. Doch Frau Bauer, Niemeyers Sekretärin, hatte ihm deutlich zu verstehen gegeben, dass das keine gute Idee sei. Das war ein ärgerliches Dilemma, aber sooft Ben die beiden Termine auch in die Waagschale warf: Das Geschäftsessen wog immer mehr. Lara das zu erzählen wäre allerdings unklug, obwohl sie seine Bemühungen vielleicht sogar geschätzt hätte. Geändert hätte es aber nichts, sie hätte trotzdem von ihm erwartet, an ihrem Geburtstag anwesend zu sein. Also schwieg er, wie so oft. Ihm war bewusst, dass Schweigen mehr Normalität geworden war als reden. Es fehlte ihm, dass seine Frau seine beste Freundin war, allerdings fehlte ihm auch, dass seine Frau seine Geliebte war, und irgendwie gehörte eins zum anderen. In schlechten Momenten fragte er sich, ob sie einen Liebhaber hatte, in noch schlechteren, ob er sich selbst mal was anderes suchen sollte.

Beides war keine Option.

Allerdings hatte er auch keine Idee, wie sie aus dieser Situation herauskommen sollten. Er verstand Lara so oft nicht. Er verstand nicht, wieso ihr mitten in der Nacht ein anderer Mann einfiel, einer, der ja angeblich nur für ihre Geschichte sein sollte. Ihre Geschichte. Er hatte noch nie ein Wort von dem lesen dürfen, was Lara schrieb. Es war ihr alleiniges Hobby.

Wenn ich mal was fertig habe, zeige ich es dir, hatte sie gesagt, wann immer er sie danach gefragt hatte. Irgendwann hatte er nicht mehr gefragt.

So war das schon immer gewesen. Ein Nein war ein Nein, für immer und ewig. Ein Ja hingegen wurde ständig hinterfragt.

Er schlief schlecht in dieser Nacht, viel zu dunkel waberten seine Gedanken. Er hörte Lara atmen, roch ihren Duft, ignorierte seine Erregung. Es sollte gerade nicht sein. Sie waren kein Paar derzeit, sie wohnten nur zusammen.

Weit vor dem ersten Weckerklingeln stand Ben auf. Joggen half noch immer gegen trübe Gedanken.

Leise zog er die Schlafzimmertür hinter sich zu, um Lara nicht zu wecken, und ebenso leise verließ er das Haus, in dem sie lebten. Sofort traf ihn dermaßen kalter

Wind, dass er bereute, sich nicht wärmer angezogen zu haben, doch die Frische des Januarmorgens weckte alle Geister in ihm. Sie rangen miteinander, die Geister, doch am Ende der Runde durch das noch schlafende Viertel waren alle bösen vertrieben, und die guten rieten ihm, einfach mal wieder etwas zu tun, das längst in Vergessenheit geraten war.

Er duschte, danach kochte er Kaffee und bereitete Toast zu. Als Lara in die Küche kam, auch früher als sonst, empfing er sie gut gelaunt und mit einem ehrlichen Lächeln. Er sah die Überraschung in ihrem Gesicht.

»Guten Morgen, Schatz. Ich dachte, wir frühstücken mal wieder zusammen. Hunger?« Er ging auf sie zu, um sie in die Arme zu nehmen, und sie ließ es zu, schmiegte sich für einen kurzen vertrauten Moment an ihn.

»Du hast Frühstück gemacht?«, fragte sie nach, als ob sie nicht glauben konnte, was sie da sah.

So lange war das letzte Mal nun auch nicht her. Oder?

»Hab ich. Kaffee ist fertig, und das Rührei ... woooooooah!« Er hechtete zum Herd, um die Pfanne von der heißen Fläche zu ziehen. »Mist. Es sollte nicht so fest werden, aber hey, immerhin ist nichts angebrannt.«

Lara lachte leise und nahm die Teller mit Aufschnitt und Käse. Gemeinsam setzten sie sich an den Esstisch. Ben hatte sogar einen kleinen Strauß Winterblüher aus dem Garten gepflückt. Das sah Elly, seine Schwiegermutter, zwar gar nicht gerne, denn sie vertrat die Meinung, dass Blumen in die Erde gehörten und nicht in die Vase, aber heute Morgen war ihm das egal gewesen. Er hatte sich fest vorgenommen, seinen Teil dazu beizutragen, dass diese Ehe wieder lief. Da waren geklaute Blumen wohl vertretbar.

Lara legte eine Hand auf seine. »Danke. Das ist wirklich lieb.« Sie lächelte ihn an, dann beugte sie sich zu ihm und küsste ihn auf die Wange. »Was liegt bei dir an heute?«

Zufrieden nahm er sich eine Scheibe Toast und schichtete Schinken und Ei darauf, danach bestrich er eine zweite mit Butter und legte sie als Deckel obendrauf. Er war froh, dass Lara auf seinen Versöhnungsversuch einging. »Ich muss zur Baustelle, danach haben wir Teamsitzung. Heute Abend wollte ich mit Karsten zum Badminton, komm doch mit.«

Karsten, sein bester Freund seit Schulzeiten und er waren lange nicht beim Sport gewesen. Eine Weile hatten Sandra, Karstens Frau, und Lara sie begleitet, doch dann war Sandra schwanger geworden, und die Männer waren nur noch allein gegangen.

»Ne, keine Lust. Ich wollte ein wenig schreiben. Aber ich koche dann was.« Sie warf ihm einen Blick zu, er wich aus. Sollte er das Thema echt auf den Tisch bringen?

Er lehnte sich zurück, während er aß, und musterte seine Frau. Sie hatte die langen, braunen Haare nachlässig hochgebunden, trug eine ihrer unzähligen Yogahosen und – wie er mit einem warmen Gefühl im Bauch bemerkte – seinen eigenen Lieblingshoody.

»Worüber schreibst du?« Vielleicht musste eine harmlose Frage zum Einstieg reichen.

In einer unsicheren Geste strich Lara sich eine Haarsträhne hinter das Ohr. »Oh. Ich … also meistens bloß Liebesgeschichten.« Ihre Wangen röteten sich etwas, und verlegen sah sie ihn an. »Kennenlernen, Zusammenkommen, so was halt.«

»Und wie kommst du darauf?« Er fragte sich, wie das so funktionierte. Seine Fantasie, wenn es um solche Situationen ging, würde sich vermutlich auf sehr direkten, sexuellen Kontakt beschränken, und wenn das bei Lara auch so war, war er nicht sicher, ob er das gut fände. Die Gedanken waren frei, sagte man, und er nahm sich nicht davon aus. Attraktive Frauen fielen ihm auf, und schon manches Mal hatte er den einen oder anderen Gedanken gehabt, doch dabei blieb es dann auch. Er war verheiratet, und seine Ehe nahm er ernst.

Was, wenn Lara das anders sah? Wenn sie mehr erträumte, mehr erhofft hatte? Sie hatten recht früh geheiratet, auch wenn sie sich das gut überlegt hatten. Bereute sie ihre Entscheidung? Vermisste sie etwas in ihrem Leben? Das wäre für ihn eine Katastrophe.

Denn er hatte ihr seins verschrieben.

»Das ist … ich weiß nicht. Ich kann das nicht gut erklären. Ich sehe Situationen oder Menschen und habe eine Geschichte im Kopf.« Sie zuckte mit den Schultern und zog ihre Füße auf den Stuhl, um ihre Arme darauf aufzustützen. Mit beiden Händen umfasste sie ihre Tasse. »Und dann versuche ich sie in einen Plot zu basteln.«

»Plot?«

»Handlungsstrang. Das Grundgerüst der Geschichte. Was passiert, was will ich sagen, worum geht es?«

»Ach so. Und wieso hast du dann immer Liebesgeschichten im Kopf? Was ist mit Fantasy? Zwerge, Elfen, geile Orks?« Ben war ein großer Herr-der-Ringe-Fan, das würde ihm mehr zusagen als bloß Schmöker.

Lara verzog das Gesicht. »Das ist nicht so meins. Der Weltenaufbau fantastischer Geschichten ist zu kompliziert für mich. Da setzt mein Kopf aus. In Ansätzen kann ich das, da kommen sogar Ideen, aber wenn ich mir vorstelle, das auszubauen …« Sie winkte ab. »Es gibt Autoren, die haben fünfzig, sechzig Seiten nur Weltenbau. Das krieg ich nicht hin.«

»Aber bei Liebesgeschichten, wieso fällt dir dazu was ein? Da musst du doch auch eine Welt bauen, um die Leute drum herum.«

Sie zuckte mit den Schultern. »Das ist einfacher. Das ist Alltag, den ich baue, da kann ich mich reindenken.«

Ben verschränkte die Arme vor der Brust. Obwohl es ihn brennend interessierte, wie und womit Lara ihre freie Zeit verbrachte, spürte er Unverständnis in sich. Kurz überlegte er, ob sie schon früher geschrieben hatte.

Er wusste es nicht.

»Wie intensiv machst du das, wenn dir nachts im Bett ein idealer Mann dafür einfällt?« Uh. Das klang einen

Hauch zu sarkastisch, und er sah direkt, wie die Entspannung aus Laras Gesicht wich.

Sie hob das Kinn an. »Ich habe keinen Einfluss darauf, wann die Ideen kommen. Sie sind einfach irgendwann da, also würde ich sagen: Ja, mein Unterbewusstsein arbeitet da ganz schön.«

»Würdest du manchmal gern tauschen? Deren Leben und deins?« Okay. Die Zeit für harmlose Fragen war wohl vorbei. Ben kippte nach vorn, legte die Arme auf den Tisch und sah Lara an. Sie biss auf ihrer Unterlippe herum.

»Ben, ich schreib das nicht, weil ich unglücklich bin, ich schreibe, weil-«

»Bist du denn glücklich?«, unterbrach er sie. Er lächelte sie an, um die Aggressivität in seiner Stimme zu neutralisieren. Er wusste selbst nicht, wieso ihn das Gespräch so anpiekte. Aber irgendwie wollte er jetzt wissen, was Sache war.

Ob er sich der falschen Frau verschrieben hatte.

Lara beantwortete ihm die Frage nicht. Seine Schwiegermutter hatte angeklingelt und sie aus dieser durchaus angespannten Situation befreit, nicht nur Lara, auch ihn. Denn jetzt, so im Nachhinein, war er nicht sicher, ob er ihre Antwort wissen wollte und ertragen konnte.

Was, wenn seine Frau sich ein anderes Leben wünschte, einen anderen Mann? Was, wenn sie nur an ihm festhielt, weil er nun einmal da war und sie dieses Eheversprechen nicht verraten wollte? Was, wenn sie ihn im Grunde dafür hasste, für die Art, wie sie lebten, nie leben wollten und nun mussten – weil er versagt hatte.

»Das ist doch Bullshit«, kommentierte Karsten, als er ihm am Abend von seinen Befürchtungen erzählte. »Der Konkurs ist Jahre her, ihr habt euch doch gut zusammengerauft. Ist noch viel abzuzahlen?«

Ben winkte ab. »Sechzigtausend. Es nervt halt, weißt du. Wir wohnen im Haus meiner Schwiegereltern ja ganz nett, aber ich hätte gern meine eigenen vier Wände. Ich hab keinen Bock, den Garten zu machen, wenn es für andere Leute ist. Selbst wenn die meine Familie sind.« Ben musste aufstoßen, das Bier war viel zu kalt, um es so eilig herunterzuzischen. Sie hatten eine schnelle Runde Badminton gespielt, und Ben hatte Karsten noch auf ein Bier eingeladen. Er musste dringend mit jemandem reden.

»Von der räumlichen Nähe mal ganz abgesehen.« Karsten grinste.

»Von der räumlichen Nähe mal ganz abgesehen«, bestätigte Ben seinen Freund. Sie kannten sich seit ihrer frühesten Schulzeit, Karsten wusste um all seine Fehler, Schwächen und Stärken. Natürlich hatte er den Konkurs damals mitgetragen, in erster Linie emotional. Die finanzielle Hilfe hatte Ben abgelehnt.

»Vielleicht kannst du es umschulden. Ein eigenes Zuhause wäre echt wichtig. Lara will doch auch Kinder haben. Sagt Sandra zumindest.« Karsten grinste kurz, die stille Post funktionierte noch immer hervorragend.

»Nicht solange wir bei Laras Eltern leben. Keinen Bock drauf. Ich will meine Familie für mich haben. Und umschulden, keine Ahnung. Da sind die Zinsen vermutlich ziemlich hoch.« Ben grübelte, vielleicht war die Idee gar nicht so übel.

»Frag doch mal nach. Mehr als Nein sagen können sie nicht, und mach dir mal nicht so nen Kopf wegen Laras Schreibflausen. Solange sie nicht dauernd allein ausgeht und mit Marleen in den Clubs abhängt, kannst du doch zufrieden sein.«

Lara und er waren ewig nicht zusammen ausgegangen. Sie hatte ein paar Mal vorgeschlagen, in einen der neuen Clubs zu gehen, und selten hatten sie es dann auch gemacht. Aber bei den teuren Preisen von Drinks, Eintritt, Taxi, da kam in einer Nacht so viel Geld zusammen fürs reine Vergnügen, das war es ihm nicht wert. Nun ging sie manchmal mit Marleen aus. Er jedoch vermied überflüssige Ausgaben, denn die Tilgung der Schulden war das Wichtigste überhaupt.

Ben fuhr sich durch die Haare. Er verfluchte sich noch immer dafür, damals so leichtgläubig gewesen zu sein.

»Hey. Das renkt sich wieder ein.« Karsten nippte an seinem Bier und sah Ben prüfend an.

»Ja«, er winkte ab, »vermutlich.«

»Sie wird dich nicht verlassen, nur weil du es zu deinem wichtigsten Anliegen gemacht hast, dieses Geld abzuzahlen. Rede mit ihr, sie wird das verstehen. Aber so wie ich dich kenne, hast du ihr das nicht mal anständig erklärt.«

Ben wurde die quälenden Gedanken auch auf dem Heimweg nicht los. Er kannte Timo und Magnus seit Ewigkeiten, sie hatten Schule, Studium, feste Beziehungen und die ersten Jobs miteinander geteilt. Es war so naheliegend gewesen, mit ihnen diese Firma zu gründen – und es war so naheliegend gewesen, dass sie gnadenlos damit scheitern würden.

Er hatte sich von seinem Schwiegervater Hans das Geld für die Gründung geliehen, und der hatte ihm danach auch aus der Misere herausgeholfen.

Anstandslos hatte er Bens Schulden übernommen, jedoch hatte Ben diese Schulden nun bei ihm. Lara und er hatten zu der Zeit noch im Haus von ihren Eltern gelebt, waren seit wenigen Jahren verheiratet und bereits auf der Suche nach einem eigenen Zuhause gewesen. Sie hatten Pläne und noch mehr Träume gehabt.

Mit dem Konkurs war das alles vorbei. Mit dem Konkurs drehte sich das Leben um Geld. Das war nun fünf Jahre her, und noch immer hatte Ben Albträume und versuchte alles, um die Sache abzuarbeiten. Es war ein Fass ohne Boden.

»Wie seh ich aus?«, fragte Ben am Freitagabend nervös, während er sich im Spiegel ansah. Er hatte beschlossen, sich leger zu kleiden, denn das Restaurant, in dem sie essen würden, war eher hip als elegant. Also musste es ein Hemd zur Jeans tun und das klassische Jackett, dazu Boots. Bei so viel Mühe hatte er sich natürlich beim Rasieren geschnitten. Die Haare hatten eventuell einen Hauch zu viel Gel abbekommen, und er trug Laras Lieblingsduft, den, von dem sie immer sagte, dass sie weiche Knie davon bekäme. Vielleicht half es ja auch beim Geschäftsessen oder betörte Niemeyers Frau.

»Du siehst gut aus«, antwortete Lara leise und betrachtete ihn, zog eine Falte an seiner Jeans gerade.

Sie hatte sich ebenfalls rausgeputzt. Ihre Party würde in einer Stunde losgehen, Marleen wollte sie abholen. Das Kleid, das sie trug, war ein Traum, schwarz und glitzernd mit tiefem Rückenausschnitt, und mit den hohen Schuhen präsentierte es ihre Beine sehr vorteilhaft. Die langen Haare trug sie ausnahmsweise offen, und Ben spürte, wie ihm heiß wurde, als er sie so betrachtete. Nach all den Jahren war Lara für ihn noch immer die schönste und begehrenswerteste Frau der Welt.

Er drehte sich zu ihr und zog sie an sich. »Du siehst umwerfend aus, weißt du das? Du würdest mich komplett in den Schatten stellen, wärst du heute Abend dabei.« Sie drückte ihre Hände gegen seinen Brustkorb. »Dann kannst du ja froh sein, dass du allein gehst.«

Verdammt. Das sollte doch ein Kompliment sein.

»Ich würde viel lieber mit dir hierbleiben, ich wüsste schon, was mir da einfallen würde.« Er küsste sie zärtlich auf den Hals, während seine Finger ihren nackten Rücken entlangstrichen.

Das Kleid raubte ihm gerade ein wenig zu viel den Verstand. Er spürte, wie ihr Körper weich wurde und sie ihre Hand an seinen Oberschenkel legte, was sein Verlangen noch mehr anheizte. Wenn er das jetzt nicht stoppte, war ihrer beider Mühen mit den Outfits umsonst gewesen.

»Wir haben das ganze Wochenende Zeit …«, flüsterte sie an seinem Ohr, ihr Atem strich über seine Haut und fachte ihn noch tiefer an. »Vielleicht …« Sie küsste ihn auf den Hals. Ein leises Grollen entwich ihm, und er schob Lara sanft weg.

»Darauf kannst du dich verlassen, Schönste.« Er hob ihr Kinn an und sah ihr tief in die Augen. Das Funkeln darin war von einer Traurigkeit umfasst, doch er konzentrierte sich nur auf das Glitzern. Das verheißungsvolle Glitzern, das ihm zeigte, sie reagierte noch immer auf ihn. Er beugte sich zu ihr und küsste sie, und die Art, wie sie diesen Kuss erwiderte, machte ihm deutlich, dass sie genauso dringend wie er etwas Zweisamkeit brauchte.

Nur mit Mühe löste er sich. »Hab einen schönen Abend. Ich beeile mich, ja?«, raunte er und musste sich räuspern.

Sie lächelte und nickte, strich ihm kurz über die Wange. »Und du überzeug den Kerl, sonst kriegt er es mit mir zu tun. Sei du selbst. Du hast gewonnen, du hast das Projekt zu dem gemacht, was es jetzt ist. Sei selbstbewusst, aber bescheiden. Hau ihn um!«

Ben schluckte. Eine Welle der Zuneigung überrollte ihn. Gott, wie er diese Frau liebte. Noch einmal zog er sie an sich, drückte sie und vergrub seine Nase in ihrem Haar.

»Bis dann, ich lieb' dich.« Er nahm seine Tasche und seinen Schlüssel, und erst im Auto auf dem Weg zum Restaurant fiel ihm auf, dass Lara das nicht erwidert hatte.

Lara

So sehr sie sich auch um gute Laune bemühte, das Lachen fiel Lara schwer. Ihre Gäste hatten zwar gute Laune, die Musik war ebenfalls absolut nach ihrem Geschmack - es war ja alles auf sie ausgerichtet heute Abend - auch das Essen schmeckte superlecker, und doch fehlte was: Ben fehlte.

Während Lara am Buffet stand und eher nachlässig an einem Stück Baguette knabberte, dachte sie darüber nach, was Ben wohl heute Abend essen würde.

Das *Blue*, in das sein Chef geladen hatte, war ein Szene-Restaurant mit wechselnder kleiner Karte. Sie hatten dort schon einige Meetings und Geschäftsessen gehabt, und Ben hatte ihr danach immer Bilder vom Essen gezeigt. Sie selbst hatte dort noch nicht gegessen, denn so schick es war, so teuer war es auch. Durch Bens Dokumentation hatte sie immer das Gefühl gehabt, nahe dabei zu sein. Doch ob sie von seinem heutigen Abend irgendwas wissen wollte, da war sie nicht sicher. Der Gedanke, dass er ihr von etwas erzählte, das gar nicht hätte stattfinden sollen – zumindest nicht jetzt, in diesem Moment – nervte sie, und genauso der Gedanke, ihm von ihrer Party zu erzählen, auf der er verdammt noch mal anwesend sein sollte.

»So wie du aussiehst, könnte man meinen, mit dreißig ist das Leben vorbei.« Tom legte den Arm um sie. »Also meins fing da erst richtig an.«

Lara lächelte und lehnte sich an ihn. »Weil du Jenny in dieser stinkenden Bar kennengelernt hast, ich weiß. Ich war dabei.«

»Genau das. Und schau sie dir an!« Er seufzte und lehnte seinen Kopf an Laras, den Blick auf seine Freundin auf der Tanzfläche gerichtet. »Tut mir leid, dass unser Frühstück geplatzt ist. Manchmal hasse ich es.«

»Ich bin es doch gewohnt, dass der Job alles durcheinanderbringt.« Ihre Stimme klang bitter, das hörte sie selbst, aber es fühlte sich auch bitter an.

War das echt alles, worum es ging? Die Jobs zu erledigen, für andere Menschen zu springen, wenn sie ein Anliegen hatten, keine Zeit mehr für das Leben, für sich selbst zu haben?

»Immer noch Ben-Frust?« Tom stellte sich vor sie und schob die Hände in seine Hosentaschen, schaute ihr prüfend ins Gesicht. Er täuschte kein Verständnis für sie vor, er war viel zu sehr Geschäftsmann, als dass er eben nicht auch Bens Ambitionen verstehen würde. Und das machte Lara wütend.

Tom, einige Jahre älter als sie, hatte sich in die kleine IT-Firma seines Vaters eingearbeitet, mit dem Ziel, sie irgendwann zu übernehmen. Schon jetzt brachte er eigene

Ideen ein und zog neue Kunden an Land. Sein Vater schätzte das Engagement des Sohnes und hatte daher direkt zugestimmt, als Tom Lara als persönliche Office Managerin einstellen wollte. Sie arbeiteten gut zusammen, und wider Erwarten ließen sich der Job und ihre Freundschaft hervorragend vereinbaren. Viele Freunde hatten ihnen abgeraten, man müsse das trennen, bei Geld höre die Freundschaft auf. Doch sie waren sich sicher gewesen, dass ihre Nähe, das intensive Kennen des anderen, ihnen nur helfen würde, und genau so hatte es sich auch entwickelt. Lara kannte Tom so gut, dass sie seine Probleme sah, bevor er sie hatte, und er wusste, dass er sich auf sie verlassen konnte.

Jemand nahm ihr das Baguette aus der Hand und riss sie damit aus ihren Gedanken. Noch immer stand Tom vor ihr und schaute sie abwartend an.

Lara verschränkte die Arme. »Du bist mein Freund. Hör auf, ihn in Schutz zu nehmen.«

Tom lächelte. »Das mache ich doch gar nicht. Ich kann nur nicht auf ihm rumhacken, wenn ich im Grunde genauso bin wie er. Was vermutlich der Grund ist, warum er mich nicht leiden kann. Ich versteh ihn.« Er zuckte mit den Schultern. »Aber ich versteh auch dich. Und wenn ich Jennys Geburtstag absagen würde, könnte ich mir vermutlich eine neue Wohnung suchen.«

»Vielleicht sollte ich das auch mal in Erwägung ziehen.« Sie schnaubte. »Ich verstehe ihn ja auch. Aber ... ich hab das Gefühl, ich spiele in allem nur noch die zweite Geige.

Der Geburtstag ist ja nur das i-Tüpfelchen. Er sollte einfach hier sein.«

Tom nickte. »Ja, sollte er. Und es tut mir leid, dass er es nicht ist, aber …«, er verzog das Gesicht und warf einen Blick zum DJ, der die Musik in diesem Moment in ungeahnte Lautstärken knallen ließ, »dass du deswegen deine Party hinschmeißt, ist auch ziemlich kindisch, meinst du nicht? Amüsier dich, trink zu viel, tanze – und reiß ihm morgen den Arsch auf. Aber herrje, du weißt, ich liebe dich, aber ich muss Marleen recht geben, und du darfst es rot im Kalender anstreichen, dass ich das tue: Lara, du übertreibst. Stell dich nicht an wie eine Vierzehnjährige.«

Sein Blick lag dabei so liebevoll und so zerknirscht auf ihr, als hätte er etwas Dummes angestellt, dass Lara nicht anders konnte: Sie lachte laut auf und schlang die Arme um seinen Hals. Gott verdammt, sie hatten ja alle recht. Und genau das sagte sie dann auch.

»Du hast recht. Lass uns feiern!«

Es brauchte nur wenige Momente, bis der Unmut von Lara abfiel. Ben feierte nicht mit ihr, das konnte sie nicht ändern. Sie würde morgen darüber nachdenken. Morgen war auch noch ein Tag, morgen war ihr Geburtstag, und morgen würde er da sein. Sie würden gemeinsam aufwachen, sie würden gemeinsam frühstücken, denn bisher hatte er ihr jedes Jahr ein tolles Frühstück gezaubert. Sie würden nur zu zweit sein und … vielleicht könnten sie auch mal wieder Sex haben. Es ist viel zu lange her, hatte er gesagt, und das war ein Fakt.

Lara amüsierte sich, trank und tanzte, wie Tom es ihr geraten hatte. Das hier war ihre Party, das hier waren ihre Menschen. Alle mochten sie und hatten gute Laune. Und so löste sich die Schwere in ihr in Alkohol, Lachen und der guten Laune anderer Menschen auf. Die Musik verdrängte alle hörbaren Zweifel, und als ihr Vater sie beim Tanzen fragte, wie es ihr ginge, konnte sie ehrlich antworten.

»Mir geht's gut, Paps. Ich freu mich total, dass ihr auch da seid.«

»Ich lass mir doch keine Party entgehen, wo es was zu trinken gibt und ich mit meinem Mädchen tanzen kann«, erwiderte ihr Vater und zog sie an sich. Er war ein brillanter Tänzer, und er hatte ihr das alles beigebracht. Wir brauchen keine Tanzschule, das kann ich auch, hatte er gesagt, als sie mit fünfzehn bettelte, mit ihren Freundinnen in die Tanzschule zu dürfen. Insgeheim vermutete sie, dass er nur verhindern wollte, dass sie dadurch Jungs kennenlernte.

Ihre Eltern waren beide erst um die fünfzig, feierten mit ihr und teilten ihr Leben wie beste Freunde statt wie Erziehungsberechtigte, wobei sie das auch schon lange nicht mehr waren. Lara freute sich darüber. Sie war behütet aufgewachsen und konnte sich auf ihre Eltern verlassen. Sie hatten ihr immer beigestanden, und irgendwann dann auch Ben, als er strauchelte.

Und als hätte er ihre Gedanken gelesen, fragte Paps nach ihm. »Läuft gut bei Ben, hm?«

Lara nickte. »Schätze schon. Hat ein wichtiges Essen mit dem Chef, er hofft auf die Projektleitung. Sie haben den Wettbewerb gewonnen.«

Paps nickte anerkennend. »Freut mich sehr für euch, das wird ihm guttun. Er braucht ein Erfolgserlebnis.« Und als hätte er nun auch gemerkt, dass Lara nicht über Ben reden wollte, wechselte er geschickt das Thema. »Wir holen Oma morgen um zwei ab und sind dann um drei wieder zu Hause. Passt das?«

»Ja, ich hab für vier Uhr eingeladen, aber ihr könnt sie ruhig schon eher bringen. Ich sehe sie so selten, und bei dem Trubel wird sie es dann eh nicht lange aushalten.«

»Na, das liegt ja nicht an ihr, dass ihr euch nicht seht. Du bist eben auch zu beschäftigt.« Er stupste ihr auf die Nase, was Lara zum Lächeln brachte. Sie fielen in einen schnellen Disco-Fox, als Frank, ein Freund von Marleen, der heute Abend den DJ machte, ein Lied von Katy Perry spielte.

Schwungvoll wirbelte Paps sie herum, so sehr, dass Lara gegen jemanden stieß und sich lachend umdrehte, um sich zu entschuldigen. Dass ihr Vater so temperamentvoll sein musste!

Laras Herz hüpfte. Vor ihr stand … Ben! Er hielt einen kümmerlichen Strauß Blumen in den Händen, wo auch immer er den an einem Freitagabend aufgetrieben hatte, und sein Blick war zum Dahinschmelzen.

»Ben?«

»Hallo, meine Schöne. Darf ich noch mitfeiern?« Er nickte kurz grüßend an ihr vorbei und wedelte dann mit dem Sträußchen.

Lara schlang beide Arme um Bens Hals. Vergessen waren Paps, das Tanzen, die Gäste, der Ärger.

»Oh Gott, wie schön, ich freue mich so. Was ist passiert?«

»Nichts ist passiert, aber ich sollte wohl heute bei meiner Frau sein, scheiß aufs Business«, raunte er ihr ins Ohr und zog sie eng an sich. Direkt wiegte er sich mit ihr zur Musik.

Lara strahlte ihn an, da beugte er sich zu ihr und küsste sie, lange und innig, so wie er sie zwar an diesem Abend schon einmal, aber davor schon lange nicht mehr geküsst hatte. Und Lara wusste, das mit dem Sex war mehr als nur eine gute Idee.

Sie schwebte wie auf Wolken, der Rest der Nacht rauschte in einer einzigen Glückswolke an ihr vorbei. Sie tanzten, bis sie ihre Füße nicht mehr spürten, sie lachten, bis ihnen der Bauch weh tat, aßen wenig, tranken mehr.

Als der Countdown zu Mitternacht heruntergezählt wurde, stand Ben eng bei ihr, überhaupt war er nicht von ihrer Seite gewichen. Laut zählte er mit, und dann war es so weit. Der neue Tag brach an, und mit ihm ein neues Lebensjahr. Was würde es wohl bringen?

Lara fühlte sich beschwingt, leicht, glücklich. Ihr Mann war an ihrer Seite, ihre Eltern und liebsten Freunde und Bekannten feierten mit ihr, was konnte schon passieren, was konnte sie zum Stolpern bringen? Sie hatte alles, was es brauchte für ein glückliches, erfülltes Leben. Es lag doch an einem selbst, was man draus machte, oder nicht? Das sagten sie doch immer alle, man habe sein Glück selbst in der Hand. Und jetzt und hier, auf ihrer Party, glaubte Lara fest daran. Vergessen waren die Zweifel der letzten Tage, der Unmut über Bens Gleichgültigkeit. Das Leben war perfekt.

Ihr Leben war perfekt.

»Ich krieg die Scheißtür nicht auf.« Ben ließ sich lachend gegen die Hauswand fallen, holte tief japsend Luft. Lara lehnte sich an ihn und küsste ihn einfach weiter. Was scherte sie die Haustür? Sie wollte Ben, jetzt und hier und unbedingt. Schon seit dem Vorabend, als sie vor dem Spiegel gestanden hatten, brannte das Verlangen in ihr, Ben hatte es die Nacht über auf der Party heftig angefacht, es würde jetzt nicht an der Haustür scheitern – und Lara ließ ihm keinen Zweifel über ihr Anliegen.

Sie schob die Hände unter sein Hemd, längst trug er es lässig über der Jeans, seine Haare waren zerwühlt, keine Ahnung, wo sein Jackett abgeblieben war.

»Schatz, lass uns …« Er nahm ihr Gesicht in seine Hände, als sie ihn mit einem Kuss unterbrach. Der metallene Schlüssel berührte kalt ihr Ohr. Ohne die Lippen von ihm zu lösen, nahm sie Ben den Schlüsselbund aus der Hand, schob sich an ihm vorbei und öffnete die Haustür.

Sie spürte ihn hinter sich, er hauchte Küsse auf ihren freien Nacken, drängte sie in die Wohnung. Lara machte sich eine gedankliche Notiz, Marleen für die Idee zu diesem Kleid mindestens einen Kaffee auszugeben. Es hatte dafür gesorgt, dass Ben seine Hände nicht von ihr lassen konnte. So auch jetzt.

Sie schafften es nicht bis ins Bett. Ben zog Lara mit sich auf das rote Sofa, das im Flur stand. Sie nestelte seine Hose auf, Kleid hochziehen und auf ihn setzen waren eine Bewegung. Ben schloss seine Augen, und der raue Tonfall, wie er ihren Namen stöhnte, schoss Lara tief in den Bauch. Ihre Haare fielen wie ein Schleier über sein Gesicht, als sie ihn leidenschaftlich küsste, und es blieben nur noch er und sie und ihre lang vermisste Lust.

Und dann war es auch direkt wieder vorbei.

Ben zuckte, und Lara spürte, wie er in ihr weich wurde.

»Entschuldige, ich …« Ben keuchte. »Himmel, Lara. Ich … tut mir leid.«

Bens Anblick am nächsten Morgen, dem Morgen, der eigentlich schon ein Tag war, reichte, um sie zum Lächeln zu bringen, und Lara spürte deutlich: Die kurze, aber um so heißere Sequenz von letzter Nacht hatte ihr nicht gereicht, natürlich nicht. In ihrem Bauch kribbelte es noch immer, ihre Begierde flimmerte. Sie versuchte sich daran zu erinnern, wie lange es her war, aber es fiel ihr nicht ein. Früher war ihnen Sex wichtig gewesen, es gab Zeiten, da hatten sie Strichlisten geführt, wie oft sie miteinander geschlafen hatten, waren tagelang nicht aus dem Bett gekommen. Doch mit der Zeit hatte der Alltag ihre Lust begraben. Lara hatte sich angewöhnt, ihre Fantasien in ihren Geschichten auszuleben, erfand romantische oder auch leidenschaftliche Begegnungen. Aber manchmal trieb genau das ihre eigene Sehnsucht so sehr an, dass es schmerzte.

Sie beugte sich zu Ben hinüber, und sanft weckte sie ihn, wie sie es früher oft getan hatte. Sie hauchte zärtliche Küsse auf seinen Bauch, streichelte seinen Brustkorb, seine Seiten, seine Beine, bis sie spürte, wie er aufwachte und seine Hand in ihren Haaren vergrub. Sie wusste, dass er sie nicht lenken würde, aber sie hatte Lust, sie wollte ihm zeigen, wie sehr sie ihn noch immer wollte, und auch, dass sein kleiner Fauxpas von letzter Nacht keine Rolle spielte. Sie hatte Verständnis, dass er sich nicht lange hatte beherrschen können. Aber jetzt hatten sie Zeit.

Und Lara wusste, warum sie nie an ihrer Liebe zu Ben gezweifelt hatte. Er war aufmerksam, liebevoll, zärtlich. Er kannte ihre Schwachstellen und nutzte sie aus, brachte ihren Atem zum Stocken. Seine Berührungen waren verspielt, forsch, vertraut und doch unvorhersehbar. Sie schauderte am ganzen Körper, als er sich ihre Wirbelsäule herunterküsste, und sie vergrub ihr Gesicht Minuten später im Kissen.

»Ich liebe dich«, flüsterte sie, als er sie in seinen Armen bettete und die Decke über sie beide zog. So heiß es auch gewesen war, so schnell kühlten die erhitzten Körper dann auch ab.

»Ich liebe dich auch, meine Schöne«, erwiderte er und hauchte ihr einen Kuss auf die Schläfe. »Für immer und darüber hinaus, zweifle nie daran.« Die letzten Worte sprach er so leise, dass Lara kaum noch sicher war, sie gehört zu haben.

Wohlig schmiegte sie sich an ihn, genoss die Nähe, die Wärme, die Sicherheit. Das war so viel besser als jede Romantik auf Papier.

»Danke, dass du gestern noch gekommen bist. Das bedeutet mir viel. Ich hab dich so vermisst.« Wie sehr, das war ihr erst klar geworden, als sie dann endlich mit ihm ihren Geburtstag so feiern konnte, wie es in ihrer Vorstellung immer hätte sein sollen. Er hatte einfach gefehlt, gute Vorsätze und Ratschläge zum Trotz.

»Ich dich auch. Hab dich eine Weile beobachtet, wie du mit deinem Vater getanzt hast.« Sie hörte das Lächeln in seiner Stimme. »Er hats echt drauf.«

»Oh ja, aber er tut auch einiges dafür. Sie gehen immer noch einmal die Woche aus, und er joggt jeden Tag.«

»Joggen werde ich nun auch wieder regelmäßig. Aber hast du nicht Lust, wieder mit zum Badminton zu gehen?«

Lara überlegte, während sie mit ihren Fingern über seinen Arm strich. Die Idee war vielleicht wirklich nicht die schlechteste, sie würden wieder etwas zusammen tun, und Badminton spielte sie gerne.

»Mit Karsten und Sandra?« Sie musste schmunzeln. Sie hatte Karsten regelrecht mitgeheiratet, ein Ben ohne seinen besten Freund war undenkbar. Gott sei Dank verstand sie sich mit ihm und seiner Frau ziemlich gut.

»Ich frag ihn mal. Aber wir können auch allein gehen. Ich würde gerne wieder mehr Zeit mit dir verbringen.« Ben rieb seine Nase an ihrem Kopf, murmelte die Worte. Er klang schläfrig.

»Hey, schläfst du wieder ein? Ich freue mich schon seit Tagen auf mein Frühstück.« Sie boxte ihm sanft den Ellbogen in den Bauch, und er murrte leise auf.

»Keine Sorge.« Er streckte sich gähnend. »Du kriegst dein Frühstück, Liebste, wie jedes Jahr.« Ben erhob sich und kitzelte sie überraschend. Lara quietschte lachend auf. Als er sie in seine Arme zog und innig küsste, durchzog ein Kribbeln ihren Bauch, sie schob ihr Bein zwischen seine, doch er löste sich von ihr.

»Wenn du was essen willst, lassen wir das lieber. Ich springe unter die Dusche, bleib doch noch ein wenig liegen.« Er stand auf, dann beugte er sich noch einmal über sie und küsste sie erneut.

Lara wollte die Arme um ihn schlingen, zu verlockend erschien es, einfach den ganzen Tag im Bett zu bleiben, aber lachend entzog er sich ihr.

Während Ben duschte, kuschelte sie sich wieder in ihre Decke ein, schob sich Bens Kissen unter den Kopf. Sie liebte es, wenn sie beide in so gelöster Stimmung waren, wenn sie unbeschwert ihr Leben genießen konnten. Sie würde das mit dem Badminton machen, vielleicht auch mal wieder mit ihm spazieren oder doch mal essen gehen. Dabei fiel ihr ein, dass sie ihn gar nicht nach seinem Abend gefragt hatte, und sofort regte sich das schlechte Gewissen in ihr.

Als Ben aus der Dusche kam, richtete sie sich auf. »Wie war eigentlich dein Abend?«

Ben zuckte mit den Schultern. »Ziemlich okay. Niemeyer hatte gute Laune, Scholz hat nicht gestichelt. Dieses Projekt ist eine echt coole Sache, das ist ein Riesending. Aber für die genaue Planung telefonieren wir noch.«

»Wow, das klingt aber super. Vielleicht darfst du das Projekt ja leiten.« Lara zog die Decke hoch und schlang die Arme um die Knie. »An die Nordsee komme ich gerne mit. Ich kann bestimmt ein paar Tage Home-Office machen.«

Bisher hatte sie nie Lust verspürt, Ben auf die Baustellen zu begleiten und sich vor Ort allein zu beschäftigen, während er arbeiten musste. Doch jetzt, mit dem neuen Gefühl von Nähe in ihrem Bauch, reizte sie der Gedanke. Lara sah sie beide schon Händchen haltend am Wasser spazieren gehen.

»Und wie war das Essen? Ich will die Bilder sehen!«

»Zeig ich dir später. Jetzt sehe ich erst mal zu, dass mein Weib ein Frühstück bekommt!«

Sie lachte und wedelte ihn huldvoll aus dem Zimmer, streckte sich und nahm ihr Notizbuch vom Nachttisch. Derzeit fielen ihr ständig Sätze oder Szenen ein, die sie sofort niederschreiben wollte, und die Party, die Nacht mit Ben, der zauberhafte Morgen … all das tobte in ihrem Inneren. Sie zog die Beine an und begann zu schreiben.

Das würde ein wundervoller Tag werden!

Ben

Die Kartoffelsuppe hieß pikantes Süppchen, aber ganz ehrlich, die war ein bisschen zu pikant. Ich habe noch versucht, die Chiliflocken runterzunehmen, aber keine Chance. Scholz hat mich voll ausgelacht.« Ben grinste und wischte über das Display seines Handys.

Dass er immer sein Essen fotografierte, war für seine Umgebung längst zur Gewohnheit geworden. Lara saß neben ihm und schaute ihm zu. Er hatte ihre Frühstücksdecks nebeneinandergelegt. Sie hatten es von jeher gemocht, sich berühren zu können, wenn sie sich irgendwo hinsetzten. Den Tisch hatte er mit Blumen dekoriert, diesmal hatte er keine von der Tankstelle geholt wie letzte Nacht und auch nicht bei seiner Schwiegermutter geklaut, sondern beim Floristen altrosa Rosen vorbestellt. Einunddreißig. Eine für jedes Lebensjahr und eine fürs nächste. Ihr Geschenk trug Lara bereits an ihrem Handgelenk, und diesmal war auch das Rührei gelungen. Alles war perfekt.

»Die Suppe sieht echt gut aus. Ich würde auch gerne mal im *Blue* essen.« Sie biss in ihr Brötchen, wirkte entspannt und gut gelaunt.

Er hoffte, sie mochte das schlichte Armband mit dem kleinen Anker. Geschenke waren immer schwierig, es musste ja auch im Rahmen bleiben. Viel Firlefanz konnten sie sich nicht leisten, jedenfalls nicht, solange er noch die Schulden hatte. Und nun wollte sie ins *Blue*. Er ging durchaus auch gerne essen, aber dieses Restaurant lag definitiv außerhalb ihres Budgets.

»Ich weiß nicht. Mir reicht es ja, wenn ich da mit der Firma ab und zu bin.« Er wischte weiter und deutete auf das nächste Bild, das ein regelrecht kunstvoll dekoriertes Stück Fleisch mit kleiner Beilage zeigte. »Zum Hauptgang hab ich Lammhaxe genommen.«

Doch Lara ließ sich nicht ablenken. »Deswegen würde ich da auch gerne mal essen, die Bilder machen echt Lust drauf.«

»Das Kartoffelpüree hatten die mit Möhren angemacht, so mit Stückchen drin, war saulecker. Vielleicht kochen wir so was mal nach?«

Lara schwieg, und Ben legte das Handy zur Seite. Das war wohl nicht das, was sie hatte hören wollen. Er versuchte es anders. »Wir können die Karte ja mal im Blick behalten, und wenn was draufsteht, was uns zusagt, gehen wir hin. Aber erzähl mal, wie lief die Party, bevor ich dazu kam?«

Lara lächelte ihn an. »Ach, es war schon schön. Ich war erst ein bisschen geknickt, dass du nicht da warst. Aber Tom hat mich aufgemuntert, und danach ging es.«

Ben lehnte sich zurück und schnaubte leise. Er wusste nicht, wieso die Erwähnung von Laras »bestem Freund«

immer wieder Aggressionen in ihm hervorrief. »Na, das ist ja prima.« Himmel, er klang wie ein eifersüchtiger Gockel. Dabei war er kein bisschen eifersüchtig, und erst recht nicht auf Tom.

Lara überging das, vielleicht hatte sie den Unterton auch nicht wahrgenommen – was eher unwahrscheinlich war. »Du hast mir den Nachtisch nicht gezeigt. Das ist doch immer das Tollste!« Lara deutete auf das Handy und lächelte ihn an.

»Kein Nachtisch«, erwiderte Ben und stand auf, seine Kaffeetasse in der Hand. »Auch noch einen Kaffee?«

Lara schüttelte den Kopf und rieb sich über ihren Bauch. »Ich kann nicht mehr. Schatz, du hast dich selbst übertroffen, ich bin satt für die nächsten drei Tage. Aber ich verstehe es nicht: Wieso hast du Süßigkeiten-Junkie den Nachtisch ausgelassen? Das ist nicht mein Mann. Wer bist du?«

Ben freute sich über ihr Lob. Sein kurzer Anfall von Missstimmung verflog. Das war Laras Tag, sie hatte ihren Mann in bester Stimmung verdient. Er würde alles dafür tun, dass wenigstens heute nichts ihre Laune trüben würde. Erst jetzt wurde ihm klar, wie erleichtert er war, dass durch sein Geschäftsessen kein Zwist mehr zwischen ihnen herrschte. Die Party war lustig gewesen, sie hatten Sex gehabt. Okay, es war ihm echt peinlich gewesen, dass er … aber egal, heute Morgen hatte er sie gut entschädigt für die kurze Nummer im Flur, von der sie vermutlich reichlich wenig gehabt hatte. Sie hatte beteuert, dass es nicht schlimm gewesen sei, aber was sollte sie auch sonst sagen?

Er aktivierte den Vollautomaten, um sich noch einen Kaffee rauszulassen. »Ich bin vor dem Nachtisch gegangen.« Er dachte an Niemeyers Gesicht, als er am Tisch erzählt hatte, dass seine Frau gerade ihren 30. Geburtstag feierte. Scholz hatte sich verschluckt und zu husten begonnen, sodass seine Frau Nang ihm auf den Rücken klopfen musste. Dabei hatte sie Ben einen Blick zugeworfen, bei dem ihm für einen Moment der Gedanke gekommen war, dass er vielleicht doch besser Scholz oder Niemeyer um eine Verschiebung gebeten hätte, statt nur die Sekretärin zu fragen. Die Unsicherheit, die er verspürt hatte, hatte sich unangenehm angefühlt, und er war einmal mehr dankbar für Niemeyers Souveränität gewesen – der ihn schlichtweg nach Hause geschickt hatte. Dennoch: das Gefühl, eine wirkliche Dummheit begangen zu haben, verdrängte er besser schnell.

»Du hast den Nachtisch für mich ausfallen lassen?«, fragte Lara, und da war etwas so Leichtes, etwas so Glückliches in ihrer Stimme, dass er sich erstaunt zu ihr umsah. Ihre Augen leuchteten, und ein Kribbeln zog in seinem Bauch nach unten und oben gleichzeitig.

Nun, ganz so war es nicht gewesen mit dem Nachtisch, aber das waren vielleicht unwichtige Details. Für dieses Lächeln würde er alles tun – und alles verschweigen.

Er stellte seinen Kaffee auf den Tisch, schwang sich neben sie und hauchte ihr einen Kuss auf die Wange. »Was ist denn ein Nachtisch gegen dein Lächeln, Schönste?«

Am Montagmittag kam Martin Scholz in Bens Büro. »Hat sich deine Frau gefreut, dass du noch zur Party gekommen bist? Konntest ja mit ihr reinfeiern.« Er ließ sich auf den Stuhl vor Bens Schreibtisch fallen und betrachtete ihn aufmerksam.

»Klar hat sie sich gefreut. War eine schöne Feier, bis vier oder so«, antwortete er.

Ben mochte seinen direkten Vorgesetzten. Er war gute zwanzig Jahre älter, und abgesehen von seinem enormen Fachwissen schätzte Ben seine Direktheit, zuweilen sogar seinen trockenen Humor, auch wenn dieser oft ihn traf. Scholz war seit acht Jahren mit einer Thailänderin verheiratet, die mit ihrer Schwester eine Massagepraxis unterhielt. Bis zum Weihnachtsessen letztes Jahr hatte man Scholz dafür auch gut hochnehmen können: Die asiatische Frau, die er nach Deutschland geholt hatte, und die ausgerechnet mit Thai-Massagen ihr Geld verdiente. Doch letztes Jahr wurden Nang und Thida Opfer von rassistischen Übergriffen, und als Martin auf der Feier davon erzählte, waren sie alle erschrocken. Ab da machte niemand mehr Scherze. Im Gegenteil, sie hatten alle Freunde und Bekannten mit Gutscheinen für Massagen versorgt und im Fitness-Studio Flyer ausgelegt.

»Wenn ich dir einen guten Rat geben darf: Mach das nicht noch mal. Nang meinte später, sie würde mich rausschmeißen, würde ich ihren Geburtstag vergessen.« Scholz lachte auf. »Jetzt hat Niemeyer bestimmt einen Stein im Brett bei Lara, weil er dir den Abend freigegeben hat.«

Ben schaute ihn an, kurz überrollte ihn das schlechte Gewissen, zu Lara nicht ehrlich gewesen zu sein. Er würde sich aber eher in die Zunge beißen, als das zuzugeben. »Ich hab ihren Geburtstag nicht vergessen«, antwortete er gereizt. »Ich hab nur das Essen mit Niemeyer als wichtiger eingeordnet.«

Martin setzte sich auf, beugte sich vor und legte lässig die Hände ineinander. »Du bist ehrgeizig. Das ist gut. Als du weg warst, hab ich dem Chef vorgeschlagen, dir das Nordsee-Projekt komplett zu übergeben. Du bist clever, vorausschauend und engagiert, zudem war es dein Entwurf. Ich will es nicht machen, also wenn er dich anruft und dich drauf anspricht, zeig ihm, dass du Bock drauf hast. Und du hast Bock drauf, ich hab dein Gesicht gesehen, als er davon erzählt hat.«

Ben starrte Martin überrascht an. Er hatte mit vielem gerechnet, aber nicht damit. »Ich denke, du wirst seine erste Wahl sein — wenn er es nicht selbst macht.«

»Das mag sein, er hat sich dazu nicht geäußert. Ich habe ihm aber deutlich gemacht, dass ich das Projekt nicht leiten will und dass ich denke, dass du der ideale Mann dafür bist.« Scholz lächelte ihn an. »Fühlst du dich bereit dafür?«

Ben war sich nicht sicher. Es war das eine, Entwürfe zu machen, aber durchaus eine andere Hausnummer, ein so großes Projekt dann auch in Verantwortung durchzuführen. Er freute sich, immerhin hatte Niemeyer ihm die Bearbeitung des Wettbewerbs überlassen. Klar steckten seine Ideen in diesem Auftrag, seine Arbeitsstunden, seine Kreativität. Für gewöhnlich teilte Niemeyer die Projekte auf, und Scholz war gut und erfahren. Aber er würde wohl gute Gründe haben, so zu handeln.

»Puh. Schwer zu sagen. Ich weiß nicht, ich bin nicht sicher.«

»Du kannst das. Lass die alte Sache endlich hinter dir. Du hast einen Fehler gemacht, der wird dir kein zweites Mal passieren. Zumindest bist du immer sehr sorgfältig beim Interpretieren der Bodengutachten.« Martin grinste ihn aufmunternd an.

»Eine undichte Kellerwand wird mir sicher nicht noch mal passieren, aber was anderes vielleicht.«

»Wahrscheinlich, wir sind alle nicht fehlerfrei. Aber ich helfe dir natürlich. Wenn du diesen großen Auftrag gut erledigst, brauchst du dir um deinen Job keine Sorgen mehr zu machen.«

Ben atmete tief durch, fest entschlossen nickte er. »Dann sollte ich wohl Danke sagen.«

Und genau das sagte er auch zu Werner Niemeyer, mit dem er am Nachmittag fast eine Stunde telefonierte. Niemeyer erzählte ihm all das, wozu er beim Essen nicht gekommen war, gab ihm ebenso wie Scholz den Rat, dass Ben nie wieder den Geburtstag seiner Frau vergessen sollte – und bot ihm letztendlich die Bauleitung für das Wellness-Bad an der Nordseeküste an.

»Ich glaube an Sie. Sie haben den nötigen Biss. Feiern Sie Ihren Erfolg mit Ihrer Frau.«

Doch als er genau das wollte, als er zur Feier des Tages was vom Asiaten geholt hatte, betrat er eine leere Wohnung, und es dauerte eine ganze Weile, bis er sich daran erinnerte, dass an diesem Abend Lara ein Geschäftsessen hatte. Das Gefühl der Einsamkeit raubte ihm für einen Moment den Atem.

Er stellte das Essen in den Kühlschrank und nahm seine Sporttasche.

Der Wind pfiff eiskalt an ihm vorbei, und trotz dickem Wollmantel, Schal und Mütze fror er. Die Nordsee zeigte sich aufgewühlt, und Ben genoss die Aussicht, die Kälte, die Wellen und die Atmosphäre von unendlicher Weite. In der letzten Woche war alles wahnsinnig schnell gegangen. Der Alltag im Büro drehte sich um den neuen Auftrag, er hatte jeden Tag Überstunden gemacht, nicht mal Zeit gehabt für den Sport, geschweige denn, dass er Lara wirklich viel gesehen hatte. Und nun war er hier, an dem Ort, an dem er das größte Projekt seiner bisherigen Karriere bauen sollte. Ihm ging sprichwörtlich der Arsch auf Grundeis.

Ein Ruf in seinem Rücken forderte seine Aufmerksamkeit und unterbrach seine Gedanken, er drehte sich um und ging mit tief in den Manteltaschen vergrabenen Händen zu Martin rüber.

Sie waren gemeinsam zur Baustellenbegehung gefahren. Martin hatte Wort gehalten und unterstützte ihn bei allen Fragen und Unsicherheiten, und von Tag zu Tag traute sich Ben wieder mehr zu. Es war nicht so, dass die alte Last nun nicht mehr auf seinen Schultern lag, aber eine neue Verantwortung zu tragen schubste sie Stück für Stück hinunter.

Der kleine Sielort machte jetzt zu Beginn des Jahres einen verschlafenen Eindruck, doch Ben konnte sich gut vorstellen, wie viele Menschen in der Saison hier sein würden. Der Standort des zukünftigen Wellness-Bads war optimal gewählt, beim Schwimmen und Relaxen würden die Gäste aufs Meer schauen können. Er sah den Komplex vor sich, fühlte, wie die Leute sich fühlen würden, wenn die Wellen so nah zu kommen schienen, dass sich das Gefühl von unendlicher Weite auch in ihnen ausbreiten konnte, ohne dass sie dafür nach draußen mussten. Einfach von hier drinnen, aus der Wärme, im Bademantel oder auch ohne.

»Wir sind durch, lass uns einen Kaffee trinken gehen, mir frieren die Eier ab.« Scholz hatte schon blauangelaufene Lippen, obwohl er wie Ben dick eingepackt war.

»Was wollte er?« Der Bürgermeister hatte Scholz höchstpersönlich aufgesucht und um ein Gespräch unter vier Augen gebeten. So offen hatte er das zwar nicht gesagt, aber Ben hatte an Martins Blick gesehen, dass er sie allein lassen sollte, so war er eine rauchen gegangen. Dabei rauchte er gar nicht.

»Erzähl ich dir drinnen.«

Nebeneinander liefen sie durch die Baustelle über den Parkplatz auf die Hauptstraße, wo sie eine Bäckerei ansteuerten. Dampfende Wärme empfing sie und ein fast schon aufdringlicher Geruch nach Backwaren.

Ben lief ein Schauder über den Körper, diese Wärme tat so gut. Er konnte sich nicht erinnern, wann er je im Februar so unfassbar gefroren hatte.

Die Bäckerei war leer, und so kamen die Heißgetränke recht schnell.

Nach dem ersten Schluck atmete Scholz aus. »Das tut gut. Was für eine Affenkälte.« Er lehnte sich zurück und musterte Ben. »Du hast uns gut verkauft da drinnen, ich wusste, dass du der Richtige für den Job bist.«

Ben lächelte und nickte knapp. »Danke. Hast mich halt gut gebrieft.«

»Nein, tu das mal nicht ab. Das war dein Verdienst, du hast dich gut reingehängt. Ich dachte anfangs, wir übernehmen uns mit dem Projekt, aber Niemeyer war so begeistert. Er ließ sich nicht davon abbringen, dass wir das unbedingt machen müssen. Und recht hatte er.« Er nahm einen Schluck von seinem Kaffee und verzog das Gesicht, griff nach dem Zuckerglas und ließ die weiße Süße in sein Getränk rieseln. »Vermutlich fragst du dich, warum ich dich nur unterstütze, statt es selbst zu machen. Was übrigens auch die Frage vom Bürgermeister war. Dass ich eigentlich dein Chef bin, hat ihn irritiert.«

Ben fühlte sich ertappt. Das waren tatsächlich seine Gedanken, ziemlich genau, seit er diesen Entwurf überhaupt hatte anfertigen sollen. Niemeyer hatte es ihm als Chance verkauft. Wird Zeit, dass Sie auch mal dran sind, hatte er zu ihm gesagt. Aber so nett das auch war, er musste wirtschaftlich denken, und Ben hatte sich immer gefragt, warum Niemeyer sein ganzes Vertrauen wirklich in ihn gesetzt hatte. Er hatte sich nie zu fragen getraut.

»Der Gedanke kam mir durchaus. Was hast du ihm gesagt?«, antwortete er dem älteren Kollegen. Wenn er schon so fragte …

Scholz drehte den Zuckerstreuer hin und her, als suche er in den Körnern nach den richtigen Worten. »Ich hab ihm gesagt, dass ihn die internen Abläufe einen feuchten Kehricht angehen.« Er grinste, als er Bens überraschten Blick sah. »Die Wahrheit ist: Ich werde nicht mehr lange hier sein. Nang und ich, wir werden nach Thailand gehen.«

Ben verengte die Augen. »Du wirst … was? Wow. Wie kommt das?«

Scholz zuckte mit den Schultern und gab dem Zuckerstreuer einen Schubs, sodass er von ihm wegrutschte. »Meine Schwiegermutter ist nicht mehr die Jüngste, und die Mädels möchten sich um sie kümmern. Aber Dao will nicht von Pattaya weg, also gehen wir zu ihr. Vielleicht ist es gut, noch mal was anderes zu machen, und ganz ehrlich:

Ich kann mir Schlimmeres vorstellen, als an der thailändischen Küste zu leben und zu arbeiten.«

»Puh.« Ben fuhr sich durch die Haare. Das waren unerwartete Neuigkeiten, aber sie erklärten, warum Scholz das Projekt nicht machte und nun er diese Chance bekam. »Das ist ... ich weiß gar nicht, was ich sagen soll. Was bedeutet das fürs Büro? Ich mein, wenn du aufhörst, kann ich es ja schlecht allein führen.«

Scholz lächelte. »Schätze, Niemeyer wird dich nach Hamburg bitten.«

Ben hob die Augenbrauen. Hamburg? Das wäre eine große Veränderung, abgesehen davon, dass sie sich das nicht einmal leisten konnten. Dort war das Leben sicher deutlich teurer als jetzt in der Kleinstadt. Hier hatten sie immerhin Laras Eltern als Unterstützung, eine günstige Wohnung, nicht zu vergessen Laras Job und ein gutes Netzwerk.

Er seufzte leise. »Seit wann ist das denn schon klar? Hab ich deshalb den Wettbewerb machen sollen?«

»Ach, Blödsinn. Das hast du bekommen, weil du gut bist, Ben. Was damals passiert ist, war ein blöder Fehler, es ist an der Zeit, dass du dir wieder mehr zutraust.« Scholz sah ihn völlig ehrlich und offen an. »Und ich bin mir nicht zu schade, dir das noch täglich dreißig Mal zu sagen, bevor ich die Biege mache.«

»Es war nicht nur ein blöder Fehler, es war vor allem ein ziemlich teurer. Er hat mich vor Gericht gebracht, ich hab meinen Job und meine Freunde verloren. Und es hätte mich fast auch meine Ehe gekostet, von den Schulden rede ich mal lieber nicht.« Ben zuckte entschuldigend mit den Schultern. »Zudem hat Niemeyer mir nie gesagt, warum ich den Entwurf machen sollte.«

»Wieso auch? Du hattest doch schon genug Druck, so warst du wenigstens nur im Wettbewerbsdruck. Niemeyer wollte, dass du dich reinkniest und die Scheiße von damals vergisst. Weißt du, es ist wie beim Reiten: Fällst du einmal vom Pferd, musst du sofort wieder drauf.«

»Du reitest?«, unterbrach Ben ihn erstaunt. Ihm fiel auf, dass er eigentlich nicht viel über Martin wusste. Aber er erinnerte sich grob, dass Nang sich bei dem Essen mit Niemeyers Frau über Pferde unterhalten hatte.

»Ja, wir haben ein eigenes Pferd. Hab ich dir das nie erzählt? Wie auch immer. In unserem Job ist es auch so: Ein Planungsfehler kann passieren. Sollte nicht, besser wärs, aber wenn, dann heißt es nur, Arschbacken zusammenkneifen und weitermachen, sonst ist der Job … naja. Fürn Arsch eben.« Scholz lachte auf. »Ist mir auch passiert, ganz am Anfang, klassisch. Aber du hast den Dreh bekommen, du bist ein guter Architekt, das darfst du nicht vergessen. Und uns war das vom ersten Tag an klar.«

Ben wusste darauf nichts zu sagen, die Gedanken wirbelten in seinem Kopf umher, und das unterschwellige Gefühl von Freude und Stolz wollte sich nicht so recht einstellen, klopfte nur ganz verhalten an. Dabei war das alles mehr an Erfolg, als er sich je erhofft hatte, seit er sich bei Niemeyer beworben hatte. Nur was würde nun werden, wenn das Büro geschlossen würde? Hamburg?

»Ich weiß nicht, ob ich das will«, sagte Ben später zu Lara, während er auf dem Bett lag und mit ihr telefonierte. »Hamburg ist schön, aber doch nicht zum Leben, und leisten können wir uns das auch nicht.«

»Bisher weißt du ja auch nur von Scholz, was geplant ist. Warte doch mal, was dein Chef sagt.« Laras Einwand klang nachvollziehbar. »Vielleicht stellt Niemeyer auch einen neuen Standortleiter ein.«

»Du hast recht. Ich mach mir zu viele Sorgen. Aber ich raffs nicht, dass Scholz weggeht.«

»Thailand ist in der Tat eine krasse Nummer. Was will er da machen?«

»Zum einen natürlich als Architekt arbeiten, aber er hat sich als Energieberater weitergebildet, das wird wohl sein Haupt-Steckenpferd. Ich weiß nicht einmal, ob er thailändisch spricht.« Ben grübelte. Der Gedanke, ohne Scholz in diesem Büro zu sein oder zu arbeiten, nicht mehr alles mit ihm zu besprechen, fühlte sich merkwürdig und ungewohnt an.

»Du weißt ziemlich wenig über ihn, dafür, dass ihr seit Jahren in einem Büro sitzt«, stichelte Lara.

Ben musste darüber lachen. »Solange ich alles über dich weiß, Schönste, ist mir das egal.«

Lara

»Ich wusste nie, wohin ich mit meinem Leben sollte, was ich mir wünschte, was ich erträumte, doch jetzt, wo sich etwas Neues anbahnt, wo sein Lächeln eine Sehnsucht weckt, da weiß ich: Seine Hand in meiner, unsere Blicke aufs Wasser gerichtet, das ist der Ort, an dem ich sein will.«

Es war dunkel geworden. Lara hatte gar nicht gemerkt, wie die Zeit vergangen war. Sie stand auf und streckte sich durch, ihr Rücken fühlte sich an, als hätte sie sich Ewigkeiten nicht bewegt. Ein Blick auf die Uhr zeigte ihr, dass sie nun über drei Stunden geschrieben hatte.

Kurz beugte sie sich noch einmal über die Tastatur, um das aktuelle Manuskript zu speichern, auch wenn sie das zwischendurch immer tat. Es schadete ja nie, sicherzugehen.

Im Kühlschrank fand sich nichts, woraus sich ein warmes Essen zubereiten ließ, also beschloss Lara, einkaufen zu gehen. Ihre Geschichte ließ sie nicht los. Nach dem Telefonat mit Ben in der letzten Nacht hatte sie ihr Protagonisten-Pärchen nach Hamburg versetzt. Dort an der Elbe sollten sie miteinander ihr Glück finden, denn es stand im Raum, dass auch für ihr eigenes Leben die Hansestadt bald eine Rolle spielen könnte.

Aber wollte sie das? Für Ben wäre das sicher ein enormer Sprung, vom Vorstadtbüro in die große Stadt. Werner Niemeyer hatte einen guten Ruf, er hatte sich über viele Jahrzehnte ein Standing aufgebaut. Zumindest behauptete Ben das. Allerdings war er auch von Timo und Magnus überzeugt gewesen, und da hatte er sich ja bekanntermaßen ziemlich geirrt.

Wären ihre Eltern nicht gewesen – Lara war sich sicher, sie hätten sich getrennt. Nicht nur, dass ihre Zukunft, ihre Träume zerbrochen waren, sie wussten auch nicht, wie es weitergehen sollte. Allein nur mit Laras Gehalt wäre es knapp geworden. Ben war kurz vor dem Durchdrehen und genau wie sie völlig blockiert von diesem riesigen Berg Schulden. Aber ihr Vater kannte Niemeyer aus der Schule, ihre Mutter verschob ihre Pläne eines zusätzlichen guten Mieteinkommens im eigenen Haus, und so konnten sie zum einen im Haus ihrer Eltern wohnen bleiben, und zum anderen trieb ihr Vater Ben dazu an, sich bei Niemeyer zu bewerben. Das hatte nun einige Jahre gut funktioniert.

Sie waren nur einmal in Hamburg gewesen, bei Bens Vorstellungsgespräch, und leider hatten sie kaum Zeit gehabt, sich die Stadt anzusehen. Die Großstadt war weit entfernt von hier, von ihrem Zuhause, ihrem Job, ihren Freunden, ihren Eltern. Es wäre wieder ein neuer Schritt in ihrem gemeinsamen Leben. Ein Schritt, den sie für Ben tun würden. Ein Schritt wie der Verzicht auf ein eigenes Haus, Kinder, Reisen, und oft sogar Zweisamkeit.

Aber angenommen … angenommen, sie würden das machen, vielleicht wäre es ja auch ein neuer Weg für sie als Paar. Vielleicht sollte sie nicht so abweisend sein, sondern sich der neuen Möglichkeit öffnen. Vielleicht könnte es ihrer Ehe neuen Schwung geben. Und nicht nur ihrer Ehe.

Lara kaufte Bio-Hackfleisch und beschloss, sich eine Bolognese zu kochen, und während ihre Nudeln kochten, forschte sie im Internet, las über die Stadt, die Wohnmöglichkeiten, die Arbeitschancen. Schaute sich Ausflugsziele, Restaurants und Hotels an. Und buchte.

»Bist du von allen guten Geistern verlassen?«

Lara saß mit hochgezogenen Knien auf der Couch und versuchte, den Schmerz zu unterdrücken, den Bens Worte in ihr auslösten. Er zog in den Bauch und breitete sich komplett in ihrem Körper aus. Ihr wurde heiß und kalt gleichzeitig.

Ben war richtig wütend.

Sie hatte aufgeräumt, gekocht, die Betten frisch bezogen und den Tisch gedeckt.

Sie hatte sich ein hübsches Kleid angezogen, die Haare locker hochgesteckt und ein wenig Make-up aufgelegt.

Sie hatte eine kleine Collage zusammengestellt von dem gebuchten Hotel und einigen Sehenswürdigkeiten aus Hamburg und ihm das freudestrahlend geschenkt.

Und Ben flippte total aus.

»Ich will gar nicht wissen, wie viel das gekostet hat, das ist doch totaler Irrsinn. Wenn Niemeyer mich sehen will, soll er die Fahrtkosten zahlen, aber eine Reise, einfach so? Verdammt, Lara, das übersteigt alles, was dieses Jahr für Urlaub drin gewesen wäre.« Er sprang auf und sprengte mit seinem Wutausbruch ihr romantisches Wiedersehen, naja, eigentlich hatte sie es gesprengt. Das falsche Geschenk zur falschen Zeit. Im falschen Leben.

»Wieso regst du dich so auf? Wir könnten uns das alles mal für ein Wochenende anschauen, bevor wir so eine Entscheidung treffen«, warf sie ein, doch Ben winkte ab.

»Ich muss mir das alles nicht anschauen. Du selbst hast gesagt: Es ist noch nicht mal im Gespräch. Scholz hat mir das unter vier Augen erzählt. Solange Niemeyer nicht von sich aus kommt, denke ich nicht mal darüber nach.«

Sie musterte sein Gesicht, war nicht sicher, ob er das so meinte. Ben war ein Planer, er dachte immer mehrere Schritte voraus. Zu glauben, dass er nicht bereits über einen Umzug nach Hamburg nachdachte, fiel Lara schwer.

»Es würde uns guttun«, sagte sie leise, und das meinte sie so. Mehr und mehr hatte sie das Gefühl, dass ihre Ehe unter keinem guten Stern mehr stand, die wenigen

Momente der Nähe nur noch ein Aufflackern einer ehemals heißen Flamme waren.

»Es würde uns guttun, danach nicht knapp bei Kasse zu sein.« Er blieb stehen und sah sie an. »Ist dir das alles so egal? Bin ich der Einzige hier, der sich Sorgen macht?«

Lara setzte sich auf. »Was soll mir egal sein? Wir? Unsere Ehe? Die Schulden? Nein, du Idiot, deshalb hab ich das ja gemacht. Wir brauchen endlich mal Zeit für uns, allein, ohne meine Eltern, ohne die Jobs und ohne die verdammten scheiß Schulden. Die bestimmen unser Leben in einer Art-«

»Lara«, warnte er sie. »Ich tue alles, damit wir das Problem loswerden. Und du boykottierst es mit so einem ... so einem ... so einer unnötigen Reise!«

»Ich tue ... was?!« Sie war fassungslos. Sie boykottierte ihn? War das sein Ernst?

Sie ließ sich zurückfallen. Ihr fiel nichts ein, was sie sagen konnte, so sehr wirbelten die Gedanken in ihrem Kopf umher. Aber sie musste auch nichts sagen, Ben redete sich in Rage.

»Wir haben einen festen Betrag, den wir zurückzahlen, den wir zum Leben brauchen. Wir haben feste Regeln ausgemacht, damit wir die Schulden so bald wie möglich los sind. Da kommt so eine Ausgabe von ... wie viel? Fünfhundert? ... das ist einfach nicht drin, verdammt, das ist doch klar. Wieso denkst du da nicht drüber nach?«

Das war zu viel. Lara sprang auf. »Ich habe darüber nachgedacht, Ben, und ich habe unsere Ehe für wichtiger empfunden als die verdammten Schulden. Die ruinieren unser Leben, sie ruinieren dich, und du kriegst es nicht einmal mit. Ziehst dich an so einem Kleinkram hoch und raffst es nicht mal. Wach mal auf. Wir haben überhaupt keine Eile, solange wir diese Schulden bei meinem Vater haben und nicht bei der Bank. Was ist nur dein Problem?«

»Mein Problem ist«, er knurrte diese Worte regelrecht, »dass ich diese Schulden loshaben will, ob sie bei deinem Vater sind oder sonst wo. Schulden, die ich verursacht habe. Meinst du, ich finde das witzig, bei meinem Schwiegervater mit immer noch sechzigtausend Euro in der Kreide zu stehen?«

»Meinst du, ich finde das witzig?« Lara lächelte spöttisch. So sehr sie Ben liebte, so unglaublich konnte er sie auf die Palme bringen. Als ob sie nicht auch ein blödes Gefühl dabei hätte.

Sie liebte ihre Eltern, ohne Zweifel, aber ihr Leben hatte sie sich auch anders vorgestellt.

»Zumindest so sehr, dass du eine solche Ausgabe tätigst, ohne mich zu fragen.«

»Ohne … was? Ohne dich zu fragen?« Lara starrte Ben entgeistert an. Hatte sie sich verhört? »Hast du sie noch alle? Ich arbeite auch, vergiss das mal nicht.«

Ben schnaubte und wandte sich ab, sah aus dem Fenster. Manchmal erkannte Lara ihren Mann nicht wieder, manchmal fragte sie sich, ob er schon vor dem Konkurs so gewesen war oder ob ein beruflicher Fehler einen Mann wirklich in der Art verändern konnte.

Hatte sie zu wenig Verständnis für ihn?

Sie versuchte, sich zu beruhigen. Dachte an die Hochzeit, an das letzte Wochenende, an sein Lächeln beim Frühstück, an seine lieben Worte, drehte den Anker an ihrem Handgelenk herum. Dann legte sie ihm sanft die Hand auf den Rücken. »Lass uns doch noch mal durchrechnen, vielleicht passt es ja. Ich kann ein paar Überstunden machen, oder-«

»Vergiss es.« Er schüttelte ihre Hand ab, indem er einen Schritt von ihr wich und sich dann zu ihr umdrehte. »Es geht doch um viel mehr als das.«

Sie verschränkte die Arme. »Ach, und um was? Jetzt bin ich mal gespannt.«

»Da brauchst du gar nicht so tun. Wir wollten die Schulden abbezahlen, wir waren uns einig, dass das unsere Priorität ist. Wieso triffst du eine gegenteilige Entscheidung ohne mich?«

Es fiel ihr schwer, sich nicht von seinen unfairen Worten provozieren zu lassen. »Weil ich dir eine Freude machen wollte, offen sein für eine Veränderung, die dich beruflich weiterbringt. Und weil ich so gern mit dir verreisen würde.«

Ben ignorierte ihren Versöhnungsversuch. »Ich weiß noch gar nicht, ob mich das beruflich weiterbringt. Was sollen wir denn in Hamburg? Wir haben noch nicht mal in Ruhe darüber gesprochen. Niemeyer hat noch nicht mal drüber gesprochen. Lara, das geht alles viel zu schnell.«

Sie schwieg, schaute nur zu ihm hoch.

Er erwiderte ihren Blick, doch da war kein Zeichen von Wärme oder Nähe, nur Unverständnis.

Geld machte irgendwie alles kompliziert.

Sie hatte zwei Möglichkeiten. Einlenken oder bis aufs Blut weiterstreiten.

Sie lenkte ein. »Du hast recht. Möglicherweise ist da wirklich nichts dran. Sonst hätte er ja beim Essen was gesagt.« Sie lehnte sich neben Ben an die Fensterbank, dachte über Niemeyer nach, der das alles doch schon lange wissen musste. Immerhin löste man so ein Büro auch nicht von heute auf morgen auf. »Er wollte doch am Abend meiner Party den Erfolg feiern und besprechen, wer was übernimmt. Kam das da nicht zur Sprache?«

»Nein.« Ben spannte sich sichtbar an.

»Was?«

»Nichts. Er hats halt nicht erwähnt. Jedenfalls nicht in der Zeit, als ich da war, und Montag am Telefon auch nicht. Da haben wir zwar die Details besprochen, aber er hat nicht gesagt, dass ich nach Hamburg kommen soll oder Scholz aufhört. Das hat mir Scholz ja jetzt erst gesagt.«

»Wieso habt ihr die Details Montag am Telefon besprochen? Dafür hast du meinen Geburtstag abgesagt?«

»Lara …« Ben fuhr sich über den Nacken und stieß sich von der Fensterbank ab. »Ich hab keine Lust mehr auf das Thema. Stornier Hamburg bitte.«

»Ich find es nur merkwürdig. Irgendwas erzählst du mir doch nicht.« Sie hatte ein komisches Gefühl im Bauch, irgendwas stimmte nicht. Bens Wut war verraucht, er war trotzdem komplett auf Abwehr. Sie zog die Augenbrauen zusammen und hakte ihren Finger in seinen Gürtel, zog ihn zurück. Er drehte sich zu ihr um, konnte ihren forschenden Blick aber nicht erwidern.

Er verdrehte kurz die Augen, holte tief Luft. »Er wollte eigentlich beim Essen darüber sprechen. Aber als er hörte, dass du deinen Geburtstag feierst, da ... naja. Da hat er gesagt, ich soll mit dir feiern gehen.«

Lara erinnerte sich an ihre Freude, als Ben so überraschend früh auf ihrer Party aufgetaucht war, wie sie getanzt hatten, wie glücklich sie gewesen war. Scheiß aufs Business, hatte er gesagt. Mit einem Mal fühlte sie unbändige Wut in sich aufsteigen.

»Und mir hast du weisgemacht, du wärst gern bei mir, scheiß aufs Business?« Ihre Stimme zitterte, sie steckte die Hände in die Hosentaschen, ballte sie zu Fäusten. »Und eigentlich hat dich dein Chef geschickt?«

»Ich bin doch auch gerne bei dir, ich fands toll, mit dir zu feiern.« Sein Lächeln war bemüht, und das machte Lara noch wütender. Er wusste ganz genau, was hier los war, und dass er sich soeben einen riesigen Fettnapf geleistet hatte. Aber ihr machte er Vorhaltungen.

»Weil dein Chef es wollte. Hätte Niemeyer dich nicht geschickt, wann wärst du gekommen? Nach dem Essen?«

Ben verengte die Augen und schwieg.

Da wusste Lara, dass sie recht hatte. Ben wäre überhaupt nicht auf die Idee gekommen, eher nach Hause zu kommen, um bei ihr zu sein. Er hatte bis zuletzt sein Geschäftsessen wichtiger genommen, obwohl sogar sein Chef anderer Meinung war.

»Das ist das Letzte, Ben.« Es brannte in ihrem Hals, sie schluckte, wusste nicht, wohin mit dieser Enttäuschung.

»Ach komm, Schatz, die Hauptsache ist doch, dass ich dabei sein konnte.« Versöhnlich legte er den Arm um sie, doch jetzt wich Lara aus.

»Die Hauptsache ist, dass du es nicht wolltest und mich angelogen hast. Ich erkenne dich überhaupt nicht wieder. Und weißt du was? Auch wenn es dir egal war, sogar Tom hat seinen Geschäftstermin für meinen Geburtstag verschoben, und der hat allemal wichtigere Meetings als du!«

Ben zuckte zurück, als hätte sie ihn geschlagen, und vermutlich fühlten sich ihre Worte für ihn auch so an. Es war ihr egal, sie würde ihn gerade gern so unendlich viel mehr verletzen für den Schmerz, den sie fühlte. Wann war sie ihm so gleichgültig geworden? Sie spürte, wie ihr die Tränen in die Augen schossen.

»Tom war doch immer dein Superheld, vielleicht hättest du ihn heiraten sollen.« Bens Stimme war leise und verbittert, brüchig und schmerzerfüllt, doch Lara scherte sich nicht drum. Sie musste raus hier, sie hatte das Gefühl, neben ihrem Mann nicht mehr atmen zu können.

Für gewöhnlich ging Ben raus, um Distanz zu suchen, um einen klaren Kopf zu bekommen, zu joggen und sich alles von der Seele zu laufen. Lara fragte sich, wie er das machte, dass er danach wirklich gelassener zu sein schien. Bei ihr funktionierte es nicht. Auch nach zwei Stunden strammen Schrittes durch den Wald und dann durch den Ortskern war sie aufgebracht.

Dass ihre Überraschung bei Ben Unverständnis hervorgerufen hatte, das konnte sie nachvollziehen. Eventuell war ihre spontane Entscheidung, ein Wochenende in Hamburg zu buchen, etwas übereilt gewesen. Aber das hätte er ja anständig ansprechen können. Sie so anzugehen, total unfair, von seinem Vorwurf, sie hätte ihn fragen müssen, und der Eifersucht wegen Tom mal ganz abgesehen, das war extrem lächerlich. Wie kam er nur auf so was?

Tom und sie kannten sich so lange, zwischen ihnen war nie etwas gewesen. Ben glaubte nicht, dass es Freundschaft zwischen den Geschlechtern geben konnte, aber sie sah doch nicht jeden Mann als potenziellen Bettgefährten. Sie fragte sich, ob er so dachte, ob für ihn jede Frau nur aus Brüsten und einer Vagina bestand, ob sie seelenlose Geschlechtsteile waren. Wenn dem so war, hatte sie mehr an ihrem Mann anzuzweifeln, als sie gedacht hatte.

Sie spürte, die Wut grollte immer noch in ihr, als hätte sie sich aufgestaut, als käme sie aus jeder Pore ihres Seins herausgekrochen, als hätte es nur noch einen winzigen Anlass geben müssen. Aber der Anlass war überhaupt nicht winzig.

Ben hatte sie angelogen. Das war so ziemlich das Gegenteil von winzig.

Es war das Fundament, und er hatte es eingetreten.

Betty Whitman war eine quirlige Frau mit strubbeligen braunen Haaren, die mit dem simplen Hochziehen ihrer Mundwinkel einen ganzen Raum zum Strahlen bringen konnte. Lara und sie hatten sich auf Anhieb gut verstanden, als sie sich vor Kurzem beim Abendessen mit Tom und Bettys Mann Andrew kennengelernt hatten. Betty arbeitete als Schriftstellerin und Coach für kreatives Schreiben, und Lara erfand für ihr Leben gern Geschichten, kurzum: Sie hatten eine Menge Gesprächsstoff.

Lara war weit entfernt davon, sich Autorin zu nennen, sie hatte lediglich viele unfertige Geschichten in der Schublade und noch mehr Ideen für neue, aber Betty hatte nur abgewunken. Jeder Mensch war ihr herzlich willkommen, und die, die schrieben, gleich noch mehr.

»Es ist super lieb von dir, dass du so kurzfristig Zeit hast.«

Sie hatten sich zum Kaffee verabredet, nachdem Lara sich überwunden und auf Toms Anraten hin Kontakt zu der amerikanischen Bestseller-Autorin gesucht hatte. Überraschenderweise hatte diese Lara direkt eingeladen, und so saßen sie nun in Laras Lieblingscafé, beide mit einem Milchkaffee, beide mit einem Stück Käsekuchen.

Ben war gestern Abend bei ihrer Rückkehr nicht zu Hause gewesen, und als er ins Bett kam, schlief sie schon. Und so war es eine vertraute Stimmung zu Hause.

Sie schwiegen.

Lara fühlte noch immer Wut, doch mehr als wütend war sie traurig und verletzt.

»Ich freu mich total. Cafés und nette Gespräche sind immer eine willkommene Ablenkung vom Schreibtisch!«

»Hast du deinen Abgabetermin noch geschafft?« Lara freute sich über die Herzlichkeit der Autorin, die ja im Grunde eine Fremde für sie war. Doch schon am ersten Abend hatte sie ein so vertrautes Gefühl zu ihr empfunden, dass sie jetzt ehrlich froh war, dass es Betty offenbar genauso ging. Warum sonst hatte sie ein so schnelles Treffen vorgeschlagen?

»Oh ja.« Betty lachte. »Ich habe drei Nächte nur vier Stunden geschlafen, und Andrew musste Essen mitbringen, sonst hätte ich nur Sandwiches gegessen. Aber es hat geklappt, ich habe zwei Stunden vor der Deadline abgeschickt.«

»Super. Und? Bist du zufrieden?« Lara würden nie die Fragen versiegen, die sie Betty stellen konnte. Die fast zehn Jahre ältere Frau hatte schon früh zu schreiben angefangen und war ihr so weit voraus, und doch teilte sie ihr Wissen großzügig, auch wenn sie damit sogar Geld verdiente, weil sie Kurse und Seminare gab.

»Ja, sehr. Es ist sehr süß geworden.« Betty musterte Lara. »Und du? Bist du weitergekommen?«

Lara verzog das Gesicht und malte mit der Gabel Rillen auf ihren Käsekuchen. Sie liebte dieses Café, in dem im Hintergrund unaufdringliche Coffeehouse-Musik lief und helle Möbel und Meeresbilder an den Wänden ein untypisches Flair boten. So ein bisschen hatte ein Aufenthalt hier etwas von Urlaub und Auszeit, vielleicht mochte es Lara deshalb so gerne. Doch heute konnte sie sich nicht einmal für den selbstgebackenen Kuchen erwärmen. »Nur ein bisschen. Ich habe es so gemacht, wie du vorgeschlagen hast, und das Paar nach Hamburg gebracht, und …« Sie stockte.

»Und?« Betty leckte etwas Milch von ihrem Löffel, ohne Lara aus den Augen zu lassen. »Was ist dann passiert?«

»Dann hatte das Paar einen Riesenstreit, und seitdem schweigt es sich an.« Lara seufzte, schob ihren Teller weg – und erzählte Betty alles.

»Es ist gut, wenn du darüber schreibst, aber autobiografisches Veröffentlichen ist immer so eine Sache.«

»Ich will ja nicht veröffentlichen«, warf Lara ein.

»Nein? Wieso nicht?« Betty sah sie erstaunt an. Längst hatten beide den zweiten Kaffee vor sich stehen.

»Weil …« Lara überlegte. »Darüber hab ich nie nachgedacht. Ich will eigentlich nur Geschichten erzählen.«

»Eigentlich!« Betty grinste.

»Hm, ja«, gab Lara zu. »Ich bin froh, wenn ich überhaupt mal etwas fertigbekomme. An irgendeinem Punkt höre ich immer auf, immer dann, wenn es zu heikel wird

oder das Paar Konsequenzen zieht, als würde ich damit …
eigene herbeibeschwören.«

»Eigene Konsequenzen? Wie meinst du das?«

Lara fühlte sich unangenehm berührt und rutschte auf der beigefarbenen Lederbank hin und her. Ihr Blick fiel auf die Theke, an der zwei junge Frauen saßen und sich unterhielten. Ob andere Menschen auch solche Unsicherheiten hatten? Über ihr Schreiben zu sprechen war kein vertrautes Terrain für sie. Bisher hatte sie das immer mit sich selbst ausgemacht.

»Ich schreibe, um meine Gefühle zu verarbeiten. Ich glaube, ich erfinde diese Romantiksachen, weil ich … weil ich es vermisse, zu lieben und romantisch zu sein. Weil ich gerne auch ein Happy End hätte«, sagte sie leise und hielt sich an ihrer Kaffeetasse fest, die ihre Finger wärmte und angenehm vertrauten Duft in ihre Nase steigen ließ. Noch nie hatte sie ihre Gefühle so in Worte gefasst, und während sie sie aussprach, wunderte sie sich darüber, wie wahr es sich anfühlte. War das ihre Intention, Geschichten zu erfinden?

»War das schon immer so? Du hast gesagt, du schreibst schon lange.« Betty sah sie skeptisch an.

»Früher habe ich eher Kurzgeschichten und Briefe geschrieben. Romane oder vielmehr Plots für Romane, das kam erst vor zwei, drei Jahren.«

»Kreativität kommt auf vielen Wegen zu den Menschen. Fühlt es sich denn gut an? Geht es dir danach besser?«

»Ich weiß nicht. Es fühlt sich an, als würde ich nur schreiben, um meine Gefühle loszuwerden.« Lara seufzte. Sie hatte schon immer Probleme damit gehabt, das mit dem Schreiben irgendwie zu erklären.

»Wenn es dir hilft, ist das doch gut. Nichts brauchen romantische Geschichten mehr als Gefühle.« Betty lächelte sie aufmunternd an. »Trau dich einfach mal was.«

Diese Worte gingen Lara nicht aus dem Kopf, auch nicht, als Betty längst weg war und sie langsam nach Hause spazierte. Ben würde lange arbeiten, niemand wartete auf sie, und die Wohnung klagte nur vom stummen Vorwurf einer Zukunft, die sie nicht hatten.

Und nur vielleicht war sie auch viel zu frustriert.

Trau dich einfach mal was.

Wenn sie den Mut hätte, sich zu trauen, was würde sie tun? Wie würde ihr Leben aussehen, wenn es nicht geprägt wäre von einem Berg Schulden, einem Mann, der sie fies angelogen hatte, einer Ehe, die nicht mehr so richtig funktionierte und Träumen, die längst begraben schienen?

Was würde sie tun, wenn sie die Wahl hätte, keine Verantwortung, keine Pflichten? Wenn sie … frei wäre.

Sie verzog das Gesicht, schob die Hände tief in die Taschen ihrer Jeans. Die Gedanken, die in ihr schwelten, gefielen ihr nicht. Sie waren nicht vereinbar mit dem, was bisher ihr Lebensplan war. Sie waren nicht vereinbar mit den Träumen und Wünschen, die sie seit Jahren hegte.

Hatte sie so viel Mut, diese Gedanken zuzulassen? Denn wenn Gedanken erst einmal gedacht waren, wenn Worte gesprochen waren, dann gab es nur selten ein Zurück. Dann wurden Gedanken zu Ideen, zu Was-wäre-Wenns, zu Möglichkeiten. Und wenn diese Möglichkeiten sich entwickelten, wenn sie neue Wege aufzeigten, dann erschienen sie auf einmal verlockend, und vielleicht war das die Kreuzung, an der sie wieder auf einen gemeinsamen Lebensweg einbiegen konnten.

Trau dich einfach mal was.

Ben

W as?« Ben wollte nicht glauben, was er da hörte. Er schüttelte den Kopf, als könnte er damit die Bedeutung von Laras Worten abschütteln.

»Es wäre ja nur für eine Weile.« Lara sah ihn ernst an, genauso ernst, wie sie offenbar das meinte, was sie eben gesagt hatte.

»Du willst dich … trennen?« Er musste sichergehen, dass er sie richtig verstanden hatte. »Wegen des einen Streits?« Er war fassungslos, eine eiskalte Faust drückte schwer in seinen Magen.

»Ich will mich nicht trennen. Ich schlage dir nur eine Pause vor. Wir sind in einer Sackgasse. Ich glaube, dass wir ein wenig Abstand brauchen.« Lara nahm seine Hand. »Ich will eine Chance, Ben. Du und ich, das ist so eingefahren, so trostlos. Wir reden nicht mehr miteinander, wir leben nebeneinanderher.«

Er entzog ihr seine Hand. Zu viel Nähe, das ging jetzt echt nicht. »Und eine Trennung macht das besser? Wie soll das denn funktionieren?« Mit beiden Händen fuhr er sich durch die Haare. Das wollte er nicht, auf gar keinen Fall.

»Du hörst mir nicht zu!« Sie seufzte und schob sich ihre Haare auf den Rücken.

Natürlich hörte er ihr zu. Ganz klar hatte er vernommen, dass sie für sechs Monate keine Beziehung mit ihm wollte, was einer Trennung auf Zeit gleichkam – und das lag sicher nicht in seinem Interesse. »Ich höre dir zu. Eine Pause ist eine Trennung auf Zeit. Sag doch bitte gleich, dass du über Scheidung nachdenkst.«

»BEN! Ich denke nicht über Scheidung nach. Ich will nur … meine Güte. Dass du nicht einfach mal zuhören kannst. Es ist immer so. Jedes verdammte Mal. Ich will mit dir reden, und das Einzige, was du tust, ist analysieren und dir deine eigenen Sachen zurechtreden. Ich will keine Scheidung!«

Er atmete tief durch, als er die Tränen in ihren Augen sah und die Verzweiflung in ihrer Stimme hörte. Okay, vielleicht hatte sie recht, vielleicht interpretierte er wirklich zu viel. Also gut.

»Erkläre es mir bitte noch einmal. Ich höre zu.« Er hob den Kopf und sah sie an, diesmal nahm er ihre Hand, lächelte tapfer, obwohl auch ihm zum Heulen zumute war.

Lara schwieg ihn an, kaute auf ihrer Unterlippe herum. Er ließ ihr Zeit, betrachtete sie. Sie trug die langen Haare offen, sie fielen ihr weit über den Rücken, und er liebte das. Liebte es, seine Hände hineinzuwühlen, seine Nase hineinzupressen, ihren Duft zu inhalieren. Laras Haare waren weich und samtig, von einem Haselnussbraun. Er war froh, dass er ihr oft sagte, wie sehr er sie liebte, nicht nur ihre Haare, nicht nur, wenn sie ein atemberaubendes Kleid trug wie an ihrem Geburtstag.

Sie hatte Mühe, Worte zu finden. »Wir kennen uns so gut, wir haben viel erlebt. Das werfe ich nicht weg. Aber das hat eben auch viel mit uns gemacht. Wir verbringen kaum noch Zeit miteinander, alles ist von Geld und Arbeit geprägt.«

Sie hielt abwehrend die Hand hoch, als er was dazu sagen wollte. Also schwieg er, auch wenn es schwerfiel.

»Ich glaube, dass wir einen Ausweg brauchen, und dass wir den so nicht finden. Dass wir uns wieder daran erinnern müssen, warum wir zusammen sind, und das gelingt nur, wenn wir dafür eben … nicht zusammen sind, nicht ständig den Alltag teilen. Mehr für uns sind. Ich will mal nur an meine Dinge denken, meinen eigenen Rhythmus leben. Nur für eine Weile.«

Ben atmete tief durch. Das gefiel ihm ganz und gar nicht, und Laras optimistisches Lächeln beruhigte ihn auch nicht annähernd so viel, wie es wohl sollte.

Sechs Monate.

Ein halbes Jahr.

Und dann?

»Das Risiko ist ziemlich hoch, findest du nicht? In sechs Monaten kann viel passieren«, warf er ein. Sie spielte mit seinen Fingern, und er beobachtete ihre Hand.

»Was soll denn passieren? Ich habe nicht vor, einen anderen Mann kennenzulernen, wenn du das meinst.« Sie legte den Kopf schräg. »Es gibt auch keinen anderen, Ben. Und ich habe auch nicht vor, endlich mit Tom zu vögeln.« Ihr Sarkasmus war nicht zu überhören.

»Und wenn ich eine andere Frau kennenlerne?« So einfach wollte er es ihr nicht machen. Sah sie nicht die Gefahr, die hinter so einer verrückten Idee steckte?

»Dann ...«, sie holte tief Luft, »... ist es deine Entscheidung, was du mit ihr machst. Ich für meinen Teil weiß, dass ich dich liebe. Dass ich mit dir alt werden will. Glaube ich jedenfalls. Aber gerade ertrage ich das hier nicht. Ich will mich ... selbst wiederfinden.« Sie lächelte schief. »Klingt schräg, oder?«

»Ziemlich. Und ich will das nicht.« Er konnte ihr Lächeln nicht erwidern. Zu überwältigend spürte er die Angst aufkeimen, und mit Angst kannte er sich aus. Das fühlte sich nie gut an, nicht mal dann, wenn man sich dran gewöhnt hatte. »Wie soll das funktionieren? Hast du dir das auch überlegt?«

Sie zögerte. »Ich würde das Büro ein bisschen umräumen und dort schlafen.«

Ben zog scharf den Atem ein. »Getrennt schlafen?«

Sie zog eine Schnute. »Ja. Es nutzt ja nichts, wenn alles wie gewohnt weitergeht. Bitte, Ben.«

»Was versprichst du dir davon?« Er verspürte ein riesiges Verlangen, Lara in seine Arme zu ziehen und ihr alles zu versprechen, was sie nur wollte. Gleichzeitig war ihm ihre Nähe zu viel, vor allem wenn sie vorhatte, ihm das für die nächsten Monate zu entziehen. Abrupt stand er auf und ging im Wohnzimmer umher.

Sein Blick schweifte über den alten Ohrensessel seines Opas, den er ihm vermacht hatte, als er sich zwei neue Sessel gekauft hatte, den großen Flat Screen, das alte schwarz-weiß Bild der Siedlung, in der sein Vater aufgewachsen war. Die Pflanzen, die auf der Fensterbank standen und von Lara liebevoll hochgezogen wurden. Es roch dezent nach Orange, und als er sich genauer umsah, entdeckte er eine kleine Öllampe auf dem Sideboard. Er mochte sein Zuhause. Nie hatte er das so deutlich gespürt wie in diesem Moment.

»Was soll in sechs Monaten anders sein? Wir werden uns noch mehr auseinandergelebt haben.« Sie hatte nicht unrecht mit dem, was sie sagte, und vielleicht hatte er auch weggesehen. Ignoriert, dass es nicht gut lief, weil er gehofft hatte, es würde sich wieder einrenken, wie eine Schulterzerrung beim Sport oder ein aufgeschürftes Knie nach einem Sturz. Aber um das zu kitten, musste man näher zusammenrücken, nicht weiter auseinander.

»Wir haben Zeit, uns darauf zu besinnen, was wir wollen. Was möglich ist, wer wir sind, allein und zusammen. Was wir wollen vom Leben.« Sie stand auf, kam zu ihm hin. Sie trug wieder seinen Lieblingshoody.

Schmerzhaft wurde ihm klar, dass sie das wohl nun auch nicht mehr machen würde, seine Klamotten tragen.

»Du bist doch eh viel an der Nordsee nun, und wenn wir uns ein wenig aus dem Weg gehen, wird es bestimmt in Ordnung sein.«

Gar nichts war in Ordnung. Er hasste die Regeln, auf denen Lara bestand, er hasste die Vorstellung, allein zu schlafen, er hasste die noch viel schlimmeren Vorstellungen, die seine Fantasie quälten.

Und am meisten hasste er das Gefühl, keine Wahl zu haben. Sechs Monate oder für immer.

Das waren letztendlich die Worte gewesen, wegen denen er eingeknickt war, diese Worte und Laras Ernsthaftigkeit, weil sie felsenfest überzeugt davon schien, dass eine Pause ihre Ehe wieder zu dem machen würde, was sie beide so ersehnten.

Er sah ihr zu, wie sie das Büro in einen kleinen Wohnraum verwandelte, und selbst das schaffte sie mit einer Leichtigkeit, dass ihm übel wurde. Er war neidisch auf diese kleine Oase der Gemütlichkeit, auf die Art, wie das sanfte Winterlicht auf Laras Schreibtisch fiel, auf dem nichts stand außer ein altes Tintenfass vom Flohmarkt, ihr Rechner und derzeit ihr Geburtstagsstrauß in einer Glasvase, wie die Pflanzen auf der Fensterbank blühen würden, wie die Schlafcouch sich unter Laras Gewicht anfühlen würde.

Wieder und wieder las er den Zettel, den sie mit einem Magneten an den Kühlschrank gepinnt hatte: Die Regeln.

- *keine persönlichen Gespräche*
- *keine gemeinsamen Mahlzeiten oder Unternehmungen*
- *Absprachen nach Notwendigkeit*
- *getrenntes Geld für alles außer Fixkosten*
- *keine Rechtfertigungen oder Erklärungen*
- *lebe, als wärst du Single*

Die letzte Regel beschäftigte ihn am meisten. Wie meinte sie das? Sie hatte gesagt, sie wollte keinen anderen Mann kennenlernen, aber das ergab sich ja vielleicht trotzdem, und was wäre dann? Würde sie mit einem anderen schlafen? Würde sie ihn betrügen? Genau genommen war es dann kein Betrug, er hatte diese verdammten Regeln abgenickt, zähneknirschend auch die letzte. Wobei sie über die am längsten diskutiert hatten.

Diese Freiheit galt ebenso für ihn, natürlich. Er konnte ausgehen, flirten, ohne schlechtes Gewissen Frauen anquatschen und vielleicht auch mehr. Das tun, was er sich bisher untersagt hatte, was immer nur ein Gedanke und eine Fantasie geblieben war.

Es fühlte sich nicht gut an.

Als er später allein im Bett lag und zu Laras leerer Bettseite schaute, vor ihrer Bürotür stand und horchte, ob sie schon schlief und sich wieder in sein einsames Bett schlich, beschloss er, mit niemandem darüber zu reden. Er würde diese Zeit einfach durchstehen, in der Hoffnung, dass Lara es recht bald bereuen würde, diesen Vorschlag gemacht zu haben.

Doch er hoffte vergeblich.

Tag für Tag wurde ihm durch etwas anderes bewusst, dass sich sein Leben verändert hatte. Ohne Lara zu schlafen fehlte ihm, daran konnte er sich aber noch am einfachsten gewöhnen. Aber die vielen Kleinigkeiten, die eine Ehe, ein Zusammenleben ausmachten, waren durcheinandergeraten. Niemand erinnerte ihn an wichtige Dinge, niemand hörte ihm zu, wenn er Redebedarf hatte, und als er am dritten Abend nach Hause kam und ihm endlich klar wurde, dass wieder niemand mit ihm zusammen essen würde, fuhr er genervt zum nächsten Imbiss.

Niemand stellte die Mülltonnen an die Straße, weil sie es nicht absprachen, niemand war nach einem langen Arbeitstag da. In seiner Sporttasche gammelte die verschwitzte Trainingskleidung vor sich hin, und als er sein letztes gebügeltes Hemd aus dem Kleiderschrank nahm, dämmerte ihm, dass er sich tatsächlich umstellen musste. Lara hatte all diese Aufgaben mit einer Selbstverständlichkeit erledigt, und nun lebte sie neben ihm her.

In den ersten Tagen war es ein sehr vorsichtiges umeinander Herumeiern gewesen, mittlerweile sahen sie sich kaum noch. Kurz kam ihm der Gedanke, ob sie ihm aus dem Weg ging. Wahrscheinlich tat sie das.

Es geht ihr gut, berichtete ihm seine Schwiegermutter Elly, als er bei ihr Kaffee schnorrte. Sie macht ihr Ding, erzählte ihm Marleen, die er beim Sport traf. Es wird schon gut ausgehen, versuchte Karsten ihn zu beruhigen.

Ben war nicht mehr sicher, ob er das auch glaubte. Wie konnte sie so bloß zufrieden sein? Und dann fiel ihm auf: Es waren erst Tage vergangen, es blieben noch Wochen. Monate.

Und er hatte keine Ahnung, wie er das überstehen sollte.

Wie immer half der Job. Als Projektleitung unterlagen ihm so viel mehr Aufgabenbereiche, dass er ganztägig mit Telefonaten oder Mails beschäftigt war und einmal mehr den Gedanken hatte, wie viel einfacher es wäre, würde er sich für die Genehmigungsplanung einfach in ein Hotel vor Ort einquartieren. Einfach an der Nordsee bleiben und die einsame Wohnung Wohnung sein lassen. Aber gerade jetzt wollte er nicht weg, gerade jetzt kam es ihm falsch vor, sich von Lara noch mehr als nötig zu distanzieren. Auch wenn sie das noch als Argument benutzt hatte.

»Du bist angespannt, was ist los mit dir?« Martin Scholz stellte ihm einen Kaffee auf den Schreibtisch, gerade als er das Telefon aufgelegt hatte.

Der Bürgermeister des kleinen Sielortes, in dem das neue Wellness-Bad entstehen sollte, erwies sich als nicht sonderlich kooperativ und hatte wieder einmal beiläufig nach seinem Chef gefragt. Ben war genervt und fühlte sich nicht ernst genommen.

»Gerdes hat gefragt, wann denn mein Chef wieder vor Ort wäre. Er hätte da noch ein paar Ideen.« Ben nahm die Tasse und lehnte sich in seinem Schreibtischstuhl zurück.

Martin lachte. »Tja, damit wirst du wohl leben müssen. Ich hab mächtig Eindruck hinterlassen.«

Ben verdrehte die Augen. »Es macht mir nur zusätzliche Arbeit.«

»Klar, aber so ist das im Job. Die alten weißen Männer wollen eben am liebsten mit alten weißen Männern arbeiten statt mit modernen Hipsterjungs. Sei froh, dass du keine Frau bist, da würdest du keinen Fuß durch die Tür kriegen bei dem. Apropos Frau: Wie geht's Lara? Ich hab sie gestern in der Stadt gesehen.«

»Moderne Hipsterjungs. Du verarschst mich doch.« Ben schüttelte den Kopf, ignorierte die Frage nach Lara. Wenn es schon im privaten Umfeld nicht funktionierte, Stillschweigen über die Trennung ... halt – Beziehungspause – zu wahren, wollte er im Job nun wirklich nicht darüber reden.

»Nein, tue ich nicht. Aber Gerdes ist so eine Generation, der steht nur auf seinesgleichen. Und du bist in seinen Augen zu jung, um so ein Projekt zu leiten. Ich habe dir natürlich mein Vertrauen ausgesprochen, aber da muss er sich halt erst dran gewöhnen. Wart mal ab, der bleibt eh nicht mehr lange Bürgermeister.«

»Mir egal, er soll mir nur nicht meine Zeit stehlen mit sinnlosen Anrufen.« Ben nahm einen Schluck von seinem Kaffee, sein Magen dankte es mit einem lauten Knurren. »Hunger?« Er sah seinen Kollegen an.

»Chinesisch. Und hier, trags dir ein.« Martin warf einen Umschlag auf Bens Schreibtisch.

»Was ist das?«, fragte Ben, während er im Aufstehen den Umschlag öffnete. »Eine Einladung? Zum Hundertsten?« Er lachte auf und sah den älteren Mann neugierig an.

»Ich werde fünfundfünfzig und Nang fünfundvierzig. Also hundert.« Scholz grinste. »Aber keinen großen Aufwand bitte, ein paar Blumen für meine Frau reichen. Und jetzt lass uns essen gehen.«

Ben legte die Karte auf seinen Schreibtisch und folgte Martin aus dem Büro hinaus. Er hatte direkt gesehen, dass die Einladung natürlich auch für Lara galt, sogar auf dem Umschlag standen ihre beiden Namen. Ob sie mitkommen würde? Galten die Regeln auch bei offiziellen Anlässen? Ihm wäre es recht, wenn dem nicht so wäre. Er wollte niemandem erklären, warum sie getrennte Wege gingen, es war ihm unangenehm, wenn zu viele Menschen davon wussten. Lara ging es sicher auch so.

Doch das tat es nicht.

»Nein, das möchte ich nicht. Wir haben die Beziehung auf Eis gelegt, das gehört auch dazu«, erklärte sie ihm, als er sie abends abfing und fragte, ob sie ihn zu Scholz' Feier begleiten würde.

»Es ist doch nur ein Abend, meinetwegen gehen wir nur für eine Stunde hin, und du musst ja nicht mit mir rummachen.«

»Sag ihm einfach, was Sache ist.« Lara schob ihn zur Seite und räumte ihre Einkäufe in den Kühlschrank.

Ben verschränkte die Arme. »Hast du es allen erzählt?«

»Ben, was soll das? Es sind nicht mal zwei Wochen, du knickst schon ein.« Sie warf ihm einen genervten Blick zu, und auch wenn sie ungehalten war: Sie sah wirklich niedlich aus. Ihre Haare hatte sie locker hochgebunden, sie trug eine bequeme Yogahose und ein Top.

»Ich knicke ein? Hey, ich wollte diese Pause ja auch nicht, ich habe nichts zum Einknicken. Ich mache das nur mit, weil du drauf bestehst und mir keine Wahl gelassen hast«, lamentierte er. Die Sache ging ihm gehörig auf die Nerven und machte alles furchtbar kompliziert.

Lara hielt in ihrer Bewegung inne. »Müssen wir das wieder diskutieren? Hier stehen die Regeln.« Sie klopfte auf den Zettel, der am Kühlschrank hing.

»Ja, deine Regeln, die ich auch dir zuliebe befolge, aber ich habe in der Sache durchaus auch ein paar Dinge zu sagen, fändest du das vielleicht nicht auch fair? Ich verlange nichts von dir außer … Ich will ihm einfach nichts sagen.« Ben wurde zunehmend wütend, es war doch wohl echt nicht zu viel verlangt. Er fragte sich, warum es ihn so traf, gerade Martin die Wahrheit zu sagen, doch er spürte es deutlich: Er wollte seinem Arbeitskollegen nichts von der veränderten Situation erzählen. Abgesehen davon, dass es ihn nichts anging, hatte Ben auch keine Lust auf kluge Ratschläge.

Doch schlimmer: Beim Gedanken daran, es auszusprechen, dass Lara eine Pause wollte von ihm und der Ehe, dass sie lieber ohne ihn war, da wurde ihm regelrecht übel. Und er wusste nicht, ob er es hinkriegen würde, ohne loszuflennen.

Lara warf ihm einen langen Blick zu, Mitgefühl trat in ihre Augen, dann nickte sie langsam. »Okay. Du hast recht. Tut mir leid. Aber das ist eine Ausnahme, klar? Zwei Stunden. Und kein Rummachen.« Sie hob drohend den Zeigefinger und lächelte ihn an.

Erleichtert griff er nach ihrer Hand und zog sie spontan an sich. Für einen Moment spürte er ihren Widerstand, doch dann erwiderte sie die Umarmung. Und Ben konnte nichts gegen die Hoffnung machen, die in seinem Inneren aufkeimte.

Anderthalb Wochen später war es so weit. Fast fühlte es sich wie vor der komischen Pause an, als Ben und Lara sich für die Geburtstagsfeier von Martin und Nang stylten. Sie gab ihm einen Rat zum passenden Hemd, er lobte ihr Kleid, sie fuhren zusammen hin.

Es fühlte sich an wie immer. Ein, zweimal versuchte Ben, Laras Hand zu nehmen, Gewohnheit, eine Geste, die in ihm verankert war. Doch immer entzog sie sich ihm und machte ihm schmerzhaft bewusst, dass es eben doch nicht wie immer war. Er bildete sich ein, dass man von außen nichts merken würde, dass man es ihnen nicht ansah, und bemühte sich um ein sicheres und normales Auftreten. Sie tanzten sogar miteinander. Aber Ben kannte seine Frau, und er spürte ihre Distanz.

Allerdings spürte er auch, wie sie mit zunehmendem Alkohol lockerer wurde, mehr lachte, mehr tanzte, ihn mehr anlächelte. Lara sah wunderhübsch aus, sie trug ein helles Strickkleid, die Haare zu einem Zopf geflochten. Einzelne Strähnchen hatten sich daraus gelöst, und er war verlockt, sie ihr zurückzustreichen. Und immer, wenn er ihr nahe war, roch er den typischen Lara-Duft, der ihm ein Kribbeln in den Bauch machte.

Ben genoss die gelassene Stimmung, fühlte sich erstaunlich wohl im Kreis der Feiernden, auch wenn er außer Martin und seiner Familie niemanden kannte. Für ihn zählte nur, dass er mit Lara hier war, und dass sie sich ihm nach und nach nicht mehr entzog.

Und als sie im Taxi den Kopf auf seine Schulter lehnte und sich an ihn schmiegte, war er aufgeregt wie ein Teenager. Sollte es möglich sein, dass sie ihn auch so vermisste, dass sie es bereute, schon nach drei Wochen, nicht mehr mit ihm zusammen zu sein, Distanz halten zu müssen?

Vorsichtig legte er den Arm um sie, hielt den Atem an, doch sie blieb bei ihm, schien nichts gegen die Nähe einzuwenden zu haben. Auch nicht, als er sie vor ihrer Zimmertür sanft küsste, als er sie ins Schlafzimmer führte und auch nicht, als er ihr bewies, wie sehr er sie begehrte.

Beim Aufwachen war er allein.

Lara

Da wuselten so viele Wörter in ihrem Kopf herum, doch gedachte Wörter klangen anders als geschriebene Wörter. Wahrscheinlich war das der Grund, warum sie unentwegt dachte und viel zu wenig schrieb. Geschrieben fühlte sich alles fremd an.

Lara hatte seitenlange Plots im Kopf, aufregende Geschichten in ihrem Herzen. Sie sah Vergangenheiten, Erinnerungen und Momente in den Gesichtern der Menschen auf der Straße. Wenn sie vor dem Manuskript saß, fanden die Worte zwar ihren Weg hinaus, aber doch war es nicht das, was sie eigentlich spürte. Denn Lara spürte Begegnungen. Das Kribbeln zwischen zwei Menschen.

Sie nahm sich fest vor, es exakt so zu beschreiben, wie sie es fühlte, damit auch andere Menschen es fühlen konnten. Sie sah, wo der Funke übersprang zwischen zwei Menschen und wollte genau das auch für andere sichtbar machen, den Moment, in dem sich Hände berührten und sich damit alles veränderte, und doch gelang es ihr nicht. Und es machte dabei überhaupt keinen Unterschied, ob sie versuchte, es auf Papier zu bannen oder am Rechner saß. Geschrieben war es nicht das, was in ihrem Kopf stattfand.

Achtzehn angefangene Plots hatte sie in dem Ordner mit der Aufschrift »Ideen«, aber der Ordner mit der Aufschrift »Geschichten«, der war leer. Sie fing an zu schreiben, sie fing an zu denken und zu fühlen, und sie beendete nichts davon.

Es war nicht so, dass ihr das Handwerk fehlte, sie hatte sich gut belesen, Videos angeschaut, sie wusste, worum es ging, und doch scheiterte sie immer wieder an sich selbst. In ihrem Bestreben und in ihrer Leidenschaft, Geschichten zu erzählen, hatte sie versagt.

Und die Momente in ihrem Leben, in denen Ben sie versagen sah, die machten es nicht besser.

Sie hatte sich hinausgeschlichen aus ihrem eigenen Schlafzimmer, die Kopfschmerzen pochten ihr das Versagen und die Schuldgefühle ins Herz, und nun fand sie erst recht keine Worte, außer die, die ihr zuraunten, was für eine Idiotin sie war. Und es war wirklich völlig idiotisch gewesen, mit ihm zu schlafen, ihm damit zu zeigen, wie wenig Disziplin sie hatte, wie wenig sie ihm widerstehen konnte und dass es nur ein bisschen Charme und Alkohol brauchte, um ihre Vorsätze zum Fenster rauszuschmeißen. Sie hatte geahnt, als er sie um diese Verabredung gebeten hatte, dass es gefährlich werden würde, aber dass sie so die Kontrolle verlieren würde, hätte sie nicht gedacht.

Zwei Tage hatte sie es danach geschafft, ihm aus dem Weg zu gehen. Zwei Tage auf Zehenspitzen, mit genauem Timing, mit so viel Zeit wie möglich außer Haus. Das würde nicht dauerhaft funktionieren. Und irgendwie wusste sie auch nicht, ob sie das noch wollte. Die Nacht mit ihm, diese neuentdeckte Nähe letztens auf ihrem Geburtstag und nun schon wieder, das machte ihr zu schaffen. Mehr denn je kämpfte ihr Herz gegen ihre Vernunft, und sie wusste nicht, wie lange sie Abstand halten konnte. Es fiel ihr schwer, wenn so viel Harmonie zwischen ihnen herrschte, doch Lara war sich sicher, dass sie mehr Zeit brauchten.

Sie brauchte mehr Zeit.

Ihr neues Zimmer war immer noch ihr Büro, da standen immer noch die gleichen Möbel, aber die Schlafcouch aus dem Flur hatte hier Platz gefunden. Ihr Bettzeug lag nachlässig darauf, die wichtigsten Kleidungsstücke in einer Kiste daneben. Und auch der Blick aus dem Fenster war immer noch derselbe.

Vielleicht ging es auf diese Art nicht, vielleicht war Ben zu nah. Um ihn herum zu leben und auf der Hut sein zu müssen, war nicht das, was sie sich wirklich vorgestellt hatte. Ihr fehlte die Freiheit, die Freiheit, die sie sich so gewünscht hatte.

»Als ob er mich einsperren würde«, formulierte sie es Tom gegenüber, während sie zusammen zu Mittag aßen. »Dabei tut er das ja nicht.«

»Natürlich nicht. Aber er blockiert dich in deiner Entwicklung, warum auch immer. Sollte ein Partner einen nicht eigentlich … keine Ahnung, fördern oder so?« Tom verdrehte verzückt die Augen, nippte in kleinen Schlucken an seinem Glas und seufzte. Er hatte sich einen Burger bestellt und trank dazu Whisky, mitten am Tag.

Wieso hatte sie eigentlich nur Freunde mit seltsamen Essgewohnheiten?

»Hm«, brummte sie und dachte über Toms Frage nach. Förderte Ben sie? Und was genau hieß das eigentlich? Er nahm ihr Schreiben jetzt nicht unbedingt ernst, und er animierte sie auch nie dazu, ihm was zu zeigen, geschweige denn Zeit mit diesem Hobby zu verbringen. Eigentlich interessierte ihre Freizeit ihn nicht sonderlich, aber ihre Freunde mochte er auch nicht – wobei sie sich sicher war, dass er Tom mögen würde, wäre er nicht so haltlos eifersüchtig auf ihn.

»Was heißt das, fördern? Worin förderst du Jenny?«, fragte sie Tom. Ihren Teller schob sie zur Seite, sie hatte überhaupt keinen Hunger mehr. Sie hatte bestimmt schon drei Kilo abgenommen, weil sie dauernd nur im Stressmodus war, und das schon seit fast vier Wochen, seit sie Ben den Vorschlag gemacht hatte, die Beziehung auf Eis zu legen. Was sich damals richtig angefühlt hatte und nun so verkehrt – weil sie ihre blöden Hormone nicht unter Kontrolle hatte.

»Jenny ist jetzt nicht kreativ oder so. Aber ich unterstütze sie, wenn sie etwas mit mir zusammen machen möchte. Wir gehen zum Beispiel oft spazieren. Und ich hasse spazieren gehen. Es geht darum, dem anderen einfach auch mal einen Gefallen zu tun, Kompromisse einzugehen. Etwas zu machen, was der andere mag.«

»Und was tut sie im Gegenzug für dich? Was ist ihr Kompromiss?« Hatten Ben und sie eigentlich auch so Abmachungen? Irgendwie fühlte es sich mehr so an, dass bei ihnen einfach jeder sein Ding durchzog, im Zweifel eben auch allein.

»Sex.« Tom lachte dreckig, stellte dann sein Glas ab und lehnte sich mit verschränkten Armen auf den Tisch. »Nein, im Ernst. Sie akzeptiert meine Arbeitszeiten. Dass immer mal mein Vater vor der Tür steht und unsere Freizeit mit seinen Ideen stört, dass ich nicht so viel Zeit für sie habe. Sie ist nie sauer, wenn ich lange arbeite, sie vertraut mir, macht mir keine Szene, wenn ich nach Parfum rieche, weil sich mir irgendeine Kundin an den Hals geworfen hat.«

»Aber das hat doch nichts mit fördern zu tun.«

»Sicher? Es heißt, dass wir uns gegenseitig den Raum geben, uns zu entwickeln. Ich kann mich im Job entwickeln, Jenny … keine Ahnung, auf menschlicher Ebene? Auf sozialer, beziehungstechnischer? Meine Aufmerksamkeit gehört ihr, wenn ich zu Hause bin, dann will ich auch wissen, was sie so macht, was sie bewegt.«

»Außer dein Vater steht vor der Tür.« Lara grinste.

»Außer mein Vater steht vor der Tür«, bestätigte Tom lachend. »Aber das hört ja auch irgendwann auf. Er macht sich nur ins Hemd, weil er sein Firmenbaby aus der Hand geben soll. Immerhin war das alles mal seine Idee gewesen.«

»Er hat dich gefördert«, stellte Lara fest.

»Ja, das tut er noch immer. Und ich glaube, ich fördere auch dich.« Tom deutete mit dem Finger auf sie. »Ich frage dich ziemlich oft, was mit deinen Geschichten ist, wie es dir geht, was du brauchst. Ich bin ein ziemlich toller Kerl«, er grinste, »und ich bin sicher, Ben ist auch ein ziemlich toller Kerl. Er liebt dich. Er ist nur irgendwie … out of order.«

»Hm«, machte Lara erneut. War Ben ein ziemlich toller Kerl? »Mein Bild von ihm ist so verschwommen. Manchmal weiß ich gar nicht mehr, wie er wirklich ist und was ich an ihm schätze.«

»Er scheint gut im Bett zu sein«, zog Tom sie auf.

Natürlich hatte sie ihm alles vom Wochenende erzählt. Immerhin war er ihr bester Freund.

Sie verdrehte die Augen. »Aber das kann ja nicht alles sein. Er hat mich letztens das erste Mal gefragt, was mit dem Schreiben ist. Er ist so in seiner Welt.«

»Und du lässt dich dort festhalten, statt zu schauen, wohin es dich zieht. Sein Konkurs hat euch in eine Richtung gelenkt, die nicht deine ist. Vielleicht solltest du mal überlegen, auf die Bremse zu treten.« Tom winkte einer Kellnerin, und nach einem kurzen Blick auf die Speisenkarte bestellte er sich einen Nachtisch. Fragend sah er sie an, und Lara überlegte kurz.

»Einen Milchkaffee noch, danke.« Sie wartete, bis die Kellnerin weg war und Toms Aufmerksamkeit wieder bei ihr. »Das habe ich doch, durch die Pause. Das sollte genau das sein: Eine Bremse, eine Neuorientierung. Was schlägst du vor? Ich kann ihn doch nicht mit der Schuldensache allein lassen, und verlassen will ich ihn doch nicht.« Das würde sie nie tun.

»Die Sache ist Jahre her, das Abzahlen der Schulden läuft. Es wäre längst wieder Zeit und Raum für Alltag gewesen. Man muss nicht an den alten Fehlern festhalten. Überlege dir, was du willst vom Leben. Und zieh aus. Die Nähe zu ihm bringt dich nicht weiter, so ist diese Pause doch nur eine Farce.«

»Darüber habe ich auch schon nachgedacht, aber ich weiß nicht so recht, wo ich hinsoll.« Das machte ihr diesen Schritt tatsächlich am schwersten, den Schritt, von dem ihr am Wochenende klar geworden war, dass sie ihn gehen musste. Ben und sie waren noch zu eng beieinander, zu vertraut. Sie konnte keinen Abstand gewinnen, wenn sie ihn jeden Tag sah und dann so was passierte wie am Wochenende. Doch leider wusste sie nicht, wo sie für ein paar Monate unterkommen konnte.

Sie könnte Marleen fragen, klar. Aber irgendwas zwickte in ihr beim Gedanken daran, und auch zu Tom und Jenny wollte sie nicht. Das würde Bens schlechtes Gefühl nur noch mehr anheizen. Ihre Eltern wohnten im gleichen Haus, das ergab überhaupt keinen Sinn, und viel mehr Familie war da nicht. Ben hatte nur noch einen Großvater, seine Eltern lebten schon einige Jahre nicht mehr, aber Opa Alfons, das war definitiv keine Option. Das war Bens Seite, auch wenn er seinen Opa nicht so oft sah. Aber die wenigen anderen Menschen, die auch nur ansatzweise in die Richtung Freundschaft kamen, waren ebenfalls keine Option, über Karsten und Sandra dachte sie nicht einmal nach. Das waren Bens Freunde.

Einsamkeit piekte sie, und Lara schürzte die Lippen. Das war doch alles blöd.

»Weißt du was? Mach das Projekt für morgen noch fertig, und dann geh nach Hause oder unternimm was Schönes.« Tom lächelte sie an. Mittlerweile standen sie vor dem Restaurant und waren dabei, sich zu verabschieden. Er hatte wie immer dienstagnachmittags frei.

Lara sah ihn erstaunt an. »Wieso soll ich mir frei nehmen?«

»Weil ich auch frei habe, und weil du was Schönes machen sollst, sagte ich. Packen zum Beispiel.« Er grinste und nahm sie in die Arme.

Überrumpelt drückte sie ihn.

»Oder du könntest shoppen gehen und was Kleines kaufen. Aber geschlechtsneutral, wir wissen noch nicht, was es wird.«

Es dauerte einige Sekunden, bis Lara das, was Tom da gesagt hatte, begriff.

»WAS?« Sie quietschte und schob ihn mit den Händen von sich. »NEIN!«

Doch sein breites Grinsen bestätigte es.

»OH MEIN GOTT, herzlichen Glückwunsch, wie geil ist das denn?« Sie fiel Tom um den Hals, und lachend wirbelte er sie herum.

»Zehnte Woche«, bestätigte er, als sie einander wieder gegenüberstanden. »Jetzt weiß ich auch, warum Jenny ständig heult und so empfindlich ist. Es macht ihr ganz schön zu schaffen.«

»Übelkeit?« Lara schaute mitfühlend.

»Seit dieser Woche, ja. Mein Leben wird Hölle und Himmel gleichzeitig sein in den nächsten Monaten. Aber wir freuen uns wie doof.« Sein Strahlen gab den Worten recht.

»Ich freue mich so für euch. Du wirst ein toller Papa sein.« Sie nahm Toms Hände in ihre und drückte sie. Was für eine freudige Überraschung.

»Ich hoffe es. Also, Kleines, geh nach Hause, hab einen schönen Nachmittag, wir sehen uns morgen früh, okay?« Er beugte sich vor und drückte ihr einen Kuss auf die Lippen.

Spontan umarmte sie ihn noch mal. Seine vertraute Umarmung, die überraschende Neuigkeit, das alles löste einen Energieschub in ihr aus, plötzlich spürte sie neuen Elan, neuen Mut. Es würde schon alles gut gehen. Es musste einfach.

Denn wenn sie dieses Ziel auch erreichen wollte - Mutter sein, Familienglück - dann musste sie etwas dafür tun, und genau das würde sie nun.

Sich einmal die Woche auf einen oder auch zwei Kaffee zu treffen war zu einer neuen und doch sehr inspirierenden Gewohnheit geworden, die Lara seit dem ersten Treffen mit Betty verband. So ganz genau konnte sie nicht greifen, warum die Bestsellerautorin ihre Nähe suchte, doch nachdem sie es war, die die Treffen aufrechterhielt, beschloss Lara, dankbar zu sein und es einfach anzunehmen. Manchmal musste man nicht alles hinterfragen. Und so hatte heute sie ein Treffen initiiert. Sie sollte was Schönes machen, hatte Tom gesagt, also tat sie das.

Lara wollte Betty zum Abendessen einladen, und sie hatte sich dafür das *Blue* ausgesucht. Sie wollte schon so lange einmal dorthin, und wenn Ben nicht mit ihr dort essen ging, machte sie es eben ohne ihn. Betty hatte ihr zugesagt, sie von zu Hause abzuholen, und pünktlich um sechs, eine Stunde, bevor Ben nach Hause kommen würde, klingelte ihre neue Freundin.

»Komm doch rein, ich muss nur noch kurz meine Handtasche holen.«

Nach einer festen Umarmung bat sie Betty in die Wohnung und lief in ihr Büro, wo sich alle ihre Sachen befanden.

Die Freundin folgte ihr. »Hier … wohnst du also.«

Das Zögern in Bettys Stimme ließ Lara aufmerksam werden. Sie sah sich erstaunt um. So schlimm war es nun auch nicht. Sie hatte extra aufgeräumt.

»Ja, seit der temporären Trennung wohne ich hier. Ist ein bisschen eng, aber es geht. Ich fühle mich wohl.« Sie verfluchte sich dafür, dass sie dieses starke Bedürfnis der Rechtfertigung spürte und ihm dann auch noch nachgab. Was ging es Betty an? Sie hatte gut kritisieren. Ihr Haus war doppelt so groß wie das ihrer Eltern. Betty hätte sich zum Abstand bekommen einfach nur in einen anderen Flügel einquartieren müssen.

»Mhm. Ja. Bestimmt tust du das.« Betty lächelte sie an. »Wollen wir?«

Das *Blue* war voll, wie nicht anders erwartet, und Lara fühlte sich auf Anhieb unwohl. Die modernen dunkelblauen Polstermöbel, die blauen Lichter, die Tischsets. Es war schick, es war ihr vertraut von den Bildern, die ihr Ben gezeigt hatte, und doch wurde ihr klar: Das würde nicht ihr Lieblingsrestaurant werden.

»Bist du das erste Mal hier?«, fragte Betty sie, während sie die Karten studierten.

Lara nickte. »Ben war schon oft hier. Ich wollte das auch mal sehen, hier mal richtig schick essen, aber irgendwie …« Sie hob die Schultern.

»Ich verstehe, was du meinst. Ich mag auch lieber knatschige alte Holztische und 80er-Jahre-Musik.« Betty grinste sie an. »Aber das Essen ist wirklich gut, lass es uns genießen.«

»Du hast recht. Entschuldige, dass ich so negativ bin.«

Nachdem sie ihre Bestellung aufgegeben hatten, musterte Betty sie aufmerksam. »Was ist denn los? Du bist so … glanzlos.«

»Glanzlos?« Lara hob die Schultern. »Ich hatte frei heute Nachmittag, ganz spontan. Mein Chef hat gesagt, ich soll was Schönes unternehmen.«

Betty lächelte. »Das ist aber nett von ihm. Was hast du gemacht?«

Lara verzog das Gesicht. »Nichts. Ich war ein bisschen bummeln, dann habe ich dich angerufen und den Rest der Zeit … auf meinen Monitor gestarrt. Wie … wie machst du das, dass du jederzeit schreiben kannst?«

»Wer sagt denn, dass ich das kann?« Betty lachte amüsiert auf.

»Du bist Schreibcoach, ich hoffe, dass du das kannst. Sonst wäre ich sehr irritiert.«

»Gut gekontert. Ich habe tatsächlich selten Probleme, einfach drauflos zu schreiben. Mach mir meinen Plan, und dann setz ich mich hin. Disziplin ist wichtig, wissen, wohin der Weg in etwa gehen soll. Aber wenn man sich unterwegs anders entscheidet, ist das auch in Ordnung.«

Lara drehte das Messer hin und her. »Ich frage mich, was ich falsch mache. Bei mir geht das nicht. Da sind diese Geschichten, und geschrieben ist alles blöd.«

»Denkst du das nur oder ist das so?« Betty nahm ihr das Messer aus der Hand und legte es auf das Tischset.

Lara grinste kurz. »Macht das einen Unterschied?«

»Natürlich. Was in deinem Kopf blöd ist, muss ja nicht wirklich blöd sein. Ich glaube, dass das zum Kreativsein dazu gehört, dass man super kritisch mit dem eigenen

Schaffen ist. Fängt ja nicht umsonst mit den gleichen Buchstaben an.«

Lara lachte leise und legte den Kopf schief, als der Kellner ihr mit einem Zwinkern das Essen hinstellte. Beides sah gut aus, und vom Teller roch es angenehm. Ihr Magen knurrte als Reaktion, und Betty kicherte.

»Guten Appetit, Lara. Danke für die Einladung und: Auf uns!« Betty hob ihr Weinglas hoch, und Lara stieß mit ihrem sanft dagegen.

Es fühlte sich auf einmal so leicht an, all das zu genießen, auch wenn sie sicher war, dass sie nicht noch einmal hier essen würde. Das war ihr viel zu modern, viel zu hip, zu wenig echt. Aber immerhin hatte sie es mal gesehen.

Wozu brauchte sie Ben?

»Auf uns! Ich freue mich wirklich, dass wir uns so oft sehen.«

Sie aßen schweigend, mehr aus der Not heraus, denn es wurde immer voller im *Blue* und entsprechend auch lauter. Lara war dankbar, als dieser Teil des Abends dann doch recht schnell vorbeiging und sie durch die Straßen der Stadt spazierten. Es war erstaunlich warm für Anfang März, bald würde es Frühling werden. Die Menschen fühlten sich leichter an, die Atmosphäre hatte sich geändert. Sie warfen ihre Schneckenhäuser ab, trugen luftigere Kleidung und ebensolche Gemüter.

»Darf ich dich was Persönliches fragen?« Betty hatte sich bei Lara untergehakt, sie schlenderten durch die Straßen, genossen den lauen Abend.

»Klar.« Lara fragte sich, was eine Frau wie Betty wohl von ihr wissen wollte. Was hatte sie so einem erfolgreichen Menschen zu geben? Sie verstand es nicht.

»Glaubst du, dass du so, wie du jetzt lebst, dein Potential ausschöpfen kannst?« Betty wählte ihre Worte sorgfältig, schien bedacht darauf, sie nicht zu verletzen.

»Wie meinst du das?« Lara war Bettys skeptischer Blick in der Wohnung sehr wohl aufgefallen, hätte aber nicht vermutet, dass da noch was kommen würde.

»Du bist beengt. Es ist ein Provisorium, ich weiß, aber … die Nähe zu deinem alten Leben wird schwerlich eine Veränderung hervorrufen. Vielleicht wäre es eine Option, auszuziehen.«

Lara seufzte. »Das würde ich gerne, aber alle Möglichkeiten, die ich habe, sind keine wirklichen. Ich bin nicht sicher, ob ich es mir leisten kann, ein Hotel oder eine Pension zu mieten. Und ob mir das letztendlich was bringen wird, weiß ich ebenfalls nicht. Aber darüber nachgedacht habe ich schon. Ich weiß, dass das alles so nichts bringt, vor allem, seit wir am Wochenende …« Sie winkte ab. Am besten gar nicht mehr dran denken, was vorgefallen war.

»Was war am Wochenende?« Natürlich fragte Betty.

Lara steuerte eine Bank an und setzte sich. Betty nahm neben ihr Platz, nur so auf der Kante, als ob sie gleich wieder aufspringen wollte. Wer weiß, vielleicht tat sie das auch, wenn sie hörte, was für eine Idiotin ihre neue Freundin war. »Wir hatten eine Einladung zu einer Feier und haben getrunken und … die Nacht miteinander verbracht.« Sie verdrehte die Augen. »Das war ziemlich bescheuert. Ich habe mich aus dem Bett geschlichen.« Sie schielte Betty an, die ihrerseits jedoch keine Miene verzog.

»Warum war das bescheuert? Hattest du Spaß? Hat es dir gefallen?«

War das ihr Ernst? Wieso fragte sie denn so was? Wahrscheinlich würde sie ihr jetzt auch sagen, dass sie dann alles rückgängig machen konnte, weil sie sich ja offensichtlich nicht distanzieren wollte. Darauf konnte sie allerdings gut und gerne verzichten. Das hatte sie sich schon von ihrer Mutter und von Marleen anhören dürfen und sich mehr als unverstanden gefühlt. Sie konnte deren Meinungen nachvollziehen, aber es war immer noch ihre Entscheidung.

»Ja, es war schön. Sex war nie unser Problem.«

»Na, dann ist doch alles gut. Es freut mich, dass du ein schönes Wochenende hattest. Mach jetzt nicht den Fehler und zerdenke es oder kritisiere dich dafür. Du hattest Spaß, es war euer beider Entscheidung. Kein Grund, so glanzlos zu sein. Wenn man Sex hatte mit dem Mann, den man liebt, hat man Grund zu strahlen. Darling, shine!« Betty lächelte sie liebevoll an, voller Überzeugung, und ihre Worte waren voller Inbrunst gewesen.

Lara starrte sie überrascht an. So hatte sie das noch nicht gesehen. Ihre Eltern hatten ihr beigebracht, dass Worte und Taten Konsequenzen hatten, dass sie darüber nachdenken musste, was sie warum getan hatte, doch dass sie es einfach hatte genießen dürfen, ohne ihre Meinung zu ändern, der Gedanke war ihr noch nicht gekommen.

In ihren Augen hatte sie Ben damit ein falsches Zeichen gesendet und ihm Hoffnung gemacht. Sie war sich sogar sicher, dass er es so sah. Sie kannte ihren Mann. Das war der Grund für ihr schlechtes Gewissen gewesen, denn um ehrlich zu sein, hatte sie es sehr genossen. Seit Ben und sie den Streit vor ihrem Geburtstag gehabt hatten, hatten sie mehr Sex gehabt als die Wochen davor. Als würden sie sich daran erinnern müssen, dass sie einander nah sein wollten. Dass sie zueinander gehörten, und wenn dafür ein Streit nötig war, gut. Dann würde die Pause ja auch ihren Zweck erfüllen, und Lara war mehr als motiviert, sie auch zu nutzen. Der Weg führte zu Ben, und nicht von ihm weg. Auch wenn es erst einmal anders aussah.

Ben

Dass Stille so laut sein konnte.

Langsam ging Ben durch die Räume der Wohnung, die nun seit so vielen Jahren sein Zuhause war. Auf der Küchenzeile, wo neben der Kaffeemaschine Laras Lieblingstasse gestanden hatte, stand keine Tasse mehr. Ihre Strickjacke fehlte an der Garderobe. Drei leere Stellen im Schuhregal. Und wenn er ihr Büro öffnete, war es verlassen, leer und vorwurfsvoll.

Was hatte er falsch gemacht, dass die Frau, die er so leidenschaftlich liebte und die offensichtlich auch ihn liebte, nicht mehr mit ihm leben wollte?

Er ließ sich auf die Schlafcouch fallen, auf der noch Laras Bettwäsche lag. Zog die Decke vor sein Gesicht. Sie roch nach Lara, nach Vertrautheit, nach ihrem Parfum, ihrem Körperduft. Er stöhnte leise auf und vergrub das Gesicht darin. Das konnte doch alles nicht wahr sein. Was für ein Albtraum.

Er fühlte sich wie in einem schlechten Film. Es sollte nur eine Pause sein. Sie wollte etwas verändert haben in ihrer Beziehung, okay, das konnte er verstehen. Er wusste zwar noch immer nicht, was das eigentlich war, aber er wollte das trotzdem ernst nehmen und ihr geben. Natürlich. Dann waren sie sich wieder nähergekommen, und er hatte gedacht, sie würde diesen Gedanken verwerfen, hätte gemerkt, dass sie ohne ihn nicht sein wollte. Aber von wegen.

Er hatte geahnt, dass was falsch lief, als er sie mit Tom gesehen hatte. Vor einem Restaurant. Umarmt hatten sie sich und geküsst. Und so glücklich ausgesehen. Er war rasend vor Wut und Eifersucht gewesen. Erst wollte er sie zur Rede stellen, beschloss dann aber, doch zum Sport zu fahren und sich da auszupowern. In der Gefühlslage wäre kein gutes Gespräch zustande kommen.

Aber der Sport hatte nicht geholfen. Und in dem Moment, in dem Lara beteuert hatte, dass da nichts sei mit Tom und sie zu lachen anfing, war er ausgerastet ...

... und sie ausgezogen.

Seitdem weigerte sie sich, mit ihm zu sprechen. Sie ging nicht ans Telefon, sie antwortete nicht auf seine Nachrichten, und zu allem Überfluss hatte sie ihn nun blockiert. Ausgeschlossen aus ihrem Leben.

Seine Ehe war am Ende.

Das Schlimme war, dass sie ihn nicht ernst genommen hatte, als er sie mit all dem konfrontierte, was er gesehen hatte. Sie hatte ihn ausgelacht! Und dann hatte sie den Kopf geschüttelt, während es ihm das Herz zerrissen hatte. Er spürte, dass sie etwas verheimlichte, und natürlich musste es diese Affäre sein. Tom war ihm immer ein Dorn im Auge gewesen. Männer und Frauen konnte keine

Freunde sein. Nie. Immer wollte einer von beiden mehr, und in diesem Fall wohl beide. Ben fragte sich, wie Jenny das sah, Toms Freundin. Aber vermutlich war die genauso nichtsahnend wie er. Wobei, er war ja nicht nichtsahnend gewesen.

Er hatte es immer geahnt.

Und sie hatte es immer geleugnet.

Er schnaubte und schob die Decke von sich, dann stand er auf und ließ die Tür zu Laras Büro mit einem lauten Knall zufallen. Sie konnte ihn doch mal. Wenn sie mit dem Penner glücklich sein wollte, seinetwegen. Er würde sicher nicht allein bleiben.

»Hast du kein Zuhause?«, witzelte Yannick, der diensthabende Trainer seines Fitness-Studios, und allein für den Spruch hatte Ben gute Lust, ihm eine reinzuhauen. Für den Spruch und die bittere Wahrheit dahinter. Er zwang sich ein Lächeln ab, übertrieb beim Laufen und beim Gewichtheben. Als er unter der Dusche stand und das kalte Wasser an seinem verschwitzten Körper entlanglief, fühlte er sich kein bisschen besser. Und er hatte keinen Plan, wie das weitergehen sollte.

An der Theke gab er seine Flasche ab. Er hatte eine Getränke-Flatrate gebucht und war froh, dass er sein Wasser nicht mit zum Training nehmen musste. Yannick war im Kundengespräch, und so nahm Sabine, die Servicekraft, die Flasche entgegen.

»Hey, Ben, alles klar? Du guckst so griesgrämig, hab dich eben gesehen, ganz schön verbissen.« Sie lächelte ihn an. Sommersprossen zierten ihre Nase, und die kurzen blonden Haare fielen ihr fransig ins hübsche Gesicht.

»Alles klar, logisch.« Den Teufel würde er tun, irgendjemandem irgendwas zu erzählen.

»Natürlich.« Sie zwinkerte. »Willst du einen Kaffee?« Sie hatte die Arme auf die Theke gestützt und sah ihn an, ihre grüne Sportjacke war bis unter die Brust zugezogen, aber eben nur bis da, und ließ ihm einen verlockenden Ausblick zukommen.

Er zog die Augenbrauen zusammen und lächelte. Na, wenn das so war ... »Gern. Aber nur, wenn du einen mit mir trinkst.«

»Aber so was von. Setz dich, ich mach schnell. Wie trinkst du ihn, schwarz, oder?« Für einen Moment legte sie die Hand auf seinen Arm, und er wusste nicht, was ihn mehr verwunderte, diese Geste oder die Tatsache, dass sie wusste, wie er seinen Kaffee trank. Oder riet sie einfach nur gut?

»Schwarz, genau.« Er ging um die Theke herum, ließ die Sporttasche fallen und schob sich auf einen der lederbezogenen Barhocker. Die Theke war bis auf ihn leer, Yannick hatte sich mit seinem Gesprächspartner an einen der Tische verzogen, die anderen trainierten, zuweilen kam jemand vorbei und grüßte beim Rein- oder Rausgehen.

Er beobachtete Sabine, wie auch schon das eine oder andere Mal, wenn sie gleichzeitig mit ihm trainierte. Sie hatte eine schöne Figur, schlank, ohne dünn zu sein, mit gut ausgeprägtem Hintern und festen Brüsten. Die Haare waren ihm persönlich zu kurz, er mochte gern lange Haare an einer Frau, aber ihr stand das, es sah frech aus, und so war sie auch. Sie hatte immer einen lockeren Spruch auf den Lippen. Ob sie mit jemandem zusammen war, wusste er allerdings nicht. Vielleicht sollte er nicht allzu viel in diese Kaffeeeinladung hineininterpretieren.

Sie stellte die beiden Tassen auf die Theke und zog ihren eigenen Hocker zu sich, setzte sich ihm gegenüber. Dann hob sie ihren Kaffee und hielt ihm die Tasse entgegen. »Worauf stoßen wir an?«

»Anstoßen mit Kaffee?«, fragte er belustigt, tat es ihr aber nach.

»Man kann mit allem anstoßen, man muss es nur wollen. Auf die Liebe, das Leben und die Glückseligkeit!« Sie zwinkerte und beugte sich etwas vor, um ihre Tasse sanft gegen seine zu drücken.

Auf die Liebe, das Leben und die Glückseligkeit. Na klar. Genau die Dinge, die reibungslos bei ihm liefen. »Cheers.« Er nahm einen Schluck, legte dann locker beide Hände um die Tasse und sah Sabine offen an. »Lädst du jeden griesgrämig guckenden Typen zum Kaffee ein?«

Sie leckte sich Milchschaum von den Lippen, statt zu antworten. Deutlicher ging es ja wohl kaum. Ben hielt sich nicht für einen Frauenchecker, aber diese Signale verstand sogar er. Sabine lächelte und schüttelte den Kopf. »Hab den Eindruck, du brauchst vielleicht wen zum Quatschen.«

»Hrm«, brummte er und bemühte sich, ihr nicht in den Ausschnitt zu gucken. Das war nicht so einfach. Er lag so ... auf Augenhöhe. »Ist nur bisschen viel grad.«

»Und was genau? Job, Frau, Kinder, Schwiegereltern?« Sie lachte auf, um ihrer direkten Frage die Schärfe zu nehmen, und vielleicht auch, um zu vertuschen, dass sie wohl auch nicht wusste, ob er jemanden hatte.

Er grinste in sich hinein. Durchschaut.

»Job, Frau, keine Kinder, Schwiegereltern im Haus.« Warum also nicht ein wenig quatschen? »Aber läuft halt nicht immer rund, kennst du doch sicher.« Er zwinkerte ihr zu. »Und du? Mann, Kinder, Hund, nein, Katzen, großer Garten?«

»Fast« Sie grinste. »Single, Apartment in der Innenstadt, zwei Katzen.«

Single. Sieh an. »Und hauptberuflich bist du ... hier?« Er deutete um sich. »Kann man von diesem Job leben?«

»Es geht. Ich hab noch einen zweiten Job und kellnere am Wochenende im *Blue*.«

»Ach guck. Da war ich letztens erst mit einem Geschäftspartner.« Er sah, wie ihre Augenbrauen hochzuckten. Aber verständlich, es klang schon sehr seriös und sehr cool. Geschäftspartner.

»Was machst du eigentlich beruflich?« Sie biss natürlich auch sofort an. Ben fing an, Gefallen an diesem Spiel zu finden, und vor allem daran, dass er es vielleicht noch beherrschte.

»Ich bin Architekt.« Er lächelte bescheiden, als sie anerkennend schaute.

»Nicht schlecht. Dafür ist das *Blue* natürlich optimal. Ist ein guter Laden, zahlen anständig und man kann das Trinkgeld behalten.«

»Sabine, sorry, ich störe ungern, aber kannst du mir einen Shake machen?« Eine junge Frau mit Pferdeschwanz lächelte entschuldigend.

Sabine legte eine Hand auf Bens Arm. »Nicht weglaufen, bin gleich wieder da.« Sie zwinkerte ihm zu und widmete sich der Kundin.

Er sah ihr nach, und ihm gefiel, was er sah. Er hatte gewusst, er würde nicht lange allein bleiben.

»Also, wir waren da stehen geblieben, dass du mir erzählen wolltest, warum du so griesgrämig drauf bist und jeden Abend im Studio rumgammelst.« Sabine hatte ihr schwarzgrünes Sportoutfit, das sie während der Arbeitszeit trug, gegen eine enge Jeans und einen weiten roten Strickpulli ausgetauscht, einen Strickpulli, der noch tiefer ausgeschnitten war als vorher die Sportjacke. Nun, Ben sollte es recht sein.

Sie saßen nebeneinander in Sabines Lieblingsbar und hatten Drinks vor sich stehen. Als klar wurde, dass sie sich im Fitness-Studio nicht mehr unterhalten konnten, weil zu viel los war, hatte sie ihn gefragt, ob sie noch was trinken gehen, und er hatte zugestimmt. Er hatte ja eh nichts Besseres zu tun. Leben wie ein Single. Das stand auf dem Zettel am Kühlschrank.

Es wurde ein kurzweiliger Abend, unterhaltsam und lustig. Sabine stellte interessante Fragen, nur das Privatleben sprachen sie nicht an. Sie war Single, das war aber auch nicht wirklich wichtig, denn sie machte nicht den Eindruck, als wolle sie an dem Zustand recht bald was ändern.

Langsam entspannte Ben sich, es passierte genau das, was er nun brauchte: Ablenkung, Unterhaltung, Leichtigkeit.

Sie verabredeten sich zum Joggen am Wochenende, und auch dieser Tag war von einem guten Gefühl geprägt. Gemeinsam Sport machen mit Lara fehlte ihm.

Jetzt wieder einmal eine Frau an seiner Seite dabei zu haben, das gefiel ihm schon. Nach der Runde um den See kehrten sie in ein Restaurant ein, das sehr hoffnungsvoll schon die Außenterrasse geöffnet hatte. Auf den Stühlen lagen Decken, sie bestellten Kaffee und Wasser und kuschelten sich ein. Der See glitzerte in der Sonne, der Himmel war blau, und es roch nach Essen vom Grill. Bald würde es Sommer sein.

»Das war gut. Das hab ich vermisst.« Sabine lehnte sich zurück, die Tasse in beiden Händen, die Füße hochgelegt, Sonnenbrillen schützten sie beide vor den schon kräftigen Strahlen an diesem März-Sonntag.

»Bist du im Winter gar nicht gelaufen?«

»Nein, nicht oft. Ich bin lieber aufs Laufband gegangen.«

»Puh, das finde ich ja total langweilig. Ich brauche was fürs Auge zwischendurch.« Ben war erst klar, wie zweideutig diese Bemerkung war, als Sabine kicherte und mit ihrem Fuß gegen seinen stieß. So hatte er das gar nicht gemeint, aber gut.

»Das fürs Auge ist im Studio durchaus auch gegeben.«

»Schon klar.« Er grinste und überlegte, ob er sich ein Stück Kuchen gönnen sollte. Aber er war so gut im Training derzeit, vielleicht lieber doch nicht.

»Bist du gar nicht so?« Sie zog die Sonnenbrille ein Stück herunter und sah ihn an.

»Was meinst du?« Er schaute irritiert zurück, hatte keine Ahnung, was sie meinte. Ging es nicht eben noch ums Joggen?

»Die meisten Männer sind einem Flirt gegenüber nicht abgeneigt. Ich kann dich da nicht einschätzen. Du lässt dich zu einem Kaffee einladen, du gehst mit mir laufen, und ganz abgeneigt scheinst du nicht zu sein. Aber du machst keine Anstalten, mich anzugraben.«

Oh. Das meinte sie. »Ich bin verheiratet.« Er hob die Schultern. War das nicht Erklärung genug?

»Schon. Und trotzdem sitzt du hier.« Sie lächelte vielsagend und ließ den Blick über den See schweifen, gab ihm Zeit, seine Gedanken zu ordnen.

Ja, trotzdem saß er hier. Das, was er sich von diesem Sonntag versprochen hatte, das war auch eingetroffen. Er hatte eine nette Zeit gehabt, sich gut unterhalten, Sport nicht allein machen müssen. Aber über mehr hatte er sich nicht wirklich Gedanken gemacht.

Der Zettel am Kühlschrank fiel ihm ein, die Regeln, die letzte Regel. Es war erlaubt. Er hatte es schriftlich. Er dürfte flirten und Spaß haben. Aber war es in Ordnung, nur weil es erlaubt war? Was hätte er davon, was würde es mit ihm machen, mit seinem Eheversprechen?

Es war nicht so, dass er immun wäre. Sabine machte ihn schon an. Es wäre sehr wahrscheinlich sogar auch ziemlich gut mit ihr im Bett. Aber das Danach, das war wichtig, und er hatte noch viel zu viel Zeit, um über das Danach nachzudenken. Solange er Zeit zum Denken hatte, würde er sie sicher nicht anfassen. Für den Moment, wenn er nicht mehr klar denken konnte, würde er seine Hand nicht ins Feuer legen. Aber das sagte er lieber nicht.

»Ich habe mir keine Gedanken darüber gemacht. Wir kennen uns ja an sich kaum, ich hatte nicht vor, dich anzugraben. Ich wollte nur …« Er hielt inne, als er ihren Blick sah, und musste lachen. »So war das nicht gemeint. Ich meine nur, so weit habe ich nicht gedacht.«

Sie lachte leise und winkte ab. »Schon okay. Aber für den Fall, das du darüber nachdenkst: Ich wäre nicht abgeneigt.«

Das war deutlich.

»Bist du immer so direkt?« Es faszinierte ihn, wie sehr sie sagte, was sie meinte und wollte. Das konnte er nicht, er war viel zu sehr darauf bedacht, zu allen unverfänglich zu sein.

»Ja. Es bringt niemanden weiter, wenn man es nicht ist.« Sie legte ihre Hand auf seine. »Ben, ich bin blond, aber nicht blöd. Du bist hier, weil du Stress zu Hause hast, und wenn du an einem Sonntag wegkannst, um dich mit mir zu treffen, sogar ziemlich großen.« Sie verschränkte die Finger mit seinen, das fühlte sich merkwürdig an. Doch er wehrte sich nicht dagegen. »Das geht mich alles nichts an, aber ich will ehrlich sein: Ich will dich nicht heiraten. Aber gegen ein bisschen Spaß hätte ich nichts.«

So ungewohnt das für ihn war, so sehr gefiel es ihm auch. Ihre deutliche Art, die Aussicht auf Spaß und Ungezwungenheit. Vielleicht war es keine schlechte Idee, den Gedanken zuzulassen.

»Wollen wir uns Freitag treffen?« Er drückte leicht ihre Hand, betrachtete die Finger mit den langen, gepflegten Fingernägeln und den goldenen Ringen. »Wir könnten einen Spaziergang machen und vielleicht was essen gehen.«

Sie lachte leise. »Spazieren gehen und was essen? Was hältst du von der *LightMachine*? Die Musik ist irre gut, ich hätte Lust, mal wieder tanzen zu gehen.«

»Ich bin nicht mehr so der Tänzer«, gab er zu.

»Ich umso mehr. Reicht ja, wenn du mir zuschaust.« Sie zog die Sonnenbrille herunter und wackelte mit den

Augenbrauen, und ihm war klar, was sie meinte. Vermutlich würde das sogar funktionieren. Also tanzen gehen.

»Alles klar. Ich hol dich ab?«

»Gerne.«

Hand in Hand mit Sabine zum Parkplatz zu den Autos zu gehen fühlte sich seltsam an. Ben hoffte, niemandem zu begegnen, den er kannte, und als Sabine sich zum Abschied zu ihm hochreckte, um ihn zu küssen, drehte er den Kopf, sodass sie nur seine Wange traf.

So weit war er wohl noch nicht.

Lara

Als sie ein Kind war, liebte sie die Filme über einen Ponyhof. Es ging darin um eine Familie, die in einem großen Herrenhaus lebte, mit unzähligen Pferden, Ponys und inmitten von grünem Land. So imposant wie auf dem Immenhof war das Zuhause der Whitmans nicht, aber es kam nahe dran.

Lara fühlte sich wie in einer anderen Welt.

Über eine Woche lebte sie jetzt hier, und noch immer hatte sie sich an nichts gewöhnt. Nicht an ihr eigenes Zimmer mit eigenem Bad, nicht an die Aussicht auf den Fluss und die Pferdeweiden, nicht an Bettys unermessliche Großzügigkeit – und erst recht nicht an die … nun ja … Trennung von Ben.

Es sollte zwar nur eine Pause sein, aber nach dem Streit letzte Woche und seiner unbegründeten, haltlosen Eifersucht auf Tom waren ihr die Sicherungen durchgebrannt, und eher würde sie sich ein Bein abschneiden, als zu Kreuze zu kriechen und ihm zu gestehen, wie sehr sie ihn vermisste.

So schön es hier war, und das war es wirklich, so sehr fehlten ihr die kleine Wohnung, ihr Leben, ihr Mann. Und doch wusste sie, dass es so nicht weitergehen konnte.

Tom und sie. Wie albern. Sie hatte Ben nicht aufgeklärt, warum sie sich umarmt und geküsst hatten, sie hatte ihm nicht von den tollen Neuigkeiten erzählt. Viel zu wütend war sie gewesen, dass er ihr nicht vertraute, dass er immer noch dachte, sie würde was mit Tom haben, nach all den Jahren. Völlig lachhaft.

Sie hatte es stattdessen als Zeichen gesehen, Betty anzurufen und ihr Angebot anzunehmen. Lara könnte eine Weile bei ihnen wohnen, sie hätten so viel Platz, hatte sie gesagt, als sie bei ihrem gemeinsamen Abendessen mit vorsichtigen Worten Laras Wohnsituation infrage gestellt hatte. Und so absurd es ihr im ersten Moment vorgekommen war: Als Ben vor ihr stand, mit dieser Eifersucht im Blick, diesem Schmerz, dieser Nähe, die er von ihr so dringend forderte, war es ihr Fluchtweg gewesen. Und sie hatte Betty angerufen.

Marleen reagierte stinksauer, als sie ihr abends berichtete, was passiert war. Warum sie nicht zu ihr gekommen sei, warum sie überhaupt gar nicht mehr mit ihr redete, sondern nur noch mit der neuen reichen Tussi, die eigentlich nur die Frau eines Geschäftspartners ihres Chefs war. Warum sie Ben so im Stich ließ …

Lara wusste, warum sie nicht mit ihr gesprochen hatte. Genau deswegen nämlich. An Marleen war alles schwierig und kompliziert, so viele Erklärungen, so viel Reden,

Gründe und Argumente. Betty hingegen war Leichtigkeit, Mut, Inspiration. Betty war genau das, was Lara jetzt brauchte.

Sie telefonierte mit ihrer Mutter, und Mama war wie immer. Besorgt, bedrückt, aber vertrauensvoll. Sie würde sich um Ben kümmern. Lara solle sich keine Sorgen machen, der Junge würde nicht verhungern. Natürlich nicht. Er war ein erwachsener Mann, er würde schon klarkommen.

Und sie? Würde sie auch klarkommen? Da war sie sich nicht sicher.

Sie ließ den Blick schweifen. Saß auf der breiten Fensterbank ihres Zimmers, ein Kissen im Rücken und eins unter dem Hintern, sie hatte Eiskaffee, das beste Getränk bei sonnigem Wetter, und sie hatte diese Aussicht. Eine Aussicht wie im Film.

Ihr Zimmer befand sich im ersten Stock im hinteren Teil des Hauses. Unter ihr war eine steinerne Terrasse, die sie an die einer Finca auf Mallorca erinnerte, wo sie einmal Urlaub gemacht hatten. Viele Terrakotta-Kübel mit Blumen und Kräutern boten Sichtschutz und ein mediterranes Ambiente. Ein kleiner Weg führte von der Terrasse links zu einem Pool, in dem Betty jeden Morgen schwimmen ging, und Lara nun auch – und das war zuweilen noch bitterkalt. Rechts ging es einen kleinen, schmalen Weg entlang, der wieder ums Haus und zum Parkplatz oder in einer weiten Kurve durch einen Wald führte, und der Wald war so klein, dass sie den Weg auch wieder herauskommen sah. Dahinter lagen die Pferde-

weiden, grünes Schachbrettmuster mit braunen Abgren-
zungen, und sie konnte sogar den Fluss noch sehen. Wie
sollte sie hier schreiben? Hier musste man doch einfach
nur stundenlang sitzen und hinausschauen.

Doch sie schrieb.

Denn so hilfsbereit Betty sich zeigte, sie war auch
Coach und Autorin – und verdammt unnachgiebig. Sie
hatte eine Bedingung an Laras Aufenthalt in ihrem Haus
gestellt, und diese Bedingung war, dass Lara schreiben
musste. Und zwar durchgängig an einem Projekt, damit
sie endlich mal etwas zu Ende brachte.

Als Betty das mit einem verschmitzten Lächeln vorgeschlagen hatte, konnte Lara das nicht einmal ernst
nehmen. Sie hatte gedacht, sie würde sie auf den Arm
nehmen. Doch dem war nicht so. Sie ließ ihr zwei Tage
Zeit, sich einzuleben, ihre Dinge zu regeln, mit den Fahr-
zeiten zur Arbeit klarzukommen und sich zu ordnen,
bevor sie sie Samstagmorgen in ihr Büro bat. Was folgte,
war ein dreistündiges Coaching, in dem Lara viel lachte,
aufgewühlt weinte, aufgeben und weitermachen wollte.
Sie verabredeten diesen Deal. Lara sollte schreiben und
endlich herausfinden, ob das wirklich ihr Ding war, ob sie
schreiben oder nur träumen wollte.

Und Lara willigte ein.

Was dieses Coaching mit ihr gemacht hatte, konnte
sie nicht in Worte fassen, und sie fand keine, auch nicht
bei dem Spaziergang danach, durch all das Grün und den
Wald und den Fluss entlang. Aber sie spürte, wie Leichtig-

keit in ihr aufkam, das erste Mal seit so langer Zeit. Kein Stress, kein Ben, keine Verpflichtungen. Nur sie und ihre Fantasie und ihre Leidenschaft und jemand, der ihr den Raum dafür schuf, wenn sie es schon selbst nicht konnte.

Nach dem Abendessen mit Betty und Andrew an diesem Samstag schaute sie ihre Projekte durch, prüfte sie auf Tauglichkeit, überlegte sich durch die Plots und verwarf alles. Und als sie mitten in der Nacht schon verzweifelt aufgeben wollte, kam ihr eine Idee. Sie saß genau da, wo sie jetzt saß, hatte auf den Wald gestarrt, auf den sanften, kaum zu erkennenden Schwung des Flusses durch die Wiesen, und in ihr hatten sich Sätze und Ideen und Menschen geformt. Und dann war sie wie von der Tarantel gestochen an den Schreibtisch gesprungen, hatte ihren Laptop geöffnet und angefangen zu schreiben, eine Welt zu skizzieren, eine Protagonistin, die Nebencharaktere, eine Nachbarschaft. Ihr fiel der heiße Typ ein, mit dessen Erschaffen der ganze Mist losgegangen war, und sie beschloss, ihm eine Rolle zu geben. Er war der geborene Love Interest. Sie gab ihm eine Ehefrau, dem Paar einen Hund, sie gab ihnen eine außergewöhnliche Beziehung, und zum ersten Mal fragte sie sich nicht, warum sie eine solche Geschichte erfand und welche Rolle ihre eigenen Sehnsüchte spielten. Diese Geschichte hatte nichts mit ihr zu tun, aber sie fühlte sich gut an, ergriff Besitz von ihr. Wie im Fieberwahn schrieb sie, machte sich Notizen, baute ihren Plotplan aus, und als sie ins Bett wankte, war das Letzte, was ihr mit einem glücklichen Lächeln auffiel, dass die Sonne aufging.

»Bereit?« Betty lächelte vergnügt, während sie die Teller und Tassen vom Frühstück auf das Tablett räumte.

Lara war aufgestanden, um ihr zu helfen, und hielt in der Bewegung inne. »Noch ein Coaching?« Erstaunt sah sie Betty an.

»Na, von einem Mal ein bisschen reden wird das ja nichts.«

»Ein bisschen reden.« Lara schnaubte amüsiert. Sie hatte sich danach gefühlt wie durch den Schreibwolf gedreht. Und es war sehr wohl was geworden. Sie hatte so viel geschrieben wie noch nie, und endlich mal was Zusammenhängendes, Sinnvolles.

»Ich kann mir sehr gut vorstellen, was ›ein bisschen reden‹ bedeutet. Lara, du hast mein Mitgefühl. Vielleicht hätte Betty dir die Bedingung fürs Wohnen hier wirklich vorher mitteilen sollen.« Andrew lachte und zauselte seiner Frau durch die Haare, die ihn daraufhin empört mit dem Ellenbogen boxte.

»Du bist ein Verräter, Whitman, mach dich vom Acker!«

Andrew kicherte wie ein kleiner Junge, zog seine Frau an sich und gab ihr einen Kuss. Lara dachte erst, Betty würde ihm ausweichen, doch mit einem zärtlichen Seufzen erwiderte diese die Liebkosung und sah ihrem Mann dann nach, wie er den Raum verließ.

»Ihr seid schon so lange verheiratet und immer noch glücklich«, stellte Lara fest, während sie das Geschirr in die Küche brachten und dann in Bettys Büro gingen.

»Ja, das sind wir. Ich hätte niemanden außer meine große Liebe geheiratet.«

»Das konntest du doch noch nicht wissen, dass er das ist.«

»Oh doch, das wusste ich. Ich war mir immer sicher, vom ersten Moment an, dass Andrew und ich zusammengehören.« Betty lächelte und setzte sich in einen der zwei Sessel, die einander gegenüberstanden. Lara nahm in dem anderen Platz.

War es bei Ben und ihr nicht auch so? Hatte sie nicht auch immer gewusst, dass sie zusammengehörten? Sie hatten sich früh kennengelernt, waren so jung gewesen, und doch hatte er herausgestochen aus allen Jungs, die sie kannte.

»Denkst du an Ben?« Betty unterbrach ihre Gedanken, musterte sie aufmerksam.

»Ja, ich habe mich gefragt, ob es bei uns auch so war.«
»Und?«

»Hm«, machte Lara. »Ich glaube schon. Ich war immer nur in ihn verliebt, und ich glaube, ihm ging es auch so. Hat er jedenfalls oft genug beteuert.«

»Das zweifelst du doch nicht an, oder?«

»Nein. Nein, eigentlich nicht. Aber … er hat sich verändert.«

»Inwiefern?«

»Früher war er aufmerksam, liebevoll, lustig. Wir hatten viel Spaß daran, auszugehen, gemeinsamen Hobbies nachzugehen.«

»Welche? Hast du damals schon geschrieben?«

»Nein, nicht wirklich. Wir waren viel unterwegs, Badminton, tanzen, Freunde treffen, haben gekocht. Jetzt macht jeder seinen eigenen Kram. Er geht mit seinem Freund zum Sport, ich schreibe. Ich koche, er isst es. Tanzen, essen gehen, alles zu teuer und aufwändig geworden.« Lara senkte den Blick, für einen Moment tat es weh, an die »guten alten Zeiten« zu denken. An den Jungen, in den sie sich verliebt hatte, den Mann, den sie geheiratet hatte.

»Zu teuer? Du meinst, ihr macht das nicht mehr, weil es zu viel Geld kostet?«

»Ja. Als ich ihm letztens vorgeschlagen habe, mal im *Blue* essen zu gehen, hat er abgewiegelt, das wäre alles zu kostspielig, und die Gerichte, wir könnten sie ja mal nachkochen.«

Betty verzog das Gesicht. »Das ist schade. Aber es scheint, dass der Konkurs – du sagtest, es war ein Konkurs? – ihm schwer zu schaffen macht. Seid ihr denn … also … habt ihr finanzielle Probleme?« Abwehrend hob sie direkt ihre Hände. »Bitte, du musst das nicht beantworten, wenn dir das zu persönlich ist.«

Lara schwieg. Sie saßen in einem Büro, das so groß wie ihr Wohnzimmer war, auf Sesseln, die sicher nicht vom Möbelschweden kamen, in einem Haus, in dem andere Leute Ferien machen würden, wenn sie könnten. Wie sollte sie diese Frage beantworten? Die Verhältnisse waren doch nicht vergleichbar.

»Wir kommen zurecht«, antwortete sie zögerlich. »Wir zahlen deutlich weniger Miete, als meine Eltern nehmen könnten. Wir sind sparsam. Ich meine …«

»Ben ist sparsam?«, ergänzte Betty fragend.

Lara nickte. »Ich habe die Reise nach Hamburg storniert. Dabei wäre ich so gerne mal wieder mit ihm weggefahren.« Sie drehte eine Haarsträhne zwischen ihren Fingern. »Weißt du, er hat so schnell Hilfe bekommen, ich habe gedacht, das fängt alles auf. Ich habe nicht einmal mitbekommen, dass es ihn so belastet hat. Klar war das alles schwer. Die Männer mussten vor Gericht, es gab einen Prozess – und das bei einem ihrer ersten Aufträge. Der Konkurs, die Versicherung zahlte nicht wegen grober Fahrlässigkeit. Das hat ja was mit ihm gemacht, vielleicht habe ich das nie genug aufgefangen. Nicht ernst genug genommen. Und jetzt ist es immer öfter so, dass ich ihn ansehe und mich frage, was aus meinem Mann geworden ist. Und welchen Anteil ich daran habe.«

Betty seufzte. »Ich verstehe dich. Aber auch ihn. Ich glaube wirklich, dass sich für ihn alles geändert hat. Männer wollen für ihre Familien sorgen. Ich weiß nicht, was Andrew machen würde, würde er nun alles verlieren.«

»Aber er hat doch nicht alles verloren. Meine Eltern …« Lara stockte, als sie Bettys gutmütiges Lächeln sah. »Was?«

»Lara, er hat alles verloren. So wie du es mir erzählt hast, hatte er all seine Hoffnung und all sein Geld in diese Freunde und die Firma gesteckt. Es ist mehr kaputtgegangen als nur das Business. Seine Freundschaften, das war eine menschliche Enttäuschung. Es war sein Versagen. Ich glaube, da spielen mehr Dinge eine Rolle als nur Geld, und ich glaube auch, dass es für einen Mann nicht witzig ist, wenn er bei seinen Schwiegereltern Geld leihen muss, weil er seine Frau nicht mehr versorgen kann.«

»Ich hatte da doch auch einen Job. Ich habe auch immer gearbeitet und Geld verdient.«

»Das ist nicht das Gleiche.«

»Ich glaube nicht, dass Ben so altmodisch denkt. In so einem Rollenverhalten.« Sie hatte die Worte kaum ausgesprochen, da hielt sie inne und zog die Stirn in Falten. Es ging bei den Rollen von Mann und Frau nie nur um den Haushalt und die Aufgabenverteilung, sondern um ein viel tieferes Verständnis von der Art, wie man zusammenlebte. Und dass Männer versorgen und genug Geld verdienen wollten, da war durchaus was dran. Alle ihre männlichen Bekannten und Freunde waren ehrgeizig und arbeitswillig. Sie zog eine Schnute.

Betty lachte auf, als sie ihr Gesicht sah. »Siehst du? Selbst mein moderner Mann ist stinkkonservativ bei solchen Themen. Das hat für ihn was mit Ehre zu tun, es ist für ihn selbstverständlich, dass er ausreichend Geld nach Hause bringt. Deshalb kann ich auch tun, was ich tue. Wir haben genug Geld, sodass ich mir meine Vaganz leisten kann.«

Lara starrte sie an. »Wie meinst du das? Du bist doch erfolgreich. Du verdienst doch bestimmt einen Haufen Geld.«

»Jetzt ja. Weil ich zwei große Bestseller hatte, mit Übersetzungen und Filmrechten und, und, und. Aber davor war ich nur eine kleine Autorin. Kleinverlage, Midlist, SelfPublishing. Ich habe alles mitgemacht, und dann kamen Lotte und Möhre. Seitdem kann ich vom Schreiben leben. Aber ich gebe die Coachings nicht aus Langeweile.« Betty zeigte auf das Roll-up, das ein wenig nachlässig an der Wand stand und bei Videos oder Webinaren gut positioniert hinter ihr stand.

Lotte und Möhre, damit meinte Betty ihre Alpakas. Zu Laras Erstaunen erwiesen sich die Krimis mit den beiden Alpaka-Ermittlerinnen als absoluter Renner. Sie hatte sie gelesen, sie waren witzig und einfallsreich, aber Bestseller? Manchmal verstand sie die Buchwelt nicht.

»Du meinst, dass du das ohne Andrew nicht hättest machen können?«

Betty nickte. »Genau. Dadurch, dass er genug verdiente, weil er so viel verdienen wollte, konnte ich meiner Leidenschaft nachgehen. Und ich weiß nicht, ob Ben sich das nicht für euch auch gewünscht hat. Ihr wolltet doch Kinder, oder?«

Lara verdrehte die Augen. »Das war auch kein Thema mehr nach dem Konkurs.«

Betty lächelte und verschränkte ihre Hände miteinander. »Ich finde es toll, dass du so eigenständig bist, das bringt dich auf eine sehr gleichberechtigte Ebene mit ihm. Vielleicht verdienst du nicht so viel wie er, das ist aber eher ein Problem der Gesellschaft als Bens. Doch die Entscheidungen, was im Leben finanziert wird und was zu teuer ist, die sollte man gemeinsam treffen.«

Gemeinsam ... Lara senkte den Kopf. »Er fehlt mir«, gestand sie leise. »Auch wenn ich ihn gerade zum Mond schießen könnte.«

Betty nickte mitfühlend. »Das verstehe ich gut. Aber ich glaube, es ist wichtig, dass du dich eine Weile auf dich konzentrierst, um herauszufinden, was du wirklich willst. Denn wenn du mit dir unglücklich bist, kannst du mit ihm nicht glücklich werden.«

Lara sah auf. »Ich dachte immer, das wäre nur so ein Spruch. Du musst dich selbst lieben, bevor du andere Menschen lieben kannst.«

Betty lachte auf. »Findest du nicht, dass da was dran ist? Du bist doch nicht dazu da, dem Mann an deiner Seite gerecht zu werden. Aber andersherum eben auch nicht. Bei allem Verständnis für dich: Pass auf, dass Ben dir nicht vollständig entgleitet.«

Ben

D u hast auch schon mal frischer ausgesehen.« Jemand legte ihm die Hand auf die Schulter und ließ sich neben ihm auf dem Barhocker nieder.

Als Ben den Kopf drehte, weil ihm die Stimme doch irgendwie bekannt vorkam, konnte er ein Augendrehen nicht verhindern.

»Ich freue mich auch, dich zu sehen.« Tom grinste und bestellte sich ein Bier.

»Was machst du hier? Das ist doch gar nicht dein Revier.« Ben seufzte. Der hatte ihm gerade noch gefehlt.

»Du reimst, und was sich reimt, ist gut.« Tom lachte auf und nahm sein Bier in die Hand, prostete ihm zu.

Ben verdrehte erneut die Augen. Er hasste Tom. Immer schon, und jetzt besonders. Eigentlich wollte er hier nur in Ruhe was trinken, und nun musste er sich Sprüche anhören! Er hatte nicht gedacht, dass sein Leben noch schlimmer werden konnte.

»Ich bin mit einem Kumpel verabredet, dessen Revier ist das, und dachte, ich sag mal hallo.«

»Hallo«, brummte Ben.

Als keine Antwort kam, sah er neben sich und stellte fest, dass Tom ihn schweigend musterte. Und auf einmal fühlte er sich elendig nackt und bloßgestellt. Was bildete der Typ sich eigentlich ein?

»Was willst du, Tom? Lass mich einfach mein Bier trinken.«

»Lass ich doch. Ich sag doch gar nichts.«

»Du starrst mich an.«

»Ja, ich frage mich, warum du nach Parfum stinkst, Lippenstift am Hals hast und dennoch allein und frustriert in einer Kneipe sitzt.«

Unwillkürlich griff sich Ben an den Hals. Verdammt. »Das geht dich wohl kaum was an.«

»Lara ist meine beste Freundin. Und du …«

»Ja, genau«, höhnte Ben. »Deine beste Freundin.« Er gab Kalle, dem Wirt, ein Zeichen und bestellte ein weiteres Bier. Das ertrug er jetzt nicht nüchtern, wobei, nüchtern war er schon seit zwei oder drei Stunden nicht mehr. »Wenn Lara deine beste Freundin ist, bist du doch bestens informiert, dann weißt du es ja, und du sowieso«, er deutete mit dem Finger auf ihn, »dass wir keine Rechenschaft mehr abzulegen haben. Leb, als wärst du Single! Ihre Worte, nicht meine. Hab ich schriftlich.«

»Wieso sowieso ich?« Tom sah ihn fragend an, blieb aber nervig ruhig. Nichts würde Ben nun mehr gefallen als ein handfester Streit mit diesem Penner.

Ben richtete sich auf und sah Tom fest in die Augen, dann zeigte er erneut mit dem Finger auf ihn. »Weil du meine Frau vögelst.«

In Toms Gesicht stand ehrliche Überraschung geschrieben. »Du denkst das ja wirklich. Ich habe immer gedacht, Lara übertreibt, wenn sie sagt, du bist eifersüchtig auf mich.« Er klang sogar erstaunt. So ein verdammter Heuchler.

»Nun tu nicht so.«

Tom atmete tief durch, noch immer sah Ben ihn an, wartete auf den Moment, wo der andere, der Rivale, einbrach, sich verriet, es gestand und all seine Vermutungen bestätigte. Endlich würde es so weit sein, endlich würde Tom-

»Jenny und ich bekommen ein Baby. Wir werden im August heiraten. Ich fänds gut, wenn ihr euch bis dahin eingekriegt habt und Lara nicht allein kommen muss. Sie wird nämlich meine Trauzeugin sein.« Damit drehte er sich zur Theke um, nahm sein Bier zur Hand und trank.

Und jetzt starrte Ben. Er wollte Jenny heiraten? Und bekam ein Kind mit ihr? Was war mit Lara?

»Weiß Jenny von dir und Lara?« Ben staunte für einen kleinen Moment, wie gehässig seine Stimme klingen konnte.

Tom schob sein leeres Glas zur Seite und drehte sich wieder zu Ben. »Jenny weiß alles, was mich betrifft. Sie hat Lara angeboten, bei uns zu wohnen während eurer Pause, aber Lara hat es abgelehnt, weil sie dich nicht noch mehr gegen mich aufbringen wollte. Deshalb ist sie zu Betty Whitman gezogen. Zwischen Lara und mir war nie etwas, und da wird auch nie was sein.«

»Wer's glaubt.« Ben jedenfalls nicht, und doch griffen die Zweifel nach ihm wie kleine fiese Krümel, auf die man sich mit nacktem Hintern setzte.

»Ben, ich weiß nicht, warum du dich daran so festgebissen hast. Da ist nichts. Du siehst Gespenster, aber ich versteh es einfach nicht. Ihr wart immer glücklich, ich bin mit Lara ewig befreundet. Was ist denn los?« Tom sah ihm in die Augen, doch jetzt konnte Ben diesem Blick nicht mehr standhalten.

Er griff nach seinem Glas. »Ich hab euch gesehen, letztens. Umarmt habt ihr euch, und geküsst. Wieso also sollte ich dir ein Wort glauben? Du willst doch nur verhindern, dass ich dir die Fresse poliere.«

»Das könntest du so oder so tun, wenn du das wolltest, aber seit wann prügelst du dich? Dein Frust muss echt groß sein. Wann hast du uns gesehen?« Er überlegte einen Moment. »Lass mich raten … letzte Woche Dienstag?«

Der Arsch blieb immer noch ruhig. Ben verengte die Augen. »Kommt hin. War in der Stadt.«

Tom nickte und lächelte. »Wir waren zusammen essen, und ich habe ihr danach gesagt, dass Jenny schwanger ist. Sie hat sich gefreut, und ja, ich habe ihr einen Kuss gegeben. Du weißt genau, dass es nicht das erste Mal war. Wir waren doch immer so miteinander.«

Ben trank schweigend sein Bier. Mittlerweile waren die Zweifel in ihm angewachsen, nicht mehr zu ignorieren. Hatte er sich geirrt? Oder wollte Tom ihn nur beruhigen, für Lara fürsprechen, sich selbst gut aus der Nummer rausziehen? Aber das machte keinen Sinn. Wäre da wirklich was, würde er es doch leugnen. Andererseits, leugnen würde er ihm eh nicht abkaufen.

Tom ließ nicht locker, als spürte er, wie Bens Mauer zu bröckeln begann. »Wir beide kennen uns genauso lange. Was ist passiert, dass du mir gegenüber so misstrauisch bist? Ich habe dir nie Anlass dazu gegeben. Oder?« Tom sah ihm forschend ins Gesicht, und langsam wurde es unangenehm.

»Nein.« Nein, Tom hatte ihm nie Anlass gegeben, außer dass er so viel besser war als er, mehr verdiente, den sichereren Job hatte, kein Risiko einging, ein eigenes Leben aufgebaut hatte, ein schönes Haus besaß, ein verlässlicher Chef für Lara war. Für ihren Geburtstag sogar ein Meeting verschieben konnte. Und nun hatte er seiner Freundin ein Kind gemacht.

Und Ben hatte das alles komplett versaut.

Tom war in allen Belangen der erfolgreichere Typ, und genau dafür hasste er ihn. Weil er ihm sein eigenes Versagen wie einen Spiegel vor die Nase hielt.

»Also. Was ist passiert?«

Ben winkte ab. Einen Teufel würde er tun, darüber zu sprechen. Das musste er erst einmal durchdenken, und zwar mit deutlich weniger Alkohol im Blut.

»Sag Lara nichts hiervon.« Er deutete kurz auf seinen Hals. »Bitte.« Er sah Tom an. »Ich will nicht, dass sie was Falsches denkt.«

»Wäre es denn was Falsches?«

»Wäre es. Da lief nichts.« Er zögerte. »Sie wollte, und ich wollte auch. Und dann wollte ich doch nicht. Es ist … kompliziert.« Ben fuhr sich durch die Haare beim Gedanken an Sabine.

Sie hatte ihm unerwartet eine riesige Szene gemacht, nachdem er sich heute Abend im entsprechenden Moment nicht einmal zu einem Kuss hatte hinreißen lassen. Dabei war das sein Vorschlag gewesen, dieses Date, weil er sich zu dem Zeitpunkt, als sie es ausgemacht hatten, eine Menge hätte vorstellen können. Sabine war ziemlich rangegangen, der alberne Knutschfleck war nur das sichtbare Zeichen dafür. Ihre Hand hatte schon ganz woanders gelegen. Aber er hatte sich unwohl gefühlt, er wollte Lara küssen, Lara riechen und seine Hände in ihre Haare wühlen, deshalb hatte er die Reißleine gezogen. Sonst säße er jetzt nicht hier, sondern Sabine vermutlich auf ihm in seinem Auto. Natürlich hatte sie seine Abfuhr nicht gut aufgenommen. Aber es ging nicht. Er hatte nur an Lara denken können, und Freifahrtschein hin oder her: Er würde seine Frau nicht betrügen.

Tom nickte. »Verstehe. Kalle, mach uns mal noch zwei Bier.«

»Ich hab genug, glaub ich.«

»Das glaub ich auch.« Tom lachte. »Aber eins trinken wir jetzt noch zusammen, und dann sag ich dir mal was, was ich dir schon sehr lange sagen wollte. Danach ist mein Kumpel hoffentlich da, und du kannst dich ausschlafen gehen. Und duschen, du riechst, als wärst du im Puff gewesen.«

Ben verzog das Gesicht und fragte sich, was Tom ihm so dringend zu sagen hatte. Und ob er das wirklich wissen wollte. Aber jetzt war es eh egal, irgendwie waren die Dinge verschoben, und die Bissigkeit, die er bei Toms Anblick immer gespürt hatte, war verflogen oder im Bier ertrunken.

Tom schob ihm sein Glas hin, hob sein eigenes an und hielt es ihm entgegen. »Frieden?«

Ben biss sich auf die Lippen. Scheiße. Wenn er dieses Feindbild verlor, was blieb ihm dann von all dem Frust und all der Wut? Aber es war nicht fair. Er sah Tom an, der ihm offen ins Gesicht blickte, und dabei so verflucht nett aussah.

Scheiße. Scheiße. Scheiße.

Ben nahm sein Glas und stieß es an Toms. »Frieden. Entschuldige, Tom. Ich war wohl ein ziemlicher Idiot.«

»Das bist du immer noch. Und jetzt hörst du mir zu.«

Er hatte keine Ahnung mehr, wie er nach Hause gekommen war. Da sein Auto nicht vor der Tür stand, tippte er auf ein Taxi. Toms Kumpel war irgendwann doch noch aufgetaucht, und die beiden hatten ihn eingeladen, den Abend mit ihnen zu verbringen. Vermutlich wollte Tom ihn nach dem Gespräch nicht allein lassen, das war leider auch sehr nett von ihm gewesen.

Überhaupt war Tom ziemlich nett gewesen. Viel zu nett. Auffällig nett.

Ben schnaubte und quälte sich aus dem Bett. Leichter Schwindel erfasste ihn, und für einen Moment blieb er auf der Bettkante sitzen. Übelkeit stieg in ihm hoch, er schloss die Augen und konzentrierte sich. Er erinnerte sich nicht daran, wann er zuletzt so einen Kater gehabt hatte.

Was für ein beschissener Tag.

Was für ein beschissenes Leben.

Bis vor wenigen Wochen war alles so gut gelaufen. Der Job, das neue Projekt, die Schulden wurden weniger. Alles prima. Und jetzt war alles scheiße.

Er rieb sich übers Gesicht. Bis Montag würde er fit sein müssen, er durfte sich bei diesem Projekt keinen Patzer erlauben. Noch so ein Fehler wäre sein Untergang. Nicht nur finanziell, auch beruflich, für seine Karriere und noch schlimmer – für sein Leben. Er wusste nicht, ob er sich aus so einer Krise noch einmal befreien konnte, und ohne Lara sowieso nicht.

Sie war damals eine riesige Unterstützung gewesen, hatte ihn immer aufgebaut, ihm Mut zugesprochen. Und er war sich sicher, dass sie ihre Eltern nach dem Geld gefragt hatte, auch wenn sie das immer geleugnet hatte.

Er wusste nicht, wie er überhaupt irgendwas ohne Lara schaffen sollte.

Nach einer Dusche und einem starken Kaffee fühlte er sich besser. Mittlerweile war es Mittag, und er überlegte, was er mit dem Tag anfangen sollte. Die Wochenenden waren das Schlimmste. Was hatten sie denn sonst immer gemacht?

Er überlegte. Er ging an sich gern zum Sport, sie hatten zusammen gegessen, manchmal waren sie spazieren gegangen. Und sonst? Er hatte oft gearbeitet. Hobbys hatte er schon lange keine mehr. Und Lara? Was hatte sie gemacht? Viel gelesen, daran erinnerte er sich. Und sonst? Was machte sie jetzt?

Tom hatte ihm erzählt, dass es Lara gut ging. Betty wäre eine sehr nette Frau, eine Autorin. Er selbst kannte diese Frau nicht und der Gedanke, dass seine Frau bei einem Menschen lebte, den er nicht kannte, befremdete ihn. Wie viel wusste er noch nicht von Laras Leben und ihrer Gefühlswelt?

Sie hatte es wohl nun etwas weiter zur Arbeit, weil Betty und ihr Mann am Stadtrand lebten, mit Aussicht auf den Fluss und sehr ländlich, und trotzdem gefiel es ihr wohl dort. Viel schreiben würde sie, an einem Buch arbeiten.

Ben seufzte. Tom hatte ihm vorgeworfen, dass er sich zu wenig für ihre Leidenschaft interessiert hatte, und mit

Zähneknirschen musste er das zugeben. Er hatte das nie ernst genommen, das mit dem Schreiben, hatte es immer nur als unwichtiges Hobby angesehen, und sie war immer ausgewichen.

Das Klingeln des Telefons riss ihn aus den Gedanken. Festnetz. Er lächelte, denn es gab nur wenige Menschen, die nicht über das Handy anriefen.

»Hey, Opa. Alles in Ordnung?«

»Hallo, Ben, hier ist ... woher weißt du, dass ich es bin?«

Ben unterdrückte ein Lachen. »Weil ich deine Nummer eingespeichert habe. Es wird mir angezeigt, dass du das bist.«

Sein Opa seufzte und brummte etwas Unverständliches, kam aber direkt zum Punkt. »Ich wollte dich fragen, ob ihr nicht zum Abendessen kommen wollt. Ich würde gern mit euch sprechen.«

Sofort meldete sich Sorge in Ben. »Geht es dir gut?«

Opa Alfons klang ungeduldig, und Ben sah regelrecht vor sich, wie er abwinkte und fahrig mit der Hand wedelte. »Ja, sicher, nur weil ein alter Mann sich bei seinem einzigen Enkel meldet, muss doch nichts passiert sein. Also, kommt ihr? Frau Müller hat so viel Essen dagelassen, davon werde ich sonst die ganze Woche was haben. Um sieben?«

Ehe Ben etwas erwidern konnte, hatte sein Opa aufgelegt. Kopfschüttelnd legte er das Telefon zurück auf die Station und ging zum Kühlschrank, um sich etwas zu trinken zu holen.

Opa wusste nichts von der Trennung, aber diese Einladung auszuschlagen, die mehr eine Aufforderung denn eine Frage gewesen war, kam nicht infrage. Opa war die einzige Familie, die er noch hatte, neben Laras. In solchen Momenten vermisste er seine Eltern. Ob sie ihm einen guten Rat hätten geben können? Ob sie für ihn da wären, vielleicht sogar an Sonntagen zusammen mit ihm essen würden? Er fragte sich, wieso sich das mit Elly und Hans, Laras Eltern, nie so familiär anfühlte, aber vage kam die Erinnerung auf, dass es in der ersten Zeit, die sie hier gelebt hatten, sogar so gewesen war. Ein Sonntagsritual, das ihm nach einer Weile gehörig auf die Nerven gegangen war. War es das wirklich? Oder hatte seine Unlust andere Gründe gehabt, tiefere, deren Bedeutung ihm erst jetzt irgendwie auffiel?

Er konnte die grübelnde Stimmung nicht abstreifen, sein Tag war geprägt von dunklen Gedanken, dem Starren aus dem Fenster, dem Sitzen auf dem Sofa in Laras Zimmer. Essen war ihm zuwider, für eine kurze Handbewegung hatte er an mehr Alkohol gedacht, das Bier aber wieder zurückgestellt. Denn jetzt mit Fahne vor seinem Großvater zu stehen, das wäre noch demütigender gewesen, als es der Tag, die Situation, sein Leben eh schon war.

»Wo ist Lara?« Opa Alfons zog ihn für eine warme Umarmung an sich, während er an Ben vorbei nach Lara suchte. Mit den Jahren war der einst so große, schlanke Mann in sich zusammengesunken, und mit jedem Zentimeter, den er an Körpergröße verlor, verlor er anscheinend auch an Lebenskraft. Sein Opa war alt geworden.

»Das ist eine lange Geschichte. Wie geht es dir?« Ben trat in den Hausflur und zog seine Jacke aus, es roch nach Großeltern, nach Essen, nach Kaffee und Kindheit. Sein Herz zog sich zusammen, als wäre es nicht eh schon nur ein Klumpen Schmerz, besonders an so Tagen wie heute.

»Die Hände machen nicht mehr so mit, und so langsam brauche ich wohl auch so einen Altenrolli, aber ich will nicht jammern. Ich bin alt, Ben. Und du? Wie geht es dir?«

»Gut, gut. Wirklich.« Er fuhr sich durch die Haare, darüber bewusst, wie falsch sie klangen, diese Worte. Sie waren nicht die Wahrheit, das war ihm klar, und so wie Opa Alfons guckte, ihm auch.

»Na, sicher. Magst du Sauerbraten?«

Nach dem Essen lud ihn sein Großvater zu den zwei hohen Sesseln ein, die zum Fernseher ausgerichtet in dem dunklen Wohnzimmer standen. Auf dem kleinen Tischchen dazwischen standen eine Flasche Whisky, zwei kleine Gläser und eine schmale Holzbox.

»Zigarre?«

Ben schmunzelte. »Nein, danke. Aber ich würde einen Whisky nehmen.« Alkohol. Keine Lösung, aber hilfreich.

147

»Gerne.« Mit langsamen, bedächtigen Bewegungen schenkte Alfons ihnen ein. Er lehnte sich zurück, roch an der goldenen Flüssigkeit und atmete tief durch. Schweigen legte sich über sie, und Ben spürte, wie er sich entspannte.

In den letzten Jahren war sein Großvater immer für ihn da gewesen, zumindest so weit Ben das zugelassen hatte. Und um ehrlich zu sein, hatte er das nicht sehr oft. Ihm war die Last zu schwer vorgekommen, die Alfons zu tragen hatte, er wollte ihm nicht noch mehr aufhalsen. Innerhalb kürzester Zeit waren damals seine Frau und seine Tochter, Bens Mutter, gestorben. Zu seinen Geschwistern hatte Alfons wenig Kontakt. Sie hatten sich nicht viel zu sagen, und so bemühte Ben sich, ein Enkelsohn zu sein, der nicht viel Ärger machte, selbstbewusst und sicher seinen Weg ging. Alfons sollte nicht wissen, dass er dabei mehr als einmal gestolpert war. Doch vielleicht hatte er den alten Mann unterschätzt.

»Möchtest du mir erzählen, was passiert ist?« Alfons nippte an seinem Glas und legte den Arm dann wieder auf der Lehne ab. Jeden Schluck zelebrierte er, und er sah Ben nicht an, vielleicht machte das die Antwort einfacher.

»Sie hat mich verlassen. Schon vor ein paar Wochen.«

Nun zuckten die Augenbrauen hoch, und sein Opa wandte ihm für einen Moment sein Gesicht zu, ein Hauch seines Geruchs wehte Ben um die Nase, und ihm wurde schlecht vor Trauer, Heimweh und Schmerz. Er sah die Vergänglichkeit seines Großvaters deutlich vor sich, und für einen Augenblick spürte er die Schuld in sich, das schlechte Gewissen.

Was war los gewesen die letzten Jahre? Wer war er, dass er seine Frau und seine Familie nicht mehr wahrgenommen hatte?

Als er zu Ende erzählt hatte – und er hatte nichts ausgelassen – waren seine Augen feucht, seine Stimme brüchig, und seine Hand mit dem leeren Glas zitterte. Er stellte es weg und rieb sich über die Augen, um den Schmerz aufzuhalten, die Tränen daran zu hindern, ihn zu verraten.

Doch als sein Opa keine Anstalten machte, ihn anzusehen, mitfühlende Floskeln zu sprechen oder gar Mitleid zu zeigen, sackte Ben in sich zusammen, und zum ersten Mal seit Laras Auszug weinte er. Weinte um sein Versagen, um seine Einsamkeit, aus Wut, aus Trauer, aus Schmerz, und weil sie ihm so gottverdammt fehlte, so sehr, dass er es keinen Tag länger aushalten würde.

»Wusstest du, dass deine Großmutter mich auch einmal verlassen hatte?« Diese Stimme, so leise, ein bisschen rau vom Whisky oder vielleicht auch, weil er berührt war, von Bens Schmerz oder seinem eigenen. »Es ist lange her, so lange, dass ich manchmal nicht mehr weiß, ob es wirklich passiert ist.«

Ben sah auf, er atmete tief durch, die Last eines ganzen verschobenen Lebens auf seinen Schultern. Dann rieb er sich über die Augen und beugte sich vor. Mehr Whisky schien eine gute Idee. »Nein, das wusste ich nicht. Warum?« Seine eigene Stimme klang ebenso angegriffen wie Opas, als er erzählte.

»Deine Mutter war gerade sechzehn oder siebzehn Jahre alt. Und meine Anni hatte die Nase voll. Von mir, von ihrer aufsässigen Tochter, von diesem Leben zu Hause und ohne was zu tun. Dabei war mit Manuela genug zu tun.« Alfons lächelte. »Immer gab es Ärger, ständig rief die Schule an oder die Eltern anderer Kinder. Und Anni wäre so gerne arbeiten gegangen, sie hat ihre Kolleginnen vermisst. Und die Kundinnen, die so gern bei ihr an der Kasse mit ihr plauderten.«

»Sie hat in dem Supermarkt an der Ecke gearbeitet, oder?« Ben setzte sich etwas seitlich, er wusste nicht viel aus seiner Familiengeschichte, und das hier versprach interessant zu werden.

»Ja, sie war nur Verkäuferin, aber sie mochte es. Und mit Manuela war das vorbei. Und dann hat dieser Nachbar sie umgarnt. Einer aus der Siedlung. Ich weiß nicht, was er ihr alles versprochen hat und ob das überhaupt wichtig war. Meine Anni roch ein anderes Leben, eine andere Zukunft, mehr als das, was ich ihr gegeben habe. Aber sie ist zurückgekommen, weil das Gras zwar grüner war, da in dem anderen Garten, aber eben auch gegossen werden musste, damit es nicht verdorrt.«

»Hast du … was hast du gemacht, damit sie wiederkommt?«

»Nichts habe ich gemacht.« Alfons sah ihn an, in seinen Augen schimmerten Tränen. »Hätte ich was gemacht, wäre sie vielleicht ganz weg gewesen. Und nichts wäre schlimmer. Nichts … ist schlimmer.« Er atmete tief durch, und Ben legte eine Hand auf den dünnen Arm seines Großvaters.

»Vielleicht wäre sie aber auch eher wiedergekommen.« Ben sagte das sehr zögerlich, denn es war sein eigener Zwiespalt. Musste er um Lara kämpfen, ihr seine Liebe beweisen, ihr gemeinsames Leben umkrempeln, oder musste er ihre Entscheidung akzeptieren und ihr den Raum lassen, den sie offensichtlich gerade brauchte?

»Sie hat mir mal gesagt, dass sie mich nicht mehr ertragen hat. Dass sie Abstand brauchte von diesem Alltag, der sie zu erdrücken drohte. Nachdem sie wiedergekommen war, haben wir viel anders gemacht, einiges aber auch nicht. Aber in mir hatte sich was verändert. Ich habe meine Anni mit anderen Augen gesehen. Ich musste sie erst verlieren, um zu erkennen, wie sehr ich sie brauchte. Ich musste erst allein sein, um zu begreifen, was ich vom Leben wollte. Und du, Ben, du brauchst das auch. Du hast Lara verloren, weil du dich verloren hast. Zu gehen, für eine gewisse Zeit, das ist das Beste, was Lara tun konnte, um euch zusammenzuhalten.«

Lara

Schlafen, arbeiten, schreiben, spazieren gehen. Aus mehr bestand Laras Leben nicht, und sie genoss jede Minute. Wann immer sie Gedanken an ihr eigentliches Leben überfielen, an den Sperrmüll, den sie bestellen wollten, an die Mülltonnen, die Ben hoffentlich rausstellte, zwang sie sich zu einem Gedankenwechsel, und mittlerweile fiel es ihr leicht. Sie hatte für sich akzeptiert, dass sie und Ben gerade nicht zusammen waren, und immerhin war das ja ihr Wunsch gewesen.

Siebenunddreißig Tage waren sie nun getrennt, wobei es ja keine richtige Trennung sein würde. Das rief sie sich ebenfalls immer wieder ins Gedächtnis. Den Gedanken, dass er ihr komplett entgleiten könnte, verschob sie noch schneller als alle anderen. Sie musste fest daran glauben, dass diese Pause gut war, sonst wäre alles umsonst gewesen.

Denn es war nur eine Pause.

Eine Wiederfindungspause.

Sie für sich, Ben für sich.

Sie fuhr nach Hause, um frische Wäsche zu holen, wenn Ben nicht da war. Ihre Mutter erwies sich als zuverlässige Komplizin in dieser Heimlichtuerei, und die war es auch, die Lara erzählte, dass Ben wieder Kontakt zu seinem Opa hatte.

»Mama, ich will eigentlich nichts wissen«, entgegnete sie auf den plaudernden Tonfall ihrer Mutter.

»Wirklich gar nichts? Interessiert es dich denn nicht, wie Ben zurechtkommt?« Mama klang erstaunt.

Lara sah sich um. Sie musste an sich halten, nicht aufzuräumen oder zum Putzlappen zu greifen. Aber das war gerade nicht ihre Aufgabe und nicht ihre Wohnung.

Sie griff nach ihrer Tasche mit Kleidung und schüttelte den Kopf. »Nein, Mama, sonst würde ich ihn fragen. Ich will, dass er weiß, dass ich nichts weiß. Und ich will auch nichts wissen. Das bedeutet eine Pause nun einmal.«

Sie ging in die Küche und holte die Packung Müsli aus dem Schrank, von der sie wusste, dass Ben sie nicht essen würde. Dabei streifte ihr Blick den Zettel am Kühlschrank, auf den sie ihre Regeln festgehalten hatten.

Sie atmete tief durch. »Ich muss los.«

Ihre Mutter seufzte ebenfalls. »Es tut mir in der Seele weh, euch Kinder so zu sehen. Können wir was tun?«

Lara blieb vor ihr stehen und umarmte sie. »Nein, das ist nicht eure Baustelle. Ihr habt uns genug geholfen, aus der Sache müssen wir allein rauskommen.«

»Aber wenn du mir nur erzählen würdest, was los ist. Hast du … hast du einen anderen?«

»Mama! Nein. Natürlich nicht. Es ist nur …« Hilflos sah Lara ihre Mutter an. »Der Konkurs hat alles kaputtgemacht.« Das Gesicht ihrer Mutter bestätigte ihr, dass sie das nicht hatte sagen sollen. »Mach dir keine Sorgen, wir kriegen das hin.«

»Lara, du bist mein Kind, und ich liebe dich von Herzen. Ich werde mir immer Sorgen machen. Aber wenn du so ein Geheimnis daraus machst, was zwischen euch los ist, und nun andeutest, dass es an damals liegt, da haben wir ja nun auch was mit zu tun. Ich dachte, das Geld, das wir Ben gegeben haben, hätte euch geholfen?«

Lara warf einen Blick auf die Uhr, ließ die Tasche fallen und setzte sich an den Küchentisch. Ihre Mutter machte es ihr nach. Noch war genug Zeit, bis Ben von der Arbeit kommen würde. Sie wollte ihm auf keinen Fall begegnen.

»Ihr habt uns auch geholfen, Mama. Sehr sogar. Aber Ben hat das alles verändert. Er hat den Spaß am Leben verloren. Er schuftet nur noch, will kein Geld mehr ausgeben, um möglichst schnell schuldenfrei zu sein und verliert sich dabei in allem. Und er vergisst mich und dass wir ein Leben haben und Träume. Wir sind so fern voneinander.«

Die Augen ihrer Mutter weiteten sich. »Aber das hat auf deinem Geburtstag ganz anders ausgesehen.«

Lara nickte. »Ich weiß. Manchmal ist die alte Unbeschwertheit wieder da. Es ist ja nicht so, dass wir uns nicht verstehen. Es ist … so viel tiefer. Als wären wir nur noch zusammen, weil wir es müssten. Ich weiß nicht, wo wir stehen. Solche Abende wie mein Geburtstag sind kleine Lichtblicke, aber dann gehen sie doch kaputt.«

Ihre Mutter sah nicht so aus, als würde sie sie wirklich verstehen. Vielleicht musste sie es erzählen. Vielleicht wäre es gut, mit Mama zu reden, sie hatte immer mit ihr über alles gesprochen. Aber sie wollte auch Ben nicht in ein schlechtes Licht rücken.

»An meinem Geburtstag kam Ben erst später, erinnerst du dich?« Als ihre Mutter nickte, fuhr Lara fort. »Er hatte ein Arbeitsessen mit Niemeyer, und das war recht kurzfristig angesetzt. Er hat das also bewusst meiner Feier vorgezogen, und da war ich wenig begeistert.«

»Aber er kam doch dann noch zur Party«, warf ihre Mutter ein.

Lara nickte. »Weil Niemeyer ihn nach Hause geschickt hatte, als er erfuhr, dass ich meinen Dreißigsten feiere. Mir hat Ben aber erzählt, er hätte extra auf den Nachtisch in dem Luxusschuppen verzichtet, um noch mitfeiern zu können.«

»Oh.« Mama schaute betroffen. »Das ist aber unschön.«

»Ja«, stimmte Lara leise zu. »Sehr unschön. Und dann wollte ich uns eine Freude machen, weil Niemeyer ihm dieses großartige Projekt anvertraut hat und habe einen Wochenendtrip nach Hamburg gebucht, und er ist völlig ausgeflippt. Was mir einfallen würde, ohne seine Erlaubnis so viel Geld auszugeben.« Lara wusste, dass sie überzog, dass sie nur die negativen Dinge darstellte. Dass sie ein vielleicht unfaires Bild zeichnete, und doch waren es sehr reale Gefühle, die sie einholten bei der Erinnerung an diese Szenen. An die fiesen Gefühle, an die Wut, das Verletztsein über die Lüge.

Ihre Mutter stand auf und setzte sich auf den Stuhl neben ihr, legte den Arm um sie. »Ach, Schätzchen. Ich muss gestehen, da bin ich nun auch etwas überfragt. Das hätte ich nicht erwartet.«

Lara lehnte den Kopf an ihre Schulter. Der Trost fühlte sich gut an. »Er fehlt mir so. Ich bin so wütend, aber er fehlt mir.« Sie spürte die Enge in ihrem Hals, die Hitze, die hochstieg und die brennenden Augen. Es tat weh, es auszusprechen. War sie bisher voller Elan und guter Dinge gewesen, dass sie das schon meistern würden, überrollten sie nun die Gefühle. Sie vermisste ihn. Und er war schuld daran, dass sie nicht bei ihm sein konnte.

Ihre Mutter zog sie in ihre Arme, und Lara schloss die Augen. Sie konzentrierte sich auf ihre Atmung. Nur nicht losheulen jetzt! Sie würde sich nie wieder einkriegen, würde sie nun weinen. Sie wollte nicht weinen, sie hatte sich das ausgesucht, sie hatte es so gewollt. Sie wollte um ihre Ehe kämpfen, und beim Kämpfen war keine Zeit für Tränen. Wenn sie nicht bald Klarheit für sich gewinnen würde, würde ihre Beziehung keine Chance haben.

Ihre Mutter streichelte über ihre Haare. Es fühlte sich warm und tröstend an, und doch hielt sie es keine Minute länger in dieser Wärme aus. In diesem Trost. In dieser Wohnung, in ihrer Wohnung, in der sie nicht mehr leben konnte, weil Ben so ein verdammter Arsch geworden war.

»Ich muss los, sorry, Mama«, stieß sie hervor, löste sich und nahm ihre Tasche. »Danke. Ich habe dich lieb.« Sie küsste ihre Mutter auf die Wange und verließ die Wohnung fluchtartig.

Sie hatte ihr Auto im Parkhaus geparkt und lief stundenlang ziellos durch die Stadt. Die Wut war so lange nicht dagewesen, da war immer nur vermissen und irritiert sein gewesen, das neue Übergangs-Zuhause, das Schreiben. Und jetzt wühlte sie wieder, jetzt wusste Lara wieder, warum sie diese Pause von Ben so dringend nötig hatte. Und gleichzeitig vermisste sie ihn mehr denn je. Wie bescheuert war das nur? Wann würde es aufhören, sich so gegensätzlich anzufühlen, wie zwei Magnete, die sich anzogen? Ben, der Arsch, Ben, ihre große Liebe. Ben, der Lügner, Ben, ihre Familie.

Sie schnaubte. Was war nur passiert, und wann war es passiert? Warum war Geld so ein wichtiges Thema, warum konnten sie nicht das Beste aus ihrer Situation machen, denn verdammt, so schlecht ging es ihnen doch nicht. Sie hatten es gut miteinander. Sie wollte keinen anderen Mann, sie wollte den zurück, den sie geheiratet hatte, wollte wieder verliebt in ihn sein. Ein Kribbeln im Bauch haben, wenn er sie Schönste nannte und ihr in die Augen sah, wenn er ihr sagte, dass er sie liebte – und diese

Worte nicht nur beim Rausgehen fallen ließ wie eine dreckige Socke. Doch sie hatte keine Ahnung, wie sie diesen Ben zurückbekommen sollte.

Was machte er? Wie ging es mit seinem Projekt voran? Hatte er Angst, Fehler zu machen, so wie damals? Standen Scholz und Niemeyer ihm mehr zur Seite als Timo und Magnus damals? Und warum beschäftigte sie das mehr als die Frage, was sie nun machen sollte?

Sie wollte Freiheit, sie wollte allein sein. Sie hatte diesen Vorschlag gemacht, warum konnte sie ihre Gedanken nicht losreißen von der Ehe, von der Zweisamkeit? Es ging doch nur um sie. Aber gab es ein sie ohne ihn?

War vielleicht genau das ihr Problem?

Sie schüttelte den Kopf und steuerte ein Café an, bestellte einen Milchkaffee und verbot sich jeden Gedanken an Ben und ihr auf Eis gelegtes Leben. Sie musste anfangen, sich auch frei fühlen zu wollen, sonst nutzte das alles nämlich nichts und sie hätte am Ende der sechs Monate keine Erkenntnisse gewonnen. Und was dann die Konsequenz war, wenn sich gar nichts ändern würde, darüber wollte sie lieber nicht nachdenken.

Ein Gespräch am Nebentisch forderte ihre Aufmerksamkeit. Ein ziemlich attraktiver, großgewachsener Mann mit dunklen Locken lächelte eine junge Frau an, die ihm gegenübersaß. Doch es waren seine Worte, die Lara aufhorchen ließen.

»Ich finde es schon ziemlich gut, wie du die Szene beschreibst, aber vielleicht kannst du es noch griffiger machen, noch genauer. Was will sie erreichen? Welche Worte kannst du ändern, um die Situation noch intensiver zu beschreiben? Lass den Leser drin sein, nicht nur als Zuschauer. Er muss das Gleiche fühlen wie deine Protagonistin.«

Die Frau schnaufte auf und machte sich Stichworte in ein Notizbuch. »Aber wird das dann nicht zu kitschig?«

Der Mann lachte leise. »In welchem Genre schreibst du, Franzi?«

»Romance«, antwortete sie und grinste.

Er erwiderte das Grinsen. »Beantwortet deine Frage, oder?«

Sie kicherte und malte ein dickes Ausrufezeichen neben eine ihrer Notizen.

Lara betrachtete den Mann neugierig. War er Autor oder gar Coach? Wie spannend. Sie hatte bisher nicht viele schreibende Menschen kennengelernt und schon Betty für eine Offenbarung des Himmels gehalten. Natürlich gab es noch viel mehr davon! Lara kam es plötzlich vor, als schaute sie hinter einen Vorhang, der das Leben vor ihr verborgen gehalten hatte. Da gab es noch so viel für sie zu entdecken, und sie konnte so viel Input von anderen Menschen für sich sammeln. Die Aufregung in ihr wuchs. Sie wollte das auch so sehr, dass sich jemand in dieser Tiefe mit ihrer Geschichte beschäftigte. Und wie sie das wollte.

»Boah, Max, das ist so hilfreich, vielen Dank.«

»Nicht dafür. Ich habe dir doch gesagt, wir können noch mal drüber sprechen.«

Die Frau nickte. »Ich muss gucken, ob ich die Montage jetzt Zeit habe, ich würde so gern weitermachen. Mir hat das echt was gebracht.«

Bevor Lara überhaupt darüber nachdenken konnte, hatte sie sich in das Gespräch eingemischt. »Entschuldigung.« Sie biss sich verlegen auf die Lippen, als die beiden sich zu ihr umsahen. »Ich habe euer Gespräch gehört. Geht es um einen Schreib-Workshop? Gibt es so was aktuell hier in der Nähe?«

Die junge Frau grinste und zeigte auf den Mann, der ihr zunickte.

»Allerdings. Ende des Monats gebe ich einen Workshop, da geht es um die Entwicklung des Plots zur fertigen Geschichte. Bist du Autorin?«

»Ich? Nein, ich … also ich schreibe nur ab und an gerne, aber ich habe noch nichts veröffentlicht.« Lara spürte, wie sie rot wurde, wie ihre Stimme unbeholfen klang, wie immer, wenn sie das Thema schreiben erwähnte.

»Du bist Autorin, wenn du schreibst! Nicht erst, wenn du veröffentlichst. Hättest du Lust, teilzunehmen? Ich bin Maximilian Arentz. Das hier ist Franzi.«

»Ich bin Lara, hi. Und sorry noch mal.« Ihr entschuldigendes Lächeln galt mehr der jungen Frau als Max. Doch die winkte nur ab.

»Alles gut. Ich muss eh los. Danke, Max. Ich maile dir, okay?« Sie klaubte ihre Sachen zusammen, und nachdem sie von Max mit zwei Küsschen verabschiedet worden war, hob sie kurz winkend die Hand zu Lara. »Machs gut. Vielleicht sehen wir uns ja.«

»Habe ich sie nun vergrault?« Beschämt schaute Lara zu Max, der seinen Kaffee und seine Tasche nahm und sich an Laras Tisch setzte. Er stellte beides ab und sah sie an. Doch ihre Frage ignorierte er.

»Ich würde mir noch einen Kuchen holen. Willst du auch noch was?«

Lara überlegte kurz und bat um einen weiteren Milchkaffee, und während Max ins Café verschwand, lehnte sie sich baff zurück. Was war denn jetzt passiert?

Ben

Zwei Wochen nach Opa Alfons' Einladung aßen Ben und sein Großvater erneut zusammen, wieder war es ein Sonntag, doch diesmal trafen sie sich schon zum Mittagessen.

Frau Müller hatte Lasagne gemacht, sie war seit vielen Jahren Opas Haushälterin. Ben schätzte sie sehr – wenn man bedachte, dass er sie ungefähr fünfmal gesehen hatte in all der Zeit.

»Also, kochen kann sie ja.« Ben ließ es sich schmecken.

»Nicht nur das. Sie ist auch eine wunderbare Zuhörerin. Sie motiviert mich immerzu, sie ist liebevoll und zudem auch hübsch anzusehen.« Sein Großvater grinste vergnügt, und Ben musste lachen.

»Opa! Du bist ein alter Schwerenöter.«

»Ja, alt auf jeden Fall, aber harmlos.« Er kicherte. »Ich mag sie halt, sie kümmert sich gut um mich. Ich werde sie wirklich vermissen.«

»Vermissen? Wieso, hört sie auf?« Interessiert sah Ben zu Alfons rüber, bedacht, keine Tomatensoße auf sein Hemd zu kleckern.

»Nein, ich kann sie nicht mitnehmen.« Sein Großvater warf ihm einen kurzen Blick zu, bevor er erklärte: »Letztes Mal hatte ich euch ja aus einem bestimmten Grund hergebeten, aber da kamen wir nicht zum Reden.«

»Entschuldige, da habe ich nur von meinem Kram gesprochen.« Ben hielt zerknirscht inne.

Alfons legte ihm die Hand auf den Arm. »Keine Entschuldigung nötig, mein Junge. Ich wollte mit euch sprechen, das hatte ich am Telefon gesagt, aber du warst in Not, da konnte das noch warten.«

In Not. Es klang drastisch, wie sein Opa das ausdrückte, aber vermutlich war es gar nicht so weit hergeholt. Seit Lara weg war, befand er sich in einer Notlage. Er schüttelte den Gedanken ab und konzentrierte sich auf den älteren Mann, musterte ihn aufmerksam. War er krank?

»Was ist denn los? Muss ich mir Sorgen machen?«

»Das musst du nicht. Es ist alles in Ordnung. Ich werde nur nicht jünger, so leid es mir tut, und ich muss mir Gedanken darüber machen, wie meine Zukunft aussieht. Jedenfalls das, was davon noch übrig ist.« Er tupfte sich den Mund mit einer Serviette ab. »Ich möchte gern in ein betreutes Wohnen umziehen, solange ich noch gesund genug bin, davon etwas zu haben und mich gut einzuleben. Ihr habt da so ein schönes Haus in die Innenstadt gebaut, da habe ich mich direkt beworben.«

Überrascht legte Ben sein Besteck zur Seite. »Meinst du den Behütet-Stift?«

»Ganz genau.«

»Wow. Das ist … wow!« Er selbst hatte am Behütet-Stift nur indirekt mitgearbeitet, es war eins von Scholz' Projekten gewesen: Ein Seniorenzentrum mitten in der Innenstadt, eingebettet in einen kleinen Park, aber mit Zugang zu den wichtigsten Geschäften und nah am Puls der Stadt. Ein Konzept, das älteren Menschen, die auf ihr Lebensende zuschritten, ein warmes, aber auch aktives Zuhause geben sollte. Das Haus hatte vor vier Jahren geöffnet, und so wie Scholz mal erzählt hatte, gab es lange Wartelisten.

»Wie lange warst du angemeldet?«

»Ach, ich weiß nicht genau, vielleicht so zwei Jahre. Ich habe lange darüber nachgedacht und mir das Haus angesehen, mit Frau Müller und dem alten Günther, der geht mit. Der will auch sein Haus verkaufen.«

»Auch? Du meinst …«

»Darüber wollte ich mit euch sprechen«, unterbrach sein Großvater ihn. »Komm, gehen wir ein bisschen spazieren. Ich muss dringend das Essen verdauen.«

Als sie durch den Stadtpark schlenderten, bemerkte Ben, wie sehr sich sein Großvater verändert hatte. Er nutzte einen Stock zum Gehen, und manchmal waren seine Bewegungen unsicher und wacklig. Er fragte sich, ob es nicht doch Grund zur Sorge gab. Doch Opa Alfons war bester Laune, lächelte vor sich hin und grüßte alle, die er kannte und die er nicht kannte.

»Ich mag den Frühling. Wenn die Menschen sich so leicht zu fühlen scheinen, wenn alles am Aufblühen ist.« Er deutete mit seinem Stock auf eine Gruppe junger Frauen, die auf einer Bank herumfläzten, zwei davon sogar auf der Lehne, mit den Schuhen auf der Sitzfläche. »Die gute Laune springt dann über, ein Effekt wie beim Domino!« Er lachte amüsiert, als die Frauen ihm johlend hinterherriefen, weil sie seinen Wink mit dem Stock gesehen hatten.

Ben schüttelte den Kopf. Er hatte das Gefühl, so wenig von seinem Großvater zu wissen. War er schon immer so ein ... Hallodri gewesen? »Ich mag den Frühling auch, aber dieses Jahr ist es irgendwie anders. Schwerer. Ich fühle mich ...«

»... einsamer«, vervollständigte sein Opa den Satz, und Ben nickte. »Ich weiß. So ging es mir damals auch. Es ist so lange her, aber an dieses Gefühl erinnere ich mich zu gut. Es fehlte etwas, in jeder Bewegung, in jedem Moment.« Mit einem Seitenblick auf Ben lächelte er. »Ich möchte, dass ihr mein Haus bekommt, wenn ich in den Stift ziehe. Ich kann dort schon bald einziehen. Und du weißt, dass du mein Erbe bist.«

Ben schob die Hände in die Hosentaschen seiner Jeans und starrte auf seine Stiefel. Es war warm, ein sonniger Tag Ende März. Die Menschen trieb es raus in die Sonne, in die Gerüche, in die Freiheit.

Er wünschte, sie wären im Haus geblieben.

»Willst du es nicht verkaufen und von dem Geld den Stift bezahlen?«, warf er ein. Er hatte eine ungefähre Ahnung davon, wie teuer das Leben in diesem Seniorenheim war.

»Das ist für die nächsten drei Jahre bezahlt.«

»Oh.« Drei Jahre. Er überschlug den Betrag und atmete tief ein. Ihm war nicht klar gewesen, dass sein Großvater so viel Geld besaß. Ihm war wohl so vieles nicht klar gewesen. »Du wirst hoffentlich mehr als drei Jahre da leben.«

Sein Opa gluckste. »Das hoffe ich doch – wenn die alten Leute mir da nicht auf die Nerven gehen. Aber in drei Jahren hat sich wieder Rente angesammelt und ein Bausparvertrag wird fällig. Junge, ich möchte mein Haus nicht fremden Menschen überlassen. Da war ich glücklich, mit meiner Anni, da haben wir unsere Manuela bekommen. Es wäre für mich unerträglich, wenn da … dann würde ich es eher abreißen lassen.«

Es fühlte sich an, als würde der Schmerz in der Stimme seines Großvaters direkt durch Bens Herz schießen. Abreißen? Das Haus seiner Kindheit, in dem die Erinnerungen an seine Eltern so präsent waren? In dem er sich zu Hause fühlte, seit er denken konnte?

»Das verstehe ich. Aber ich weiß nicht, ob es eine Zukunft für Lara und mich gibt, Opa, ich weiß nicht, ob ich dem gerecht werde. Hättest du mir das vor ein paar Wochen angeboten, es wäre wohl …« Er schwieg. Vor ein paar Wochen wäre ihm das alles vermutlich auch zu viel gewesen. Wie sollte er das bezahlen, eine Hausrenovierung in der Größenordnung?

Alfons ließ sich auf eine Holzbank fallen. »Ich bin in diesem Haus glücklich gewesen, und ich glaube fest daran, dass du das auch wirst. Lara und du, ihr braucht ein Zuhause. Ein eigenes Zuhause, und überleg mal, wie schön es wäre, wenn du ihr das schenken könntest, wenn sie zu dir zurückkommt. Ich sehe euch vor mir, Ben, mein Junge, du musst nur dran glauben.«

Ben schwieg, denn so einfach war das ja nun nicht. Dran glauben, dass es ein glückliches Ende nahm, dass alles wieder gut werden würde? Das war schwer, so schwer, und diesmal kam niemand und reichte ihm die helfende Hand, so wie damals, als der Konkurs ihn über den Haufen rannte und in der helfenden Hand seines Schwiegervaters ein Haufen Geld lag.

»Hast du darüber nachgedacht, was ich dir beim letzten Mal gesagt habe?« Sein Großvater stützte sich mit beiden Händen auf den Knauf seines Stockes und ließ den Blick umherschweifen.

»Was meinst du?«

»Du hast nicht nur Lara verloren, du hast dich selbst verloren. Schon vor einiger Zeit. Dass sie gegangen ist, das ist nur die Konsequenz daraus. Du hast gesagt, sie will sich selbst wiederfinden, und ich glaube, das solltest du auch. Herausfinden, was du willst vom Leben, was dein Wunsch ist, dein Traum. Nur so kannst du das auch erreichen.«

»Wann bist du so weise geworden?«, brummte Ben, nicht bereit, zuzugeben, dass da wohl mehr als ein Funken Wahrheit in den Worten seines Opas war. Denn er hatte in der Tat darüber nachgedacht, was er gesagt hatte. Nur nachdenken allein brachte ihn irgendwie nicht weiter. Er wusste nicht, wie er das machen sollte, zu sich selbst finden, wenn alles, woran er denken konnte, Lara war.

Alfons lachte. »Mit dem Alter kommt die Weisheit, mein Junge. Glaub einem klapprigen Kerl wie mir. Ich weiß, wovon ich spreche. Und ich sag dir: Komm in mein Haus und mach es zu eurem. Renovier es, bau es um, tob dich aus. Mach dein eigenes Projekt draus, richte euch ein Nest. Wozu bist du Architekt?«

Ziellos streifte er durch die Straßen, die Hände in den Hosentaschen vergraben, die Kapuze des Hoodies tief ins Gesicht gezogen. Vermutlich wirkte er auf die Menschen wie ein Teenager, der keine Lust hatte, nach Hause zu gehen, und fast war es ja auch so. Nur dass er erwachsen war, doch so fühlte es sich nicht an.

Ben war ruhelos, rastlos. Die Langeweile nervte ihn, aber aufraffen konnte er sich auch nicht. Zum Sport wollte er nicht. Er scheute sich, Sabine zu begegnen nach dem ätzenden Korb, den er ihr gegeben hatte, und beim Sport würde er vielleicht Karsten treffen, der ihm zu viele Fragen stellen würde. Oder Marleen, die ihn zu sehr an Lara erinnerte, weil sie deren Freundin war und nun mehr über seine Frau wusste als er selbst. Aber vielleicht war auch das schon immer so gewesen.

Er überlegte, wann sie das letzte Mal einen intensiven Abend miteinander erlebt hatten, einen, wo man sich austauscht, über Gott und die Welt quatscht und dann vielleicht auch mal über die Beziehung, über Träume und Ideen und Projekte. Er erinnerte sich nicht. Woran er sich aber erinnerte, war seine Gleichgültigkeit. Das alles wurde erst wichtig, als Lara ihn verlassen hatte. Seit ganz offensichtlich andere Menschen ihre Zeit und ihr Interesse einnahmen.

Ben zog sein Handy hervor und googelte nach der Adresse der Whitmans. Es war leicht, herauszufinden, wo sie wohnten, und er befand sich sogar ganz in der Nähe. Und er hatte ja eh nichts Besseres zu tun.

Ihm war nicht klar, was er sich davon erhofft hatte, zu sehen, wo Lara nun lebte – bis er davorstand. Resigniert lehnte er sich an eine Mauer und betrachtete das Haus, nein, das Anwesen. Das war eine Residenz, ein Landhaus, ein Zuhause für Menschen, die sich Personal und viele Autos leisten konnten.

Und doch lebten hier nur die Whitmans.

Viel hatte Tom ihm nicht über das Ehepaar erzählt, nur dass sein Geschäftspartner Andrew eine ziemlich große Nummer in der IT-Branche war und seine Frau Bestseller-Autorin. Dann konnte man sich wohl so einen Prunkbau leisten und seiner Frau Flausen in den Kopf setzen. Nach ihrem Aufenthalt hier würde sie sich nie wieder mit weniger zufriedengeben, er wusste doch genau, wie das lief.

Direkt hinter dem Anwesen begann ein Wald. Wie schön musste es sein, hinausschauen zu können. Da musste auch der Fluss irgendwo sein. Ob man den von oben aus dem Haus sehen konnte?

Das Haus seiner Schwiegereltern war an sich sehr schön, auch recht groß, ruhig gelegen in einer Seitenstraße, aber eben typisch städtisch. Das hatte er für sich und Lara nie im Sinn gehabt. Damals, als sie noch Pläne hatten, stand immer das Wort Weite ganz oben auf der Liste, und dann Freiheit. Und damit hatte ihre derzeitige Wohnsituation wenig zu tun.

Damit hatte ihr ganzes Leben gerade wenig zu tun.

Die Worte seines Opas fielen ihm ein. Du hast dich selbst verloren. Langsam begriff er, was er ihm damit hatte sagen wollen. Wer war er eigentlich? Wer war er ohne seine Vergangenheit mit Lara, ohne den Fokus auf sie, auf die Ehe, auf das Erreichen einer Zukunft und die Last der Schulden? Wie wollte er leben, wo wollte er leben? Hatte er den Wunsch, Kinder zu haben? Eine Familie zu gründen oder war es ein Zukunftstraum gewesen, damals, weil man das eben so machte? Ging er gern zum Sport, mochte er seine Arbeit? Das Geld, das sie brachte? Die Zufriedenheit? Brachte es ihm überhaupt Zufriedenheit? Wann war er das letzte Mal unbeschwert glücklich gewesen, hatte sorgenfrei gelacht und sich über das gefreut, was um ihn herum war?

Ben wusste nur: Er fürchtete sich vor den Antworten, die diese ganzen Fragen mit sich brachten.

Lara

Die Tage wollten kaum vergehen, zogen sich wie Kaugummi und gingen doch letztendlich schnell vorbei. Ehe sie sich versah, saß Lara mit neun anderen Autorinnen und Autoren in einem kleinen, sonnigen Veranstaltungsraum und kaute nervös auf ihrem Bleistift herum.

Max erschien ihr wie beim Kennenlernen unglaublich souverän. Er hatte so eine Art an sich, alles leicht erscheinen zu lassen, und sie gab es ungern zu, aber er hatte sie beeindruckt, bei diesem zufälligen Treffen in dem Café vor zwei Wochen. Er sah aber auch verteufelt gut aus mit den dunklen, einen Hauch zu langen Locken, den blitzenden blauen Augen und dem Dreitagebart. Heute trug er einen dunkelgrauen Leinenanzug und ein einfaches schwarzes Shirt, und alles an ihm strahlte Männlichkeit aus.

Lara verdrehte innerlich die Augen. Sie klang wie ein Groupie, doch sie bemerkte durchaus, dass es allen anderen Frauen in der Runde ähnlich zu gehen schien.

Maximilian Arentz hatte Ausstrahlung, und Maximilian Arentz wusste um diese.

Es war ihr unmöglich vorgekommen, sich nicht zu dem Workshop anzumelden, nachdem er sich im Café über eine Stunde Zeit für sie genommen hatte. Und Lara hatte das Gefühl, dass ihr allein dieses Gespräch unglaublich viel gebracht hatte. Zuhause hatte sie Betty davon erzählt – diese hatte nur aufgelacht.

»Der Max«, waren ihre einzigen Worte gewesen, doch zu mehr kam sie auch nicht, denn Lara sprudelte vor Energie und Worten.

Im Anschluss hatte sie geschrieben, doch nicht an ihrem Buchprojekt, wie von Betty gefordert, sondern sie begann ein neues Tagebuch. Bis tief in die Nacht hatte sie sich alles von der Seele geschrieben. Sie hatte weit ausgeholt, und als sie ins Bett fiel, war sie hundemüde, doch glücklich.

Wie schnell sich die Dinge ändern konnten. War sie an diesem Tag noch wütend und hoffnungslos gewesen, lächelte sie nur Stunden später glücklich vor sich hin, als sei ihr der Dalai Lama persönlich begegnet und hätte sie mit ewiger Besonnenheit gesegnet.

Den genauen Auslöser konnte sie gar nicht genau benennen, aber diese alleinige Aufmerksamkeit, die ihr zwei so kreative Menschen wie Betty und Max entgegenbrachten, beflügelte sie über alle Maßen. Ob das so gesund war, war Lara tatsächlich egal. Sie genoss es einfach nur. Sie stand für einige Momente einmal im Mittelpunkt, sie und ihre Fantasie. Sie und ihre Geschichten.

Max' Stimme war dauerhaft in ihrem Kopf.

»Nein, es sind nicht nur Liebesgeschichten. Es sind deine Geschichten, deine Fantasie.«

»Du schreibst ein bisschen vor dich hin? Alles bei dir dreht sich doch darum.«

»Du hast keine Ideen? Hast du mir nicht eben erzählt, du hast fast zwanzig gute Plots liegen?«

Und das Wichtigste überhaupt: »Du schreibst, also bist du Autorin.«

Sie hatte sich diesen Satz aufgeschrieben und in dem Zimmer mehrfach aufgehängt. Man sollte alles visualisieren, damit man es verinnerlichte, doch tatsächlich erfüllte sie damit nur eine Aufgabe, die Max von ihr gefordert hatte. Wie auch Betty hatte er eine Gegenleistung verlangt, und Lara war klar, welches Licht das auf sie warf: Sie war ein braves Mädchen und folgte den Anweisungen, die man ihr gab.

Auch darüber schrieb sie in ihrem neuen Tagebuch, langsam klärte sich so der Wust in ihrem Kopf.

Sie war nicht folgsam. Sie war inspiriert. Menschen glaubten an sie, an ihre Leidenschaft. Bestärkten sie. Eine Gegenleistung, eine Challenge, das forderte sie heraus, motivierte sie, trieb sie an.

Und nun saß sie im Workshop »Vom Plot zum Buch« von Maximilian Arentz, Bestseller-Autor, Schreib-Coach und Lektor. Maximilian Arentz war eine schreibende Wundertüte. Eine sehr hübsche Wundertüte.

»Oft ist es ja so, dass man die Idee, die man hat, sofort umsetzen will. Der ganze Schreibprozess ist ja deutlich cooler als die Vorarbeit, als Recherche oder Struktur. Aber ich sage Ihnen was: Der ganze Schreibprozess ist noch cooler, wenn man ein Konzept hat. Eines, das sich verfolgen lässt, an dem man sich entlanghangelt. Wenn Sie denken, dass Sie das in Ihrer Kreativität hindert, können Sie es natürlich auch anders handhaben, aber ich würde Sie in diesem Workshop darum bitten, es mal mit meinem Konzept zu versuchen. Dafür bezahlen Sie schließlich.« Maximilian Arentz zwinkerte, und die Gruppe kicherte folgsam. Das war nicht so schwer, er war ein wirklich charmanter Coach, man folgte ihm einfach gern. Zumindest fühlte es sich einfach an, ihm zu folgen.

Lara war allerdings auch eher eine Planerin. Ohne eine Struktur im Kopf oder zumindest den berühmten roten Faden greifbar zu haben, fiel es ihr schwer, zu schreiben. Dann hielt sie sich an dem Datum auf, an den Zeitstrukturen, an der Haarfarbe oder den falschen Klamotten.

»Wir bauen diesen Workshop strategisch auf. Heute reden wir über Ideenentwicklung und Weltenbau. Es ist wichtig, zu wissen, wie alles anfängt und wo man hinwill. Grob auch, wer eine Rolle spielt, wobei wir uns die Protagonisten und Antagonisten nächste Woche anschauen. Ja?« Max deutete auf eine junge Frau mit frechem Kurzhaarschnitt, die die Hand gehoben hatte.

»Was sind Antagonisten?«, wollte sie wissen, und Lara verspürte ein kurzes Aufkribbeln im Bauch, weil sie das bereits wusste.

»Der Antagonist ist der Widersacher des Protagonisten, der Hauptfigur. In den meisten Büchern gibt es den, sollte es den geben, denn er – oder sie – macht die Geschichte deutlich interessanter.«

»Und den erfindet man auch direkt am Anfang?«

Max setzte sich auf seinen Schreibtisch. Freundliches Frühlingslicht schien durch die bodentiefen Fenster auf den hellen Holzboden und zauberte Lichtreflexe auf sein Gesicht. Der Workshop fand in einem Gebäude statt, das Lara noch nie vorher betreten hatte. Dabei war sie hier schon oft vorbeigelaufen: Ein alter Bauernhof war mit seinen vielen verschiedenen Gebäuden zu einer urigen »Mall« umgestaltet worden, mit kleinen Hofläden und Veranstaltungsräumen, und das Flair zeigte sich auch in dem Raum, in dem sie saßen. Alles war aus Holz und machte den Eindruck, zusammengesammelt oder selbst hergestellt worden zu sein. Lara fragte sich, wie ein Mann wie Max an so eine Buchung kam. Das interessierte sie brennend.

»Wenn wir ehrlich sind, erfinden wir doch alles schon am Anfang. Denken Sie über Ideen nach. Da ist doch immer ein Konflikt, eine Schwierigkeit, denn sonst wäre es ja recht langweilig. Je nach Aufbereitung sind auch Geschichten ohne Konflikte nett zu lesen, aber letztendlich leben Geschichten von Problemen und der Lösung. Und da spielt der Antagonist eine große Rolle. Aber darüber reden wir nächste Woche genauer. Ich würde Ihnen zuerst gern den Fahrplan des Workshops erzählen, bevor wir uns an die Arbeit machen, in Ordnung?«

Zustimmendes Nicken war in der Runde auszumachen, das klang nach einem Plan.

Max fuhr fort. »Heute fangen wir, wie gesagt, mit dem Weltenbau und den Ideen an. Woher kommen die eigentlich? Und dafür ist es besonders spannend, dass Sie sich alle vorstellen und wir einen Eindruck voneinander bekommen, von der Welt, in der wir unseren Platz haben. Schließlich wollen wir alle wissen, mit wem wir die nächsten Wochen zusammensitzen und durchaus persönliche Momente erleben werden. Darüber hinaus, das muss ich vermutlich nicht betonen, aber der Form halber: Alles, was wir hier machen und erzählen, bleibt bitte auch hier. Ich möchte gerne, dass dieser Raum ein geschützter Raum ist. Wir lachen niemanden aus, wir kritisieren auf liebevolle Art und Weise. Ich will nicht, dass jemand nach unserem Abend weinend zu Hause sitzt, am wenigsten ich, klar?« Er lächelte und schaute in die Runde, verharrte auf jedem Gesicht für einen Moment.

Auch Lara sah ihm direkt in die Augen, und unwillkürlich erwiderte sie sein Lächeln. Das würden spannende Abende werden.

Wenige Momente später war sie auch schon an der Reihe.

»Ich bin Lara, hallo. Ich arbeite als Office Managerin in einer IT-Firma, für meinen besten Freund, und bin verheiratet. Aber nicht mit ihm, auch wenn mein Mann das zuweilen denkt.« Sie grinste in die Runde, als sie das Auflachen vernahm, und reckte ein bisschen das Kinn vor. So ging das also. Einfach witzig sein, das Beste draus machen. Niemand hier kannte sie, niemand kannte Ben. Sie konnte einfach sie selbst sein, hatte noch keinen Informationsstempel auf der Stirn. Es war sogar anders als mit Betty, denn die wusste mittlerweile viel über sie. Das hier war viel besser. Und es schien ihr zu helfen, in einem Job zu arbeiten, in dem sie nicht schüchtern sein durfte. Sie hatte gedacht, es würde ihr schwerer fallen, vor den Leuten zu reden, aber hier, in diesem Kreis von Gleichgesinnten, fiel das alles von ihr ab.

Hier war sie nur Lara. Eine Autorin.

»Ich schreibe schon recht lange, habe das aber nie sonderlich ernst genommen. Ich bringe halt auch nichts zu Ende, ich habe tausend Ideen, ständig. Geh durch die Straßen und habe den Kopf voller Geschichten. Das Schreiben an sich habe ich aber nicht so recht verfolgt, immer nur Seiten, mal dreißig, mal fünfzig. Aber eben nie fertiggeschrieben. Ich dachte, mir fehlt vielleicht das Handwerk. Naja, und durch gewisse Umstände habe ich nun einen Deal mit einer Freundin, und ich muss die aktuelle Idee durchziehen. Von diesem Workshop erhoffe ich mir so viel Motivation, das auch zu schaffen.« Beim letzten Satz sah sie zu Max, der den Blick wohl nicht von ihr gelassen hatte. Das war jetzt nicht außergewöhnlich, jede Vorstellung hatte diese Aufmerksamkeit bekommen, aber er brachte sie aus dem Konzept, also traute sie sich erst jetzt, ihn anzusehen. Er nickte ihr zu.

»Was ist der Preis Ihrer Freundin, wenn Sie es nicht durchziehen? Mögen Sie uns das erzählen?«

»Ich muss aus ihrer Villa ausziehen«, erwiderte Lara trocken, und wieder war allgemeines Lachen die Reaktion. Gott sei Dank ließ Max das auch mit einem Lachen auf sich beruhen und widmete sich der Frau neben ihr.

Lara war zufrieden. Zum ersten Mal seit Langem hatte sie das Gefühl, es lief in den richtigen Bahnen.

Einige Tage später saß sie mit Marleen beim Mittagessen. Es war lange her, dass sie sich das letzte Mal gesehen hatten, irgendwie hatte sich die Sache mit Ben auch zwischen sie und ihre Freundin geschoben, obwohl es dafür keinen Grund gab. Es betraf sie ja nicht.

»Ich weiß nicht, wieso mich das mit dir und Ben so angekekst hat. Es betrifft mich ja nicht. Aber ich bin sauer.«

»Auf mich?« Lara war erstaunt.

»Ja. Weil du es so gut hast und das nicht zu schätzen weißt.«

Lara legte den Kopf schräg und musterte ihre Freundin. Diese zog seelenruhig Sahnekreise auf ihrem Apfelkuchen, vollkommen überzeugt von der Richtigkeit ihrer Aussage. Wow.

»Dir ist schon klar, dass das ziemlich unfair ist?«

»Nein.« Marleen teilte ein Stück Kuchen mit ihrer Gabel ab und spießte es auf. »Nein, finde ich nicht. Ich glaube, es ist wichtig, dass dir das jemand sagt. Und natürlich sollte ich dieser Jemand sein.«

»Macht Sinn. Wer sonst.« Lara verdrehte die Augen. »Aber das mit dem Unfair erklärst du mir mal bitte. Was ist daran unfair?«

Marleen kaute und blickte sie die ganze Zeit dabei an. Lara wurde es unbehaglich. Sah sie etwas Entscheidendes nicht?

»Es gibt Menschen«, begann sie dann langsam, »die wären sehr froh, wenn sie einen Mann hätten, mit dem sie leben und streiten könnten.«

Oh. Daher wehte der Wind. Lara biss sich auf die Lippen. Darauf hätte sie auch von selbst kommen können.

Marleen fuhr fort: »Ich glaube, dass Ben sich den Arsch aufreißt und alles tut, was er kann, um euch ein gutes Leben zu ermöglichen.«

»Marleen.«

»Ne, nix Marleen. Es mag sein, dass er Fehler gemacht hat, dass es nicht mehr gut läuft zwischen euch, dass du mehr … was weiß ich, Freiheit brauchst, Zeit für dich. Aber ich glaube, dass es ihm bestimmt ziemlich übel geht.«

»Mir scheint jetzt auch nicht gerade die Sonne aus dem Hintern«, warf Lara trotzig ein.

»Wer's glaubt. Du lebst jetzt in einer Protzvilla, hast eine reiche Autorenfreundin, wirst gefördert und unterstützt und gehst vermutlich nur noch zur Arbeit, weil du musst. Und jetzt dieser Workshop mit diesem, wie nanntest du ihn: verdammt hübschen Kerl. Also. Wem geht es schlecht, dir oder deinem Mann, der Abende in der Kneipe verbringt und nebenher die Tussi aus dem Fitness-Studio angräbt, weil er einsam ist?«

Lara wurde blass. »Welche Tussi aus dem Studio?«

Marleen lehnte sich zurück. »Jetzt hab ich wohl deine Aufmerksamkeit. Sabine, die Blonde mit den kurzen Haaren. Hat sich wohl ein bisschen bemüht und zumindest ein paar Dates gehabt.«

Lara schloss für einen Moment die Augen. Das konnte sie nicht glauben. Ben nutzte das direkt aus?

»Ich hab versucht, mit ihm zu sprechen, aber er ist seit Ewigkeiten nicht im Studio gewesen. Deshalb bin ich sauer. Weil ihr nur Scheiß macht. Beide.«

»Darf ich jetzt auch mal was sagen?«

Marleen machte eine Handbewegung, die man fast schon huldigend nennen konnte, und widmete sich ihrem Apfelkuchen.

Lara setzte zum Reden an, wusste aber im ersten Moment gar nicht, was sie sagen sollte. Die Vorwürfe waren fies, sie stachen in ihr, und vielleicht hatte Marleen ja auch nicht so ganz unrecht.

Trotzdem erklärte sie sich, gefühlt schon zum dreitausendsten Mal. »Ich liebe Ben. Und ich bin mir eigentlich auch sicher, dass er mich liebt. Aber jetzt muss jeder erst einmal für sich gucken, was wichtig ist. Für mich ist es das Schreiben. Ich bin da so happy mit, und das war nie Thema bei uns.«

»Aber er hats dir ja nicht verboten.«

»Nein. Darum geht es auch nicht. Aber ich muss mich fragen, warum ich meinen Dingen nicht nachgehe. Warum mich eine doch so glückliche Beziehung so blockiert in den Sachen, die mir wichtig sind, die ich machen will.«

Marleen zog die Augen zusammen. »Er blockiert dich?«

»Und ich ihn, vermutlich.« Lara nickte. »Ich denke, dass wir uns in einem Hamsterrad bewegen. Er ist nur noch für den Job zu haben, geht zum Sport, will sparsam sein und unterbindet dafür jeden Spaß. Und ich will leben, trotz der Schulden oder der nicht so optimalen Situation.«

»Hm.« Marleen sah skeptisch aus. Nicht so, als wäre sie überzeugt, was vielleicht daran lag, dass Lara selbst immer noch nicht ganz überzeugt war.

»Sag mal, hat er echt eine Neue?«

»Keine Ahnung. Sabine gibt ja gern mal an, aber sie haben sich wohl getroffen. Ob was lief, keine Ahnung.« Marleen musterte sie, und Lara erwiderte den Blick offen. Es gab keinen Grund, ihrer Freundin etwas vorzuspielen. Sie kannten sich ewig. Marleen wusste, wie sie sich fühlte.

»Das wäre hart. Ich glaube es auch nicht. Irgendwie.«

»Soll ich versuchen, es herauszufinden?«

Lara wollte spontan Ja sagen, hielt dann aber inne. Dachte an die Regeln, die sie selbst aufgestellt und denen Ben zugestimmt hatte. Die sie ernst gemeint hatte und die nun so schmerzten. Was, wenn er sich wirklich mit einer anderen getröstet hätte? Und was, wenn nicht?

Ben

Das Brot war alle, er hatte keinen sauberen Teller mehr im Schrank und das Leergut füllte mittlerweile mehrere Taschen. Es interessierte ihn nicht. Ben verbrachte den Großteil seiner Zeit im Büro. Abends war wenig Zeit zum Einkaufen, und das bisschen Freizeit verbrachte er mit Computer spielen oder laufen. Das Sportstudio mied er nach wie vor, und den Kontakt zu seinen Mitmenschen beschränkte er aufs Nötigste. Er konnte sich selbst nicht leiden, und er wollte nicht, dass man ihm das ansah.

Er war ein verlassener Mann. Sitzengelassen worden. Ertappte er sich bei diesem Gedanken, schalt er sich selbst einen Idioten. Er hasste Selbstmitleid, und doch kam er aus der Nummer nicht raus.

Er ging sogar seinen Schwiegereltern aus dem Weg, fühlte sich wie ein Gast in der eigenen Wohnung, in der es leer war, anders roch und sich nicht mehr nach Zuhause anfühlte.

Als Opa Alfons anrief, ging er nicht ans Telefon und schämte sich dafür. Auf Karstens Nachrichten reagierte er kurz und bündig und entschuldigte sich mit zu viel Arbeit.

Sein Freund würde sonst vor der Tür stehen und das ganze Elend sehen, und das würde Ben nicht ertragen können. Er konnte gar nichts ertragen, am wenigsten sich selbst.

Scholz sagte nichts. Im Büro war alles wie gewohnt. Nur dort fühlte er sich noch als ganzer Mann, denn was im Privatleben gar nicht mehr funktionierte, klappte im Job so gut wie nie zuvor. Es war, als wäre dieses Projekt für ihn gemacht. Alles lief wie am Schnürchen, sogar der Bürgermeister ließ ihn in Ruhe. Keine Ahnung, ob Scholz oder Niemeyer was gesagt hatten, es war Ben egal. Er genoss die kurzen Auszeiten an der Nordsee, doch die Unruhe wich nicht.

Regelmäßig joggte er am Haus der Whitmans vorbei, ohne Lara zu treffen, und das war vermutlich auch besser so. Sie wäre nicht amüsiert, würde sie mitbekommen, dass er ihr hinterherspionierte. Er lief so viel, dass er erschöpft ins Bett fiel und am nächsten Morgen gerädert aufstand, doch kaum saß er im Büro, funktionierte er. Überlebensmodus.

Und hätte Sonntagmittag nicht sein Großvater vor seiner Tür gestanden, wäre es vermutlich die ganze Zeit so weitergegangen.

»Hans und Elly erwarten uns zum Essen«, sagte Opa Alfons freundlich, nachdem sie sich begrüßt hatten, und schüttelte den Kopf, als Ben ihn hereinbitten wollte, wohlwissend, wie furchtbar die Wohnung aussah.

»Hans und Elly?« Ben hielt inne. »Was hast du mit meinen Schwiegereltern zu schaffen?« Natürlich kannte sein Opa Laras Familie, aber viel Kontakt hatte es seiner Meinung nach nie gegeben. Umso mehr wunderte es ihn nun, dass sie offensichtlich eingeladen waren.

»Lass uns rüber gehen.« Sein Großvater lächelte und pfiff leise vor sich hin, während er sich umdrehte, um den steinernen Weg vom Seiteneingang, wo die Wohnung lag, zum Haupteingang des Hauses zu schlendern.

Ben zog die Augenbrauen zusammen. Irgendwas war hier doch faul. Aber noch während der Gedanke in ihm aufkam, verschwamm er auch schon wieder. Nicht einmal dafür reichte die Kraft. Also folgte er seinem Opa zu den Schwiegereltern, und noch bevor sie klingeln konnten, öffnete Elly die Tür.

Laras Mutter war eine Kopie ihrer Tochter, vermutlich war es wohl eher andersherum, aber Ben hatte immer gedacht, dass er sehr glücklich sein würde, wenn seine Frau in zwanzig Jahren so charmant sein würde wie ihre Mutter. Ellys Lächeln schien einen leuchtenden Kranz um ihr Gesicht zu legen, und ob man wollte oder nicht, es steckte an. Und so elend Ben sich auch fühlte, er musste lächeln, sie umarmen. Sie roch nach Mittagessen, und zu seinem Erstaunen auch ein wenig nach Zuhause.

»Schön, dass ihr da seid, kommt rein. Das Essen ist fertig, auch wenn es nichts Besonderes gibt.« Sie umarmte nach Ben auch seinen Großvater, was den weniger zu erstaunen schien als Ben, und da beschloss er, sich auf alles gefasst zu machen und nicht mehr zu wundern.

»Ich möchte mich bei dir entschuldigen.« Hans legte die Ellbogen ab, verschränkte die Arme und sah Ben offen an. »Ich hätte dir das Geld nicht aufdrängen sollen.«

Ben öffnete den Mund, um etwas zu erwidern, schloss ihn aber direkt wieder. Was? Er schaute zu seinem Opa, doch der schaufelte konzentriert einen Löffel Sahne auf seinen Kuchen.

Sie hatten zu Mittag gegessen, sie waren spazieren gegangen, niemand hatte Lara erwähnt. Es ging nur um Ben, die Arbeit und die Nordsee. Und er spürte zu seiner Verwirrung, wie sehr es ihn entspannte, wie er es genoss, im Mittelpunkt der Menschen zu stehen, die seine Familie waren. Dass Lara fehlte, neben ihm, an seiner Hand, war ihm bewusst, doch auch er erwähnte sie nicht, wollte nicht das Gefühl von Geborgenheit kaputtmachen.

»Ich … ich verstehe nicht …« Ben schüttelte den Kopf. Das verstand er wirklich nicht. Das Geld hatte ihm den Hintern gerettet.

»Ich erkläre dir, was ich damit meine.« Sein Schwiegervater schien sich die Worte gut zurechtgelegt zu haben. »Als die Sache damals passiert ist, haben wir sehr schnell reagiert. Wir haben dir sofort angeboten, die Schulden zu übernehmen, damit die Sache aus der Welt ist. Damit du dir keine Sorgen machst, schlafen kannst, keine Existenzängste hast. Wir wollten dir helfen, weil wir gesehen haben, wie verzweifelt du warst.«

»Ich bin euch sehr dankbar, dass ihr das getan habt«, entgegnete Ben leise. Er hatte keine Ahnung, worauf Hans hinauswollte, und jetzt wünschte er sich doch Lara herbei. Sie würde ihm den Halt geben, den er brauchte, denn gerade eben fühlte er sich hilflos schwimmend, ängstlich, wo dieses Gespräch hinführen würde. Wenn sein Schwiegervater die finanzielle Hilfe zurückziehen würde, jetzt, wo Lara weg war, wäre das sein Untergang. So viel Geld hatte er nicht, würde er auch nicht aufbringen können.

»Das wissen wir, Ben. Aber nun ist Lara ausgezogen. Und wir haben uns gefragt, warum das geschehen ist.« Ellys Stimme klang mitfühlend, fühlte sich jedoch an wie ein Messer.

Da war es, kaum dass er es zu Ende gedacht hatte. Sie wollten ihn auflaufen lassen. Es war eben doch Laras Familie.

Er schluckte und wollte zu einer Antwort ansetzen, doch Hans sprach weiter.

»Letztendlich geht es uns ja nichts an, aber wir haben lange mit Alfons gesprochen, und er hat …«

»Ich habe ihnen erzählt, was du mir erzählt hast, mein Junge, und bitte sei mir nicht böse. Ich wollte dein Vertrauen nicht missbrauchen, aber ich dachte, dass wir darüber mal sprechen sollten, so als Familie.« Alfons legte ihm die Hand auf den Arm.

Es wurde immer unverständlicher. Hilflos sah Ben von einem zum anderen, und Elly war es, die seinen Blick auffing.

»Ben, wir wussten nicht, dass es bei euch nicht gut lief, dass ihr unglücklich wart und die Schulden so einen großen Anteil daran hatten. Es tut uns unendlich leid, dass wir dich in so eine Situation gebracht haben. Wir hätten damals eine andere Lösung finden müssen, statt dir diese Last aufzubürden.«

»Das wollte ich sagen. Ich komme hier ja gar nicht zu Wort«, scherzte Hans, wurde jedoch direkt wieder ernst. »Wir haben dabei nicht bedacht, welche Belastung und welche Verpflichtung so ein Schuldenberg sein kann. Das war nicht sehr weitsichtig. Alfons hat mir ganz schön den Marsch geblasen.«

»Natürlich habe ich das! Es wäre so viel einfacher gewesen, wenn ich dem Jungen das Geld gegeben hätte. Immerhin erbt er es doch eh irgendwann, aber dem alten Opa erzählt man ja nichts«, brummte Alfons.

»Moment, Stopp. Was zur Hölle ... worum geht es hier?« Ben hob abwehrend die Hände, und die drei sahen ihn an. »Ich verstehe gar nichts.«

Elly grinste und stupste ihren Mann an. Der nickte und setzte zu einer Erklärung an. »Wenn wir damals mit Alfons gesprochen und uns beratschlagt hätten, dann hätte er dir das Geld gegeben. Dann wäre es eine Schenkung gewesen, als Vorausgabe für dein Erbe. Du hättest nichts zurückzahlen müssen, das Geld hätte euch nicht so belastet, und vielleicht wäre euer Leben dann mehr nach euren Vorstellungen gelaufen. Wir glauben, dass unsere durchaus nett gemeinte, aber eben nicht sehr kluge Entscheidung Anteil daran hatte, dass Lara und du … dass ihr Probleme habt. Und das tut uns unendlich leid. Wir sehen doch, wie sehr du leidest …«

»… auch wenn du es zu verbergen versuchst«, warf Elly leise ein. »Wir haben das nicht gewusst, aber jetzt wissen wir es, und es tut uns wirklich leid.«

Ben rieb sich über die Stirn und lehnte sich zurück. Nacheinander sah er die drei an, unfähig, das Gehörte zu verarbeiten. Sie gaben sich die Schuld an seiner Ehekrise? Das war verrückt – und auch total unnötig. Was hatten sie denn damit zu tun?

Sie schwiegen, als wüssten sie, dass er nicht weiter zuhören könnte, als sei kein Platz mehr in seinem Kopf für weitere Entschuldigungen und Argumente.

»Hattest du damals schon so viel Geld?« Ben sah seinen Opa an. Er würde ihm nun sicher sagen, dass es nicht funktioniert hätte, ein wenig rumstammeln vielleicht, dass man eine Lösung gefunden hätte, und dann wären Hans' und Ellys Bedenken …

»Ja«, sagte Opa Alfons schlicht. »Ich hätte es dir geben können.«

Fassungslos schüttelte Ben den Kopf, sein Blick verlor sich. Sein Opa hätte ihm das Geld geben können, doch was wäre anders gewesen? Was hätte es geändert?

Anders wäre gewesen, dass er nicht das Gefühl gehabt hätte, seinen Schwiegereltern auf der Tasche zu liegen, Almosen zu erhalten. Dass er so viel zurückzahlen muss, und deshalb das Leben vielleicht auch ein bisschen an ihnen vorbei gegangen ist.

Wäre Lara dann jetzt noch da? Hätten sie ein anderes Leben geführt? Ein besseres?

»Es … Ich glaube nicht, dass es an den Schulden liegt, dass Lara … weg ist. Aber ich weiß nicht so recht, warum sie es ist. Sie hat irgendwas gesucht, und ich konnte es ihr nicht mehr geben.« Er musste schlucken, er würde sich keinen erneuten Tränenausbruch leisten. Aber es fiel ihm so schwer, darüber zu sprechen, mit den Menschen, von denen er wusste, sie wollten nur das Beste für ihn. Die Familie waren. »Es ist sehr nett von euch, das zu sagen und mir die … die Schuld an der Trennung nehmen zu wollen, aber …«

»Ben, wir wollen dir nicht die Schuld nehmen. Was zwischen euch passiert ist, ist eure gemeinsame Verant-wortung. Irgendwas wird da schon sein. Das müsst ihr nun für euch klären. Wir sind jedoch der Meinung, dass die Schulden, die du aufgenommen hast, auch wenn du sie nur bei uns hast und nicht bei der Bank, einen Anteil daran hatten, dass es dir nicht gut ging die letzten Jahre.«

Ben blinzelte bei Ellys Worten. Es fiel ihm schwer, die Fassung zu wahren. Konnte er nicht einfach rausgehen?

»Hast du über das Angebot nachgedacht, mein Haus zu übernehmen, mein Junge?«, fragte sein Großvater nun.

Ben rieb sich über das Gesicht und nickte. »Ja, schon, aber ich habe noch keine Entscheidung treffen können.«

»Das ist in Ordnung, aber ich würde dir gern einen Vorschlag machen. Wir wollen dich nicht überfahren mit unseren Ideen.«

Ben schnaubte, fast ein wenig belustigt. Wenn er sich je überfahren gefühlt hatte, dann jetzt gerade, in diesem Augenblick. »Das wäre ja was ganz Neues.«

»Entschuldige«, meinte Hans zerknirscht, und auch Elly sah betroffen aus.

»Schon gut, ich bin nur … ich muss nur …« Ben wedelte mit der Hand. Ihm fehlten die Worte.

»Hör erst einmal zu, was wir uns überlegt haben. Danach trinken wir einen Schnaps, gucken Fußball und lassen dich in Ruhe, in Ordnung?« Alfons grinste breit.

Unwillkürlich musste Ben lachen. Schnaps trinken und Fußball und in Ruhe gelassen werden? Das wäre ganz in seinem Sinne. »Kann ich den Schnaps jetzt schon haben?«

Lara

Lieber Kai,

es war sehr schön, dich heute Morgen zu sehen. Ich mag es, dass du immer so gut gelaunt bist, zudem gehst du sehr liebevoll mit deinem Hund um. Schade, dass ich keinen habe, wir hätten einmal zusammen spazieren gehen können. Würdest du das mögen?

Der Frühling hilft uns dabei, das Licht zu sehen, und dort im schmalen Gang zwischen den Kirschblütenbäumen zauberte es kleine Fragmente auf dein freundliches Gesicht und mir ein warmes Gefühl in den Bauch. Ich wünschte, du könntest deine Hand auf diese Stelle legen und spüren, wie viel Kraft dort wächst.

Wie viel Kraft dort wächst? Lara lachte leise auf und löschte den letzten Satz. Was genau würde er spüren, wenn er die Hand auf ihren Bauch legen würde? Vermutlich das Knurren, sie war furchtbar hungrig und alles andere als in der Stimmung, ihrem Protagonisten einen Liebesbrief zu schreiben. Denn das stand als Aufgabe auf ihrem Zettel: Schreibe deinem Protagonisten einen Liebesbrief.

Lara war müde und wollte etwas essen. Der Arbeitstag war anstrengend gewesen, wie jeder Montag. Nach der Arbeit hatte sie eingekauft, war nach Hause gefahren und wollte die Einkäufe einräumen. Da sie sich aber in Bettys Schränken nicht gut auskannte, hatte das alles ewig gedauert. Noch eine schnelle Dusche, und um pünktlich beim Workshop zu sein, musste sie auch direkt los. Nun saß sie hier mit knurrendem Magen, zum Essen hatte sie irgendwie keine Zeit gehabt. Doch die Pause ließ auf sich warten, also konzentrierte sie sich weiter auf den Brief, versetzte sich in die Geschichte und tauchte in Gefühle ab, die nicht ihre waren.

»So, Ihr Lieben, beendet das mal so langsam. Es ist Zeit für die Pause. Danach lesen wir vor, in Ordnung?« Max schaute in die Runde. Heute, am zweiten Workshop-Abend, trug er eine enge Jeans und ein schwarzes Ripp-Shirt, was eindeutig dafür gemacht war, die Konzentration der Frauen zu testen. Oder den Liebesbrief einfacher zu gestalten. Lara musste erneut feststellen, dass er wirklich attraktiv war, auch wenn sie ahnte, dass er das sehr genau wusste, was die Sache wieder weniger interessant machte. Gutaussehende Männer, die um ihre Attraktivität wussten, waren meistens nicht interessant, sondern nur hohl.

Lara räumte ihre Sachen zusammen. Tatsächlich schrieben sie auf Schreibblöcken, die Max für den Workshop bereitgestellt hatte. Er wollte keine Ablenkung von außen, so sprach er ein Handy- und Laptopverbot während der Kursstunden aus. Lara war es nur recht so. Sie liebte es, vier Stunden komplett abzutauchen. Genaugenommen, dreieinhalb Stunden, denn eine halbe Stunde davon war die Pause, die Max soeben eingeläutet hatte. Lara verbrachte sie gern im Gespräch mit den anderen, es gab enormen Input für sie. Sie lernte so viel und hatte sich im Laufe der letzten Woche, nach dem ersten Abend, schon in verschiedenen Facebook-Gruppen angemeldet, die sich alle um das Thema Schreiben drehten.

»Wir könnten uns den Film zusammen ansehen und anschließend darüber sprechen. Immerhin haben wir alle das Buch gelesen!«, schlug Franzi in diesem Moment vor, die junge Frau, mit der Max im Café gesessen hatte und die tatsächlich wieder in den Kurs gekommen war. Ihr dritter bei ihm, wie sie in der Vorstellungsrunde erzählt hatte.

»Das wär mega-geiler Scheiß«, erwiderte Christian, einer der wenigen Männer in der Runde, bei dem Lara sich schon ein paar Mal gefragt hatte, ob er wirklich etwas auf Papier brachte, was lesbar war. Seine Ausdrucksweise war jedenfalls das Gegenteil von anspruchsvoll.

»Mittwochabend?« Franzi schaute in die Runde, und bis auf Lara nickten alle. So blieb Franzis Blick an ihr hängen. »Was ist mit dir? Du kommst doch auch mit?«

Lara biss in ihren Apfel und überlegte. Warum eigentlich nicht? Sie hatte nichts weiter vor, konnte bei Betty ein- und ausgehen, wie sie Lust hatte, und ein bisschen

Abwechslung mit anderen Schreibwütigen würde ihr gerade recht kommen. Also sagte sie zu.

»Super! Und wir treffen uns ein bisschen eher und richten dir endlich den Instagram-Account ein, okay?« Franzi stupste Lara vor den Oberarm, und sie verdrehte die Augen.

»Mir reicht Facebook.«

»Jaha. Das weiß ich. Aber das musst du überdenken. Insta ist so viel cooler, die Vernetzung mit anderen Autoren und Bloggern ist einfach Gold wert.«

»Aber wozu brauch ich Blogger?«

Franzi setzte einen gewichtigen Gesichtsausdruck auf. »Ach, Lara.«

»Ja, was?« Lara grinste. »Du musst mir das schon schmackhaft machen. Ich habe keine Zeit, da nur Bilder anzugucken und dann auch noch welche hochzuladen.«

»Es sind ja nicht nur Bilder. Ich zeigs dir einfach, okay? Aber du brauchst das wirklich. Wenn dir der Workshop schon gut gefällt, wird Instagram der Himmel für dich sein.«

Sie redete weiter auf Lara ein. Letztendlich gab sie nach und versprach, sich einen Account einzurichten. Erst danach gab Franzi Ruhe.

»Wow, Lara.« Max saß hinter seinem Schreibtisch, zurückgelehnt in seinem Stuhl, seine Augen ruhten auf ihr. Sie glänzten, als ob ihn das, was Lara eben vorgelesen hatte, zutiefst berührt hätte. »Ich gebe das Wort erst einmal in die Runde. Meine Damen und Herren, was denken Sie? Oder – wenn ich Sie so ansehe: Was fühlen Sie?« Er ließ den Blick durch die Runde schweifen, und Lara tat es ihm nach. Und überraschenderweise lächelten alle und nickten.

Franzi schnäuzte sich sogar und fächerte sich dann mit der Hand Luft zu. »Wow, ja. Mehr fällt mir auch nicht ein.«

»Wenn ich der Kai wäre, ich würde die Chrissi ja sofort nehmen. Wenn mir eine Frau so einen Brief schreiben würde.«

»Krasse Scheiße.«

»Sie scheint ihn wirklich zu lieben. Erwidert er das?« Die Frage kam von Julia, der Journalistin mit den frechen kurzen Haaren.

Lara lächelte sie an. »Er ist mit einer anderen verheiratet, aber er findet Chrissi zu diesem Zeitpunkt schon ganz gut, ja.«

»Kriegen sie sich denn?«, hakte Julia nach.

Lara grinste. Die Menschen mochten Happy Ends. »Das weiß ich noch nicht. Erst einmal bringt sie seinen Hund um.«

Max prustete los, während die Teilnehmerrunde ihre Empörung kundtat.

»Du kannst doch keinen Hund töten!«

»Lara, das geht nicht. Der tut doch niemandem was, oder?«

»Woaaaah!«

»Uah, Alter, ey. Hunde und Kinder geht ma gar nicht.« Lara musste lachen und schaute zu Max, der verschmitzt die Augenbrauen hob. Offensichtlich war er von dieser Idee nicht so entsetzt wie die anderen.

»Sie sehen, selbst der schönste Liebesbrief kann einen grausamen Hintergrund haben. Ich bin gespannt, Lara, ob Sie uns am letzten Abend noch mehr vorlesen. Und ob es letztendlich nur eine Liebesgeschichte oder doch ein bisschen mehr wird.« Er zwinkerte ihr zu, und sie verstand die Anspielung sehr wohl, die er da machte.

Dabei war das längst nicht mehr aktuell. In den letzten vier Wochen hatte sie gefühlt alles aufgeholt, was sie jahrelang versäumt hatte. Jahre, in denen sie nicht geschrieben hatte, weil ihr nichts gut genug war, weil sie sich nicht ernst genommen hatte, ihr der Traum vom Schreiben immer zu groß gewesen war. Es gab so viele Autoren und Autorinnen da draußen, warum sollte sie kleines Licht da auch noch mitmischen? Doch letztendlich ging es gar nicht um groß oder klein. Es ging nur ums Leuchten.

»Das war ein wirklich toller Brief. Du bist geübt im Briefeschreiben.« Max tauchte auf einmal neben ihr auf. Sie hatte ihr Handy eingeschaltet und nach einer Busverbindung geschaut. Mit einem Blick sah sie, dass alle anderen schon gegangen waren. Sie war mit Max allein.

»Ich habe früher viele Brieffreundschaften gehabt. Schätze, da ist was hängen geblieben.« Sie lächelte ihn an und steckte ihr Handy in die Tasche. Sie hatte noch Zeit, der Bus kam erst in einer halben Stunde.

»Früher. Du bist doch höchstens dreiundzwanzig. Früher war dann in der Grundschule?« Max zwinkerte ihr zu. Flirtete er etwa mit ihr?

Lara grinste. »Ich bin dreißig, geben Sie sich keine Mühe.« Erst jetzt fiel ihr auf, dass er sie geduzt hatte. Das kam ihr ungewöhnlich vor, war Max doch sehr bemüht, die Distanz zu den Teilnehmern aufrecht zu halten.

»Du siehst jünger aus. Ich darf doch du sagen, wenn wir so unter uns sind?« Er setzte sich auf ihren Tisch und sah ihr zu, wie sie ihre Sachen einräumte und dann ihre Jacke anzog.

»Klar. Wobei ich da im Kurs auch nichts gegen hätte, das Siezen ist schon ein wenig förmlich.« Sie zuckte mit den Schultern, nahm ihren Rucksack und zog ihn über.

»Ich habs mir über all die Zeit beibehalten. Es macht ein paar Dinge komplizierter, aber viele andere einfacher, und ich habe mich für die einfacheren entschieden.«

»Die da wären?« Lara sah ihn an, wie er lässig dasaß, mit sich und der Welt im Reinen und von allem überzeugt, am meisten von sich selbst, auf seine sehr unaufgeregte Art und Weise.

»Distanz.« Er sagte das, als wäre es selbsterklärend, genau genommen war es das wohl auch. Wer weiß, was den Frauen einfiele, wenn er offener und herzlicher wäre. Warum genau er allerdings bei ihr nun die Ausnahme machte, dazu fiel Lara kein Grund ein. »Bei dir brauche ich das nicht, du bist nicht wie die anderen.«

Gedanken lesen konnte er also auch. »Was meinst du damit?«

»Bei dir habe ich das Gefühl, du saugst auf, was ich sage, bist am Inhalt interessiert, am Schreiben. Das macht es mir einfacher. Klingt vielleicht eingebildet, aber ich gebe schon recht lange Kurse.« Er zuckte mit den Schultern. »Hab eine Menge seltsamer Sachen erlebt.«

Lara nickte langsam, sie verstand, was er meinte. Und sie war froh, dass er sie als das sah, was sie war. Eine Schülerin. Kein Groupie.

»Ich möchte einfach nur was lernen, und ich bin sehr froh, dass ich im Café über euch gestolpert bin.« Dabei fiel ihr etwas auf. »Franzi duzt du aber auch.« Sie lächelte ihn an, das sollte keinesfalls schnippisch klingen.

Max rutschte vom Tisch, als er sah, dass sie zusammengeräumt hatte, nahm seine Jacke und seine Tasche und begleitete sie zur Tür. »Franzi ist meine Cousine. Muss aber niemand wissen.«

»Oh.« Lara war erstaunt und versuchte eine äußerliche Verbindung herzustellen. Es gelang ihr nicht. Sie sahen sich nicht sonderlich ähnlich. »Das ist jetzt überraschend.«

»Soll ich dich irgendwohin bringen? Du fährst mit dem Bus, oder?«

Woher wusste er das? Sie überlegte kurz. Sie würde noch eine Weile warten müssen, es war immer noch recht kalt und zudem sehr spät. Immerhin hatten sie erst Ende März. Ein Stück Weg einzusparen käme ihr gerade gelegen. Andererseits ...

»Ich weiß nicht. Ich muss zum Waldviertel, mein Bus geht aber vorn an der Hauptstraße, das passt schon.«

»Waldviertel liegt auf dem Weg. Ich fahr dich gerne rum.« Max schloss die Tür ab, dann deutete er auf das Auto, das einsam auf dem Parkplatz stand. Lara fiel kein Grund ein, das Angebot nicht anzunehmen.

Es gab Menschen, mit denen es ihr schwerfiel, umzugehen, bei denen sie sich gehemmt fühlte oder zu viel angetrieben. Maximilian Arentz war genau der richtige Mensch, um spätabends durch die nächtliche Stadt zu fahren. Er hatte Musik angemacht, die leise die Fahrt untermalte. Und entgegen ihrer Erwartungen redete er nicht.

Sie entspannte sich. Es war sehr nett von ihm, sie nach Hause zu bringen. So ganz mulmig war ihr nicht dabei, so spät noch mit den Öffentlichen durch die Stadt zu fahren. Letzte Woche war sie der einzige Fahrgast im Bus gewesen. Sie hatte Betty nichts davon erzählt, weil sie nicht wollte, dass sie ihr das Auto aufdrängte, denn sie fand,

Betty tat wirklich genug für sie. Und wäre der Workshop nicht am anderen Ende der Stadt und das Wetter ein bisschen besser, würde sie mit dem Rad fahren. So musste sie improvisieren, und das klappte auch ganz gut.

Sie dirigierte ihn in die Straße, in der Bettys und Andrews Haus lag, und da redete er dann doch.

»Hier wohnst du?« Sein Erstaunen war unüberhörbar.

»Nur eine Weile. Ich habe … ich bin bei einer Freundin untergekommen. Das war ernst gemeint bei der Vorstellung.« Sie vermied es, ihn anzusehen, und machte Anstalten, auszusteigen.

»Lara?« Sein Tonfall ließ sie aufhorchen. Sie hielt inne, drehte sich zu ihm. Wie er ihren Namen aussprach. Wie er sie ansah. »Geht es dir gut?«

Da war etwas in seiner Stimme, ein sorgenvoller Ton, der ihr das Herz schwer machte. Max schien sie zu durchschauen, wo sie dachte, es gäbe nichts zu durchschauen. Ging es ihr gut?

Sie ließ sich zurück in den Sitz fallen. »Es wird wieder gut sein. Wir brauchten nur … eine Auszeit. Das mit dem Workshop und dem Schreiben, das tut mir gut.«

»Deshalb wohnst du bei einer Freundin? Weil du und dein Mann …« Max suchte nach den richtigen Worten.

»Wir haben eine Pause eingelegt. Selbstfindungspause.« Sie lächelte. »Und mir hilft es. Ich war nie so klar mit dem Schreiben wie jetzt.«

»Und mit deiner Beziehung, bist du da auch klarer?« Max sah sie ernst an.

Sie legte den Kopf schief. Sie hatte mit vielem gerechnet, aber dass er Probleme mit ihr wälzen wollte, war überraschend. »Ich komme der Sache näher. Ja, ich glaube schon.«

»Unterstützt er dich beim Schreiben? Vielleicht brauchst du jemanden, mit dem du darüber sprechen kannst, mit dem du es teilen kannst.« Jemandem wie mir, sagte sein Lächeln, doch Lara wollte das nicht, sie wollte nicht, dass Max so dachte und sie so anlächelte.

»Er würde, wenn er wüsste, wie viel es mir bedeutet.« Und während sie es aussprach, wurde ihr klar, dass das Blockieren, von dem sie gesprochen hatte, gar nicht von Ben ausging, sondern viel mehr ihr eigenes Problem war. Sie wusste nicht, wie Ben auf das Schreiben reagieren würde. Aber es war nur Schreiben, nicht Fallschirmspringen, sie riskierte nichts, nur ihren Stolz. Kreativität machte verletzlich, aber wer, wenn nicht ihr Ehemann, wäre das geeignete Sicherheitsnetz?

Sie lächelte, dann beugte sie sich spontan zu Max und küsste ihn auf die Wange. »Danke fürs Bringen. Und für alles andere.«

Für gewöhnlich verließ Lara früh das Haus, um pünktlich in der Firma zu sein, und Betty nutzte die Morgenstunden, um in Ruhe an ihrem neuen Roman zu schreiben. Doch heute war eine Ausnahme: Tom hatte sich den Tag freigenommen, um Jenny zu einem Kontrolltermin zu begleiten. Ihre Schwangerschaft schritt ohne Probleme voran, und er war voller Ungeduld und wollte an allem teilhaben. Sie musste Jenny unbedingt anrufen und für diesen Teil der Situation ihr Bedauern aussprechen. Denn Tom konnte sehr anstrengend sein. Doch vielleicht freute Jenny sich auch, dass er teilnahm, obwohl es ihr Körper war, aber eben doch auch sein Baby.

Lara freute sich unbändig auf den Nachwuchs. Tom war nicht der Erste in ihrem Umfeld, der ein Kind haben würde, und irgendwann würde sie auch eine Familie gründen, da war sie sicher. Aber bis dahin hoffte sie, dürfte sie sich bei Toms und Jennys Kind als Patentante austoben. Trauzeugin und Patentante, das wäre so perfekt.

Als Betty hörte, dass Lara erst später zur Arbeit musste, hatte sie sofort ihre Routine geändert, um mit Lara gemeinsam den Morgen zu verbringen. »Ich habe gesehen, dass Max dich nach Hause gebracht hat.«

Lara verzog das Gesicht. Das hätte ihr klar sein müssen, dass Betty das mitkriegen würde.

»Ja, er hatte es angeboten, das war sehr nett von ihm. Ich hätte länger auf den Bus warten müssen.«

»Mhm. Du kannst gern das Auto nehmen.«

Lara grinste. »Deshalb habe ich nichts gesagt. Du tust schon genug für mich. Es macht mir nichts aus, mit den Öffentlichen zu fahren.«

»Was du ja jetzt nicht mehr musst, wenn Max dich fährt.« Betty löffelte Joghurt mit Obst, während Lara ein deftiges Brötchen bevorzugte. »Er ist sehr charmant. Ich hoffe, du bist nicht empfänglich.«

»Wie gut kennst du ihn?«

Betty lächelte. »Wie man sich halt kennt innerhalb der Branche der gleichen Stadt. Wenn jede zweite Autorin leuchtende Augen bekommt, wenn sie von einem Kerl schwärmt, schaut man sich den schon näher an. Ich bin froh, dass er fachlich wirklich gut ist, sonst müsste ich an dem Verstand vieler junger Frauen zweifeln.« Sie verzog kurz das Gesicht.

»Hm«, machte Lara. Das deckte sich durchaus mit ihren Beobachtungen. War sie empfänglich für Max? Sie hatte noch lange wach gelegen, nachdem er sie gestern Abend abgesetzt hatte, letztendlich war sie wieder aufgestanden und hatte Tagebuch geschrieben. Zu viel ging ihr im Kopf herum, und seine vorsichtige Annäherung, die sie zumindest als solche aufgefasst hatte, und seine Frage, ob es ihr gut ging, ließen sie nicht los.

Es war verrückt. Je mehr sie das Gefühl hatte, endlich zu leben, wie sie es sich so lange erträumt hatte, desto mehr fehlte ihr Ben.

»Also?« Betty unterbrach sie in ihren Gedanken.

»Hm?«, wiederholte Lara. »Was war die Frage?« Sie grinste verlegen.

»Ob du empfänglich für ihn bist.«

Lara zog eine Schnute. Biss in ihr Brötchen. Trank einen Schluck Kaffee. Schaute aus dem Fenster. »Nein, ich denke nicht. Mir fehlt Ben. Ich würde so gerne mit ihm reden. Pläne schmieden. Aus meinem Fenster schauen beim Schreiben. Es sind erst ... schon zwei Monate. Manchmal zweifle ich an dieser Idee, und dann wieder kommt es mir so richtig vor.«

»Warum schreibst du ihm nicht einfach mal?«, schlug Betty vor.

»Weil ich damit ja die eigenen Regeln breche. Und ich weiß nicht, ob er das wollen würde. Er ...« Sie verzog das Gesicht.

Betty zog die Augenbrauen hoch.

»Meine Freundin hat mir erzählt, dass er ein Date hatte. Mit einer aus dem Fitness-Studio.«

»Oh.« Betty sah betroffen aus.

»Ich weiß, du hast mich gewarnt, aber ... ich bin in meiner Naivität wirklich davon ausgegangen, dass wir einfach nach der Pause wieder zusammen sind. Dass es nichts ändert an uns, aber was, wenn es alles verändert? Wenn er mich dann gar nicht mehr will? Männer sind ja oft so, sie trösten sich schnell und suchen Ablenkung. Wenn ich darüber nachdenke, will ich sofort zu ihm, um zu verhindern, dass er das macht, aber dann denke ich, wenn er das so will, soll es so sein.« Sie seufzte. Der Gedanke an Ben mit einer anderen Frau tat höllisch weh. »Deswegen bin ich wohl nicht empfänglich. Ich liebe ihn wirklich.«

Betty nickte. »Das verstehe ich, und ich würde versuchen, den Glauben daran nicht zu verlieren. Du hast das mit guten Absichten so gemacht, und du hast deinen Mann gut ausgewählt. Sich was trauen heißt, auch Risiken einzugehen. Ich bin sicher, Ben ist noch dein Mann, wenn du zu ihm zurückgehst.«

Ben

Hey, wir müssen reden. Ich habe ein Haus geschenkt bekommen.

Löschen.

Hey, können wir uns treffen? Opa hat uns sein Haus vermacht.

Löschen.

Liebe Lara, ich muss mit dir reden, es betrifft uns beide. Melde dich, ich lieb dich.

Löschen.

Ben warf sein Handy auf den Schreibtisch, verschränkte die Arme hinter dem Kopf und schloss die Augen. Es war wie verhext. So viele Jahre, und er hatte noch immer keine Ahnung, wie er seiner Frau so eine einfache Nachricht schreiben sollte. Wobei, einfach war sie ja nicht. Im Gegenteil. Sie war eher lebensverändernd. Vorausgesetzt, er würde Opa Alfons' verrückter und doch so grundgütig genialer Idee zustimmen.

Hans und Elly hatten sich rausgehalten, vermutlich wollten sie Ben nicht weiter überfahren. Doch sein Schwiegervater hatte ihm sehr unmissverständlich zu verstehen gegeben, dass das die Lösung all seiner Probleme wäre. Ob es ihm jedoch seine Frau wiederbrachte, bezweifelte Ben.

Opa Alfons wollte ihm also sein Haus vermachen, ganz offiziell beim Notar, und zusätzlich wollte er ihm einen wirklich hohen Geldbetrag schenken. Auch höchst offiziell. Damit könnte Ben seine Schulden bei seinem Schwiegervater bezahlen und hätte noch genug Geld übrig, das Haus zu renovieren.

Das war der Plan.

»Ein ziemlich genialer Plan, wenn du mich fragst. Wenn du deinen Opa nicht willst, ich nehme ihn.« Karsten stellte ihm ein Glas Cola hin und setzte sich ihm gegenüber. Ben musste mit jemandem reden, und so hatte er nach zwei Tagen Grübelei seinen besten Freund besucht und ihm alles erzählt. Karsten machte ihm Gott sei Dank keine Vorhaltungen dafür, dass er sich so rar gemacht hatte.

»Ich bin ziemlich überwältigt. Aber es kommt so überraschend, und ich will so eine große Sache nicht ohne Lara entscheiden. Verstehst du das?« Unsicher sah er Karsten an. Er konnte selbst nicht so recht begreifen, wo die Zweifel in ihm herkamen, konnte das Gefühl nicht greifen, was in ihm rumorte. Ein Haus zu haben, das war immer ein Traum gewesen. Schuldenfrei zu sein, darüber konnte er nicht einmal nachdenken, ohne dass ihm schwindelig wurde.

»Natürlich. Es ist ja nicht damit getan, es nur zu bekommen. Du musst überlegen, was du damit machst.

Willst du denn da wohnen? Wenn ich mich recht erinnere, liegt es doch ganz schön. Es ist halt alt, aber ...«
Karsten zuckte mit den Schultern.

»Opa hat es gut in Schuss gehalten, so lange er konnte. Ich erinnere mich, dass ich ihm früher oft geholfen habe. Aber ich habs mir natürlich nicht genau angesehen in den letzten Jahren, schätze aber, dass es eine Grundrenovierung braucht. Es ist auch sehr altmodisch.« Ben lächelte. »Sollte ich Lara nicht fragen, ob sie mitkommt? Ich mein, ich kann nicht einfach so ein Haus annehmen, ohne darüber mit meiner Frau zu sprechen.«

Karsten schüttelte den Kopf. »Vielleicht ist genau das das Problem.«

»Wie meinst du das?«

»Wie lange seid ihr nun getrennt?«

Ben wusste das zu genau. »Ziemlich genau fünf Wochen heute. War der erste Mittwoch im März.« Er verzog das Gesicht. Fünf Wochen schon, und vorher vier Wochen diese seltsame Pause. Wo war die Zeit geblieben?

Karsten nickte und überlegte einen Moment, schien sich seine Worte genau zu überlegen. »Du und Lara, ihr habt die letzten Jahre wie siamesische Zwillinge gelebt. Es gibt euch nur noch zusammen. Sogar zum Sport hast du sie irgendwann mitgebracht. Als ob ihr durch das Zusammenziehen, das Heiraten und die Schulden so ein Bündnis eingegangen seid, nie wieder ohne den anderen Spaß haben zu dürfen. Ich mein, ich versteh das ja, ich bin auch echt gerne mit Sandra zusammen. Aber manchmal ist es auch wirklich gut, allein was zu machen. Man hat sich einfach mehr zu erzählen, Eindrücke zu teilen.«

»Das ist doch gar nicht so«, protestierte Ben, doch selbst in seinen Ohren klang das nur halbherzig.

»Vielleicht war euer Leben zu Hause anders. Aber nach außen hin wirkte es, als gäbs keinen Ben ohne Frau. Du musst Lara fragen, du musst es mit Lara absprechen, du musst erst gucken, was Lara vorhat. Lara hier, Lara da. Und auf der anderen Seite bist du erschrocken, dass du nicht einmal weißt, dass deine Frau gerne ein Buch schreiben würde. Ich meine, irgendwas passt da doch nicht.«

Ben wusste nichts zu sagen. Entgeistert hörte er Karsten zu, konnte nicht fassen, was der ihm sagte. War das wirklich so? War das sein Leben? So wirkte es nach außen?

»Und jetzt meinst du, ich soll eine so große Entscheidung ohne sie treffen?«

»Nicht unbedingt, aber denk doch erst einmal darüber nach, was du willst. Ohne von Laras Meinung beeinflusst zu sein. Was möchtest du mit diesem Haus machen? Willst du darin leben? Willst du dran arbeiten und es verkaufen?«

»Das würde mein Großvater nicht wollen.«

»Dann die erste Frage: Kannst du dir vorstellen, dort zu leben?«

»Ja!«, antwortete Ben spontan, und dann hielt er überrascht inne. Ja? Er wollte das?

In Gedanken betrat er das Haus seiner Großeltern. Der lange Flur mit der Treppe nach oben, Küche, Vorratsraum und Wohnzimmer unten, ein Gäste-WC. Das Haus war unterkellert, unten hatte seine Oma immer die Wäsche gemacht. Oben waren die Schlafräume. Eine Terrasse hatten sie sich gebaut, und am Ende des Gartens stand eine Holzhütte mit einem Schuppen, in dem sein Großvater seine Geräte und Werkzeuge aufbewahrte. Das Haus hatte genau die richtige Größe für eine kleine Familie. Nicht zu riesig, um sich darin zu verlieren, nicht zu eng, als dass man nicht wüsste, wo man seine Schränke hinstellen könnte.

Zudem lag das Haus am Stadtrand, direkt in der Nähe befanden sich Geschäfte, ein Kindergarten, ein Park.

Ja, er wollte dort leben. Ohne dass er das aktiv steuerte, nahm es in seinen Gedanken Form an. Er könnte die Küche mit dem Vorratsraum erweitern und im Keller eine Ecke für Vorräte bauen. Im Wohnzimmer würden sich bodentiefe Fenster gut machen, damit mehr Licht reinkam und man in den Garten schauen konnte. Die Treppe war alt und die Stufen ausgetreten, da würde er sich was einfallen lassen.

Ben spürte die Aufregung in sich. Das wäre ein Projekt, das ihn erfüllen würde. Immerhin war es sein Job, schöne Häuser zu bauen, und nicht nur das: Es war seine Leidenschaft, seine Begeisterung, seine Berufung. Er hatte immer davon geträumt, ein Zuhause für sich und Lara und ihre Kinder zu bauen, es selbst zu erschaffen. Irgendwann stolz auf sein Werk zu schauen, es zu lieben, darin zu leben und es seinen Kindern zu vermachen. Nun hatte er die Gelegenheit dazu, und dann fiel ihm noch etwas auf: Es war noch immer sein Traum.

Aus der Wohnung schlug ihm ein unangenehmer Geruch entgegen. Ben rümpfte die Nase, zog Schuhe und Jacke aus und machte sich auf die Suche nach der Ursache. Er wurde recht schnell fündig, denn die ganze Wohnung schien ein Hort des Übelriechens zu sein. Er riss die Fenster auf und sah sich um. Dann fing er an zu lachen.

»Gott, ich bin so ein klischeehafter Versager. Kaum ist die Frau weg, versumpft der Mann im Dreck.«

Er zog sich eine Jogginghose und ein altes Shirt an und machte sich an die Arbeit. Irgendwann machte er Musik an, irgendwann tauschte er die lange Hose gegen eine kurze, und irgendwann fing es sogar an, Spaß zu machen. Er musste zweimal laufen, um den Müll der letzten Wochen zu entsorgen, brachte Leergut zum Auto und Altpapier in die Tonne. Nebenher schrieb er einen Einkaufszettel, murmelte »spießig« und »scheiße, ist das anstrengend« vor sich hin, doch am Ende roch es frisch und sauber, und die Wohnung konnte sich wieder sehen lassen.

Auch auf Laras Schreibtisch hatte sich Staub angesetzt, einige trockene Rosenblätter ihres Geburtstagsrosenstraußes waren heruntergefallen, boten ein malerisches

Stil-Leben mit dem Tintenfass und der Feder, welches sie sich mal auf einem Flohmarkt gekauft hatte. Ben malte sanfte Kreise in den Staub. Strich über die Rückenlehne des Schreibtischstuhls, der dort stand, und ließ den Blick über die Bücherregale streifen.

Warum waren einige der Bücher umgedreht? Er nahm eins heraus, doch weder *Miroloi* noch Karen Köhler sagten ihm etwas. Er stellte es zurück, und aus den Augenwinkeln sah er im untersten Fach Notizbücher stehen. In allen möglichen Farben und Stärken standen sie dort. Ben haderte mit sich. Hatte er das Recht, sie anzuschauen? Was würde er finden? Waren das Tagebücher? Notizbücher? Er hatte nie gesehen, dass Lara in ein Buch schrieb. Ihre Geschichten schrieb sie am Rechner, aber handschriftlich?

Er widerstand dem Verlangen, eins der Bücher an sich zu nehmen, und beschloss, dass es ihn nichts anging. Er würde sie fragen oder die Notizbücher wären irgendwann nicht mehr Teil seines Lebens. Im Grunde waren sie das ja eh nicht.

Wenn Karstens Worte richtig waren, und so sicher war sich Ben dessen noch nicht, dann hatten er und Lara eine sehr verrückte Beziehung geführt. Immer zusammen und doch jeder für sich. Wie passte das nur zusammen? Oder war es gar nicht so verrückt, sondern Alltag, die Art, wie viele Menschen ihre Beziehungen lebten? Was wusste er überhaupt noch über Lara, über die aktuelle Lara? Und was wusste er noch über sich?

Einer Eingebung folgend klappte Ben die Schlafcouch wieder zu einem Sofa zusammen und schob es in den Flur. Er hatte Mühe, es durch die Tür zu bekommen, doch am Ende war er erfolgreich – und schweißgebadet. Zufrieden betrachtete er sein Werk, so sah es besser aus. Dieses Sofa gehörte in den Flur. Wenn Lara wiederkäme, würde sie in ihrem Ehebett schlafen – und vielleicht in einem neuen Zuhause.

Ihm brannten die Augen. Die Fäuste hatte er geballt tief in die Jackentaschen vergraben, bevor er damit vielleicht noch Unsinn anstellen würde. Aber sein Kiefer tat schon weh, weil er so fest die Zähne aufeinanderpresste.

Der Typ war groß und dunkelhaarig, hatte was Verwegenes, Lässiges an sich. Und er hielt Lara die Beifahrertür auf und brachte sie zur Haustür.

Wurde der Lauscher an der Wand nun Zeuge seiner eigenen Schmach? Oder, anders gesagt: Musste er nun einem innigen Abschiedsgeknutsche zuschauen oder gar mehr?

Lara machte keine Anstalten, ihre Begleitung hineinzubitten. Sie blieb vor der Haustür stehen und drehte sich zu dem Mann um. Ihr Lächeln war im fahlen Mondlicht wunderschön und mystisch, die Haare trug sie zusammengebunden, sie war nicht sonderlich herausgeputzt. Alles Dinge, die Ben mit erstaunlicher Klarheit wahrnahm.

Aber wer war dieser Kerl?

Verstehen konnte er nichts, er war zu weit weg und verfluchte sich schon für die Idee, nach der Aufräumaktion noch bei den Whitmans vorbeizulaufen. Es war das erste Mal, dass er Lara seit der Trennung sah, und sie konnte das nennen, wie sie wollte, es war eine Trennung.

Offenbar sowieso, wenn sie hier mit einem anderen Typen stand, der nicht aussah, als würde er nur nett sein wollen.

Was sollte er nun tun? Zuschauen? Weggehen?

Zu spät. Lara und der Typ umarmten sich, für Bens Verhältnisse ein bisschen zu lange, doch dann verabschiedete sich der Mann und Lara ging ins Haus. Kein Abschiedskuss.

Vielleicht waren sie noch nicht so weit? Er hatte Sabine bei den ersten beiden Dates auch nicht angerührt.

Sabine und er.

Der Typ und Lara.

Scheiße.

»Ich freue mich wirklich sehr, dass du mein Angebot annimmst.« Opa Alfons strahlte ihn an und umarmte ihn erneut. »Ich hatte solche Sorge, dass du stur bist.«

Ben lachte auf. »Ich bin nie stur, Opa.«

Sein Großvater lachte ebenfalls auf, allerdings klang es bei ihm irgendwie ironisch. »Natürlich nicht. Komm, ich zeig dir alles!«

»Aber ich kenne dein Haus doch«, wollte Ben protestieren, doch Alfons duldete keine Widerworte. Sanft bugsierte er ihn in den Keller, und als sie zwei Stunden später auf dem Speicher standen, brummte Ben der Schädel. Und doch wummerte die Aufregung in ihm.

Es war, wie er vermutet hatte. Das Haus war in gutem Zustand, er hatte Häuser dieses Baujahres gesehen, die man hatte abreißen müssen. Davon war das hier noch weit entfernt. Seine Ideen mit der Vergrößerung der Küche würden sich umsetzen lassen, die Anschlüsse müssten neu verlegt werden, und es brauchte generell eine überholte Elektrik im ganzen Haus. Aber wenn man sich die ganzen schweren Möbel wegdachte, helle Wände und ihre eigenen Möbel dazu – das würde schon wirklich hübsch werden. Ben konnte es vor sich sehen, und schnell machte er sich ein paar Skizzen und Notizen. Er wollte die Ideen nicht wieder vergessen, die er hatte, während Opa Alfons ihm die Geschichte vom Bau des Hauses und der ganzen Nachbarschaft erzählte.

»Wenn eure Familie irgendwann zu groß für das Haus wird, dann kannst du es gewinnbringend verkaufen«, sagte er soeben. Ben schaute auf.

»Du hast doch gesagt, du kannst dir das nicht vorstellen, dass hier fremde Menschen wohnen.«

»Ist ja dann dein Haus und nicht mehr meins. Die Ideen, die du hast, verändern es so sehr, mir soll es egal sein, was du in ein paar Jahren damit machst. Ihr wollt doch Kinder, oder?«

Ben fand es faszinierend, dass sein Großvater keinerlei Zweifel daran zu hegen schien, dass Lara und er wieder zueinanderfinden würden. Er selbst war sich der Sache nicht so sicher. Lara letzte Nacht zu sehen hatte einiges an Zweifel in ihm wachgerufen, er war hin- und hergerissen. Da war offensichtlich ein anderer Mann, aber noch schien da nichts zu laufen. Es machte ihn verrückt, nicht zu wissen, was sie tat. Aber immerhin hatte er nach stundenlangem Rumgrübeln begriffen, dass das wohl genau das war, was sie nun brauchte.

Also würde er die Füße stillhalten, so schwer es ihm auch fiel.

Die Entscheidung, das Haus und das Geld anzunehmen, hatte er allein getroffen. Zugegeben, ganz allein auch nicht, er hatte lange mit Karsten und auch mit Hans darüber gesprochen, aber nicht mit Lara. Er würde sie vor vollendete Tatsachen stellen, denn es war auf der ganzen Ebene eine gute Sache. Es gab keinerlei Risiko, und das würde sie sicher genauso sehen. Sollte sie mit ihm zusammen sein, aber nicht ins Haus umziehen wollen, würden sie eine Lösung finden.

Opa Alfons wedelte mit seiner Hand vor Bens Gesicht herum.

»Tschuldige. Ja, wollen wir. Aber selbst mit zwei Kindern ist das hier groß genug.« Ben deutete um sich herum, während sie langsam wieder nach unten gingen. »So wie ich es umbauen will, gewinnen wir Platz, und ich denke eh nicht, dass Kinder die ersten Jahre ein eigenes Zimmer brauchen. Das wird erst später relevant, und bis dahin ist noch Zeit.«

»Das glaube ich auch. Stoßen wir an? Auf deine Entscheidung und auf einen Neuanfang?« Opa Alfons hielt die Flasche Whisky hoch und schenkte auf Bens Nicken hin ein. »Was hat Lara gesagt?«

»Ich habe das ohne sie entschieden.«

Sie setzten sich in die Sessel. Sein Großvater machte die altmodische Stereoanlage an, und leise erfüllte klassische Musik den Raum. Es roch nach Alkohol und den Zigarren, die zwischen ihnen in der Holzkiste lagen. Ben lächelte und beschloss, dieses Ritual beizubehalten und das Tischchen so, wie es war, in Ehren zu halten.

»Ich hatte ein langes Gespräch mit Karsten, du erinnerst dich an ihn? Er hat mir ein paar interessante Sachen gesagt, und ich habe überlegt, ob ich Laras Einverständnis dafür brauche, deine Geschenke anzunehmen.«

»Und du bist zu dem Schluss gekommen, dass du das nicht brauchst«, schlussfolgerte Alfons.

»Genau. Sie kann kaum dagegen sein, dass ich schuldenfrei bin, und wenn sie gegen das Haus was hat, ist das eben so. Dann finden wir einen Weg, für den Fall, dass sie überhaupt zurückkommt.«

218

»Sie wird zurückkommen.«

»Wieso bist du dir da so sicher?« Ben war sich das ganz und gar nicht, doch er wollte gern vom Optimismus seines Großvaters profitieren.

»Weil ihr zusammengehört. Und weil sie nicht gegangen ist, weil sie dich nicht mehr liebt, sondern um euch den Raum zu geben, euch wiederzufinden. Ich glaube, es tut ihr gut, und dir tut es auch gut.«

»Findest du? Ich habe letztens drei Stunden die Wohnung geputzt, weil es mir so gut tut, allein zu sein.« Ben grinste.

»Na, siehst du. Ihr jungen Männer seid es doch gewöhnt, einen Haushalt zu führen oder mitzuhelfen.«

Ben wehrte das ab. »Ich glaube, ich habe es trotzdem als zu selbstverständlich genommen, dass Lara das alles gemacht hat. Jetzt, wo ich allein verantwortlich bin, fällt mir erst einmal auf, was sich verändert, wenn sich keiner drum kümmert, und ich rede nicht nur über vertrocknete Pflanzen.« Mit ein wenig Wehmut dachte Ben an den Farn, den er weggeschmissen hatte, weil er nur noch bröselndes Gestrüpp gewesen war.

»Früher war das anders. Aber da sind die Frauen noch nicht so viel arbeiten gegangen und hatten mehr Zeit. Wenn beide arbeiten oder Kinder da sind, muss man sich die Aufgaben teilen. Du bist doch ein moderner junger Mann. Du lässt doch nicht Lara alles machen?« Opa Alfons sah tatsächlich entrüstet aus, und für einen Moment fühlte Ben sich ertappt.

Doch dann schüttelte er den Kopf. »Ich glaube, es ist ... naja, nicht ausgeglichen, aber doch verteilt. Ich arbeite immer länger als sie, aber wer zu Hause ist, macht, was nötig ist. Kochen tut meistens Lara, Wäsche teilen wir, Müll mach ich.« Ben nickte überzeugt, das fühlte sich sehr ausgewogen an.

»Und putzen? Spülen? Termine? An Verpflichtungen denken? Habt ihr beide Zeit für ein Hobby? Pflegt ihr eins zusammen, macht ihr Sachen allein? Meine Anni wollte irgendwann einmal in der Woche allein mit ihren Freundinnen frühstücken gehen. Ich wusste gar nichts mit mir anzufangen in der Zeit. Und danach musste ich ihr immer helfen bei dem Haushaltskram. Das waren voll die Revoluzzer-Damen, da hatten wir alten faulen Kerle nichts mehr zu lachen.«

Ben hob die Augenbrauen, das wusste er alles gar nicht. Er erinnerte sich an seine Oma als eine resolute kleine Frau. Spannend, dass sich das auch alles irgendwie entwickelt hatte.

»Warum denkst du, dass es mir guttut, allein zu sein?« Vielleicht war es besser, von diesem Thema abzulenken und auf den Ursprung des Gesprächs zurückzukommen.

»Du hast das Blitzen in den Augen. Das hast du nur, wenn du wirklich von etwas begeistert bist. Hinzu kommt, dass ich dich derzeit so oft wie nie zuvor sehe!«

Ben lachte auf. »Opa, das ist eigennützig.«

Opa Alfons grinste vergnügt. »Ich weiß. Du kannst auch gern mit Lara kommen. Du weißt, ich mag das

Mädchen. Aber ich glaube wirklich, es tut dir gut, mal was für dich allein zu machen. Eigene Entscheidungen zu treffen, und du kannst dich hier im Haus jetzt austoben.«

»Vielleicht hast du recht. Ich werde ihr jedenfalls erst mal nichts sagen. Ich hoffe, Elly und Hans behalten das auch für sich. Ich glaube, es ist wirklich an der Zeit, meine eigenen Ideen zu verwirklichen. Opa, ich danke dir. Wirklich.«

Sein Opa winkte ab. »Das Haus würde dir eh irgendwann gehören. Mach keine Sache draus. Es tut mir nur so leid, dass so viele Jahren vergehen mussten.«

»Ich bin froh, dass wir noch Zeit miteinander haben. Warum … eigentlich schade, dass du auszieht. Wir hätten hier auch gut beide leben können.« Nun lachte Alfons schallend, und Ben zog die Augenbrauen hoch, bevor er in das Lachen einfiel. Die Idee war vielleicht wirklich nicht die beste. »Aber du kommst mich besuchen, ja?« Besuchen. Das würde wohl ausreichen.

Alfons grinste breit. »Das klingt schon besser. Aber ich komme dich nicht nur besuchen, ich kann dir auch noch ein wenig helfen. So ein bisschen geht schon noch. Und du kannst mir packen helfen. Ich glaube, ich werde auch so ein … wie sagt man das … Minimaler. Kann ja nicht viel mitnehmen ins Heim.«

»Minimalist, Opa.« Ben lachte leise. »Ich helfe dir gern, und deine Hilfe nehme ich auch gerne an. Es wird weh tun. Das Haus ist so sehr mit dir verbunden.«

»Ich weiß, Ben, ich weiß. Aber du wirst es zu eurem Nest machen, da bin ich ganz sicher.«

Lara

Sechs Wochen Schreib-Workshop, und Lara hatte das Gefühl, ihr komplettes Leben hatte sich verändert. In ihrer Welt stand kein Stein mehr auf dem anderen. Alles war anders, genau wie vorher und doch so viel klarer. So war es kein Wunder, dass sie wehmütig war an diesem letzten Abend. Den anderen ging es offensichtlich genauso.

»Ich bin so froh, dass wir uns morgen Abend noch sehen und Abschied nehmen können.« Franzi war den Tränen nahe, sie umarmte Lara fest.

»Es ist doch kein Abschied für immer. Du tust so, als würden wir uns nie wiedersehen.« Sie schob die junge Frau an den Schultern zurück und sah sie an, konnte ein wenig Belustigung nicht verstecken. »Bist du jedes Mal so aufgewühlt?«

Franzi schüttelte den Kopf und zog ein Taschentuch aus ihrer Jackentasche, um sich geräuschvoll die Nase zu putzen. »Diesmal war es irgendwie anders.«

Lara nickte. Nicht dass sie das beurteilen konnte, aber die Zeit mit den anderen war schon echt klasse gewesen. Sie hatte viel gelernt, ihr Projekt beendet – wirklich und wahrhaftig beendet – und neue Freunde gewonnen. Denn sie war sich sicher, mit Franzi, Max und Christian Kontakt zu halten. Letzterer hatte sich als lustiger, ehrlicher und loyaler Mitspieler erwiesen. Zudem glaubte sie, zwischen ihm und Franzi die Funken fliegen zu sehen. Auf eine sehr romantische Art.

»Ich hätte nicht gedacht, dass ich mich so öffnen würde. Ich war immer so verschämt und schüchtern, wenn es um das Schreiben ging. Das hat sich jetzt dank euch total geändert.« Sie lächelte Franzi an.

»Sag es«, forderte Max sie auf, der hinzugetreten war und sie anstupste.

»Was soll sie sagen?« Franzi schaute zwischen ihnen hin und her. »Und wieso duzt ihr euch?«

Lara grinste. Das mit ihr und Max, das war etwas Besonderes. Und sie freute sich, dass er Wort gehalten und seiner Cousine nichts davon erzählt hatte.

»Na los!« Er grinste, die Fragen von Franzi ignorierend. Maximilian Arentz hatte nur Augen für sie, Lara.

Sie nahm einen tiefen Atemzug, wollte es spannend machen, doch vermutlich würden ihre leuchtenden Augen sie eh verraten. »Ich! Bin! Autorin!«

Max jubelte auf und riss die Arme in die Höhe.

Lara lachte laut los, er war schon auch verrückt.

Franzi jedoch guckte immer verdutzter. »Ihr seid bescheuert.« Sie grinste.

»Ich muss los, ich habe noch eine Verabredung. Wir sehen uns alle am Mittwoch, ja?« Max beugte sich zu Franzi, drückte sie an sich und gab ihr einen liebevollen Kuss auf die Stirn, danach drehte er sich zu Lara und öffnete die Arme. Wie schon so oft ließ sie sich in seine Wärme und Geborgenheit sinken. Sie konnte kaum in Worte fassen, was Max ihr bedeutete, was er in ihr entfacht hatte.

»Hab einen schönen Abend. Mittwoch um acht im *Meiers*!«

»Mittwoch um acht im *Meiers*!«, bestätigte er und zwinkerte ihr zu.

»Erklärst du mir das?«, fragte Franzi und deutete hinter Max her.

Lara hakte sich ein und nahm ihren Rucksack. »Das ist eine lange Geschichte.«

»Ich glaube, man kann es sehr kurz machen: Da geht doch was.«

Lara lachte auf. »Yep. Aber nicht so wie bei dir und Christian.«

»Ey, wir reden grad nicht über mich. Also bleib mal beim Thema. Was läuft da zwischen dir und Max?«

»Nichts läuft da. Wir sind nur Freunde.« Die beiden sahen sich an und prusteten laut los. Vergnügt liefen sie zur Straße. Franzi fragte ihr Löcher in den Bauch, doch Lara würde einen Teufel tun und ihr irgendwas erzählen. Das ging sie nichts an. Eigentlich ging das niemanden was an.

Das mit Max war etwas, das sie hüten würde wie einen Schatz.

Franzi murrte. »Wenn ich so einen Spruch schon höre, aber schon klar. Ich kriege das auch allein raus. Wir sehen uns Mittwoch.«

Lara umarmte die neue Freundin fest. »Wir sehen uns Mittwoch, Watson.«

Der Mittwoch war ein lauer Mai-Abend, frühlingshaft sonnig und warm. Lara beschloss, ein Kleid anzuziehen. Irgendwie war ihr danach, sich für das Abendessen mit der Workshop-Gruppe ein bisschen herauszuputzen. Zudem war sie beim Friseur gewesen und hatte sich die hüftlangen Haare bis an die Schulterblätter kürzen lassen. Und sie fand es großartig. Es hieß ja, wenn Frauen einen neuen Lebensabschnitt begingen, war als erstes eine neue Frisur fällig. Lara war da wohl keine Ausnahme.

Denn für sie begann ein neuer Lebensabschnitt. Lara war fest entschlossen, die Beziehungspause abzubrechen. Sie hatte erreicht, was sie wollte, hatte sich und ihren Weg gefunden, war sich klar darüber, wo sie hinwollte – und mit wem. Nur über die Vorgehensweise war sie unsicher und wollte noch mit ihrer Mutter sprechen.

Bevor sie zu Ben ging, musste sie Klarheit haben, wie es ihm ging und wo er stand. Denn sie musste sich eingestehen, sie hatte ein wenig Angst, dass sie doch zu unterschiedlichen Ergebnissen kamen. Dass Ben mehr Pause oder vielleicht gar keine Beziehung mehr mit ihr wollte.

Franzi wartete vor dem *Meiers* auf sie. »Die anderen sind schon drin, da ist's irre voll.« Sie umarmte sie herzlich. »Du siehst toll aus. Was hast du denn mit deinen Haaren gemacht? Wow, wie geil. Dreh dich mal.«

Lara tat, wie ihr geheißen und strahlte Franzi an. »Es war mal Zeit für was Neues. Ich trag sie schon ewig so lang. Sieht cool aus, oder?«

»Ja, aber hallo! Hättest du mich vorher gefragt, hätte ich gesagt, niemals abschneiden, aber sieht super aus. Komm, gehen wir rein.« Sie schob Lara zur Tür.

Das *Meiers* war eine Szene-Kneipe in der Innenstadt, die vor allem bekannt für das gute, einfache und günstige Essen war. Sie kannten und mochten die Kneipe alle, somit bot es sich an, hier das Abschiedstreffen zu veranstalten, doch jetzt hatte Lara Mühe, an der Gruppe von Leuten vorbeizukommen, die im Eingangsbereich standen und sich verabschiedeten.

Sie stieß mit einem Mann zusammen, der mindestens zwei Meter groß war und einfach über sie hinweggeschaut hatte. Nun grinste er und wich nach rechts aus, sie nach links. Er nach links, sie nach rechts. Beide mussten über diese Trotteligkeit lachen, doch das Lachen blieb Lara im Hals stecken. Hinter dem Mann drängten sich zwei Menschen ins Freie, die Lara nur zu gut kannte, von denen sie aber nicht dachte, dass sie sie in dieser Kombination zu diesem Zeitpunkt sehen würde.

Ben und Marleen.

Beide achteten nicht auf sie, waren nur auf den Ausgang und auf sich konzentriert, und bevor sie sich umdrehte, weil Franzi sie weiter ins Innere drängte, sah Lara, wie sich ein Arm um Marleens Schulter legte. Das konnte doch wohl nicht wahr sein.

Ben und Marleen. Marleen und Ben.

Ihr Mann und ihre beste Freundin.

Lara konnte sich überhaupt nicht aufs Essen konzentrieren, bis Max sie leise von der Seite ansprach, was denn los wäre. Sie wollte ihm keine Antwort geben und schüttelte nur den Kopf, für einen Moment legte er ihr die Hand auf den Arm. *Ich bin für dich da.* Sie verzog den Mund zu einem bitteren Lächeln. Längst wusste sie, dass Max an durchaus mehr Interesse gehabt hätte, doch ihr Herz hatte immer nur für Ben geschlagen. Und seins? Was war mit seinem?

»Was willst du nun machen?«, fragte Max, als er vor Bettys Haus geparkt und den Motor abgestellt hatte. Es war noch früh, nicht einmal zehn Uhr abends, doch das Essen war vorbei, die Melancholie abgeklungen und die Workshop-Gruppe hatte sich endgültig voneinander verabschiedet. Doch Max würde bleiben.

Natürlich hatte er es sich auch an diesem Abend nicht nehmen lassen, Lara nach Hause zu bringen, und sie hatte ihm knapp erzählt, was ihr die Laune verhagelt hatte.

»Keine Ahnung. Ich weiß nicht, was ich denken soll.« Sie starrte aus dem Fenster. In Bettys Arbeitszimmer brannte noch Licht. Der Rest des Hauses war dunkel, ebenso die Straße. Lediglich die Nachtbeleuchtung zauberte ein fahles Licht auf die Straße. Max hatte nicht direkt unter einer Laterne geparkt, sodass sie im Halbdunklen saßen. »Ich kann das nicht glauben. Aber ich habe sie gesehen, und ich habe diese Umarmung gesehen. Marleen hat erzählt, dass er was mit der Tussi aus dem Studio hat. Vielleicht habe ich mich schlichtweg in meinem Mann geirrt.« Sie atmete tief durch. Sie war völlig verwirrt.

»Du denkst also, deine beste Freundin spannt dir den Mann aus?« Max' Stimme klang eher zweifelhaft.

»Keine Ahnung. Warum auch nicht? Sie war komisch drauf wegen ihm und mir.«

»Du hast gesagt, er hat einen Arm um sie gelegt. Vielleicht hat er sie nur getröstet.«

»Hm«, machte Lara und schüttelte ungläubig den Kopf. Trösten. Heute war ein schwieriger Tag für Marleen, das war ihr klar. Lara hatte ein schlechtes Gewissen, dass sie sich erst morgen mit ihr treffen konnte. Das schien ihr aber gar nicht unrecht gewesen zu sein. Aber würde Marleen sich ausgerechnet von Ben heute ablenken lassen? Das letzte Gespräch fiel ihr ein, Marleens Beharren auf Bens gute Absichten. Hatte sie sie im Glauben lassen wollen, alles würde gut werden, um ihn sich selbst zu angeln? Sie hatte Lara immer um ihn beneidet.

»Das weiß doch ich nicht. Aber du solltest nicht urteilen, ohne die Hintergründe zu kennen. Lara, du hast in den letzten Wochen so viele Fortschritte gemacht, nicht nur beim Schreiben. Ich habe das Gefühl, deine ganze Persönlichkeit hat sich verändert. Du bist reifer, erwachsener, in dir ruhender. Mach das nicht kaputt durch fehlendes Vertrauen oder voreilige Schlüsse.« Leise redete er auf sie ein, nahm ihre Hand in seine. »Rede mit ihm. Gib ihm einen Vertrauensvorschuss. Das würdest du auch wollen. Erinnere dich daran, wie sauer du warst, weil er dir was mit deinem besten Freund unterstellt hat – und da gabs immerhin einen Kuss.«

Lara seufzte, und für einen Moment verfluchte sie sich dafür, Max in einer nostalgischen Abendlaune alles erzählt zu haben. Er wusste eindeutig zu viel über sie. Doch das Vertrauen war gegenseitig, denn Max hatte ihr auch persönliche Dinge über sich erzählt. Sie waren Freunde geworden, und der hübsche Maximilian Arentz war tatsächlich eine Wundertüte. In ihm steckte ein tiefgründiger, spiritueller und manchmal zutiefst verunsicherter Mann.

»Wieso hast du so ein Vertrauen in die Sache?«

»Weil alles, was du mir von Ben erzählt hast, mich zu diesem Schluss kommen lässt.«

»Wie denn? Er hatte Dates. Er ist kaum zu Hause, sagt meine Mutter. Jetzt die Sache mit Marleen.«

Max nickte. »Das alles wirkt zusammen genommen sehr übel. Aber es kann für alles Erklärungen geben. Du wirst nur Klarheit finden, wenn du offen mit ihm sprichst und ihn fragst. Du vergeudest Energie, wenn du dir negative

Gedanken zurechtlegst und dich in diese hineinsteigerst. Schau doch lieber, dass du das, was in den letzten Wochen passiert ist, mitnimmst und an dich und ihn glaubst.«

Lara verzog das Gesicht. Gespräche dieser Art hatten sie viele geführt in den letzten Wochen. Max war ihr ein guter Ratgeber geworden, und immer war er positiv. Vielleicht würde man ihn gutgläubig nennen, doch Lara wusste mittlerweile, dass er auch deshalb diese Ausstrahlung und Anziehungskraft hatte, weil er an all das glaubte. An gute Energien, an positives Denken, an die Kraft der eigenen Gedanken. Lara hatte es oft ausprobiert, und auch das hatte einen Wandel vollzogen. Er hatte ihr Tipps gegeben, was sie machen konnte, wenn es ihr nicht gut ging. So wie jetzt.

»An die Fakten halten. Wenn du keine Fakten hast, besorge sie dir«, murmelte sie, seine Worte wiederholend, die er erst vor wenigen Tagen zu ihr gesagt hatte.

Max lächelte. »Genau. Besorge dir Fakten. Glaube an das Gute.«

Lara nickte und straffte die Schultern. »Ich fahr zu Ben.«

Die Wohnung lag im Dunklen, ebenso das Haus ihrer Eltern. Vielleicht schlief Ben schon, doch was Lara beunruhigte, war das Fehlen seines Autos. Eigentlich war es ihr gemeinsames Auto, doch Lara hatte keinen Anspruch darauf geltend gemacht, als sie ausgezogen war. Sie kam gut mit ihrem Fahrrad zurecht. Doch jetzt stand dieses Auto nicht da, wo es stehen sollte.

Sie atmete tief durch und ging zum Eingang, schloss die Haustür auf. Alles war ruhig.

Im Flur fehlte das Sofa. Lara runzelte die Stirn, bis ihr einfiel, dass sie darauf geschlafen hatte. Das Sofa war in ihrem Büro!

Sie machte Licht im Hausflur, und sofort fiel ihr auf, dass es irgendwie anders roch. Sich anders anfühlte. Nicht mehr wie ihr Zuhause. Es fühlte sich wie eine kalte, unbewohnte Wohnung an, und das Gefühl der Einsamkeit und Kälte kroch über ihre Haut. Angst machte sich in ihr breit.

Was war hier los?

Sie zog ihre Jacke aus und legte ihren Rucksack ab, dann ging sie leise durch die Wohnung, horchte am Schlafzimmer. Die Tür war nur angelehnt, sie hörte kein Geräusch. Trotzdem traute sie sich nicht, hineinzugehen, und schalt sich gleichzeitig eine Idiotin. Er würde doch nicht … in ihrem eigenen Bett …

Das Bett war weg.

Lara riss die Augen auf. Das Schlafzimmer war leer. Ein paar Kisten standen herum, aber sonst waren die Möbel weg. Sie schnappte nach Luft, lief ins Wohnzimmer, machte das Licht an. Das gleiche Bild. Nur noch die Bilder an den Wänden hingen, ein paar Pflanzen fehlten und alle Möbel.

Tränen schossen ihr in die Augen. Das konnte doch nicht wahr sein. Ben war weg? Und er hatte alles mitgenommen?

Fassungslos lehnte sie sich an die Wand. Sie konnte nicht glauben, was sie da sah. Sie nahm ihr Handy, es gab keine Nachricht von ihm, die Uhr zeigte fast Mitternacht. Marleen fiel ihr ein. Die Umarmung. *Sabine, die Blonde mit den kurzen Haaren. Hat sich wohl ein bisschen bemüht und zumindest ein paar Dates gehabt.*

Lara fuhr sich mit der Hand über das Gesicht. Das war ein Albtraum. Einem Instinkt folgend lief sie in ihr Arbeitszimmer. Was sie dort sah, zog ihr endgültig den Boden unter den Füßen weg und entfachte doch gleichzeitig eine Wut in ihr, die sie nicht kannte.

»DU VERDAMMTER ARSCH!« Lara brüllte unkontrolliert ihre Gefühle heraus.

Ihr Büro war leer. Ihr geliebter Schreibtisch weg. Ihr Regal ausgeräumt, die Inhalte zum Teil weg, zum Teil in Kisten verpackt.

Was zum Teufel ging hier vor sich?

»Lara? Schätzchen?«

Lara fuhr erschrocken herum, ein Laut der Überraschung entwich ihr. Im Türrahmen stand ihre Mutter, die sich anscheinend nur auf die Schnelle eine Strickjacke übergeworfen hatte. Ihre Haare waren ein wenig unordentlich, der Gesichtsausdruck besorgt.

»Mama!« Lara legte ihre Hände auf ihr galoppierendes Herz.

»Entschuldige, ich wollte dich nicht erschrecken. Aber du hast mein Klopfen wohl nicht gehört.«

»Mama, was ist hier los? Die Wohnung ist leer. Wo ist Ben?«

Elly runzelte die Stirn. »Hat er dir nicht Bescheid gesagt? Er wollte dich anrufen.«

»Anrufen?? Er hat mich nicht angerufen, er war mit Marleen essen. Ich habe sie gesehen.« Lara fühlte sich so wackelig, wie ihre Stimme klang. Bloß nicht losheulen jetzt.

»Oh. Dann …« Ihre Mutter seufzte. »Ben wird im Haus sein.«

»Im Haus? Was für ein Haus?« Sie verstand gar nichts mehr.

»Das Haus von Alfons. Ich denke, Ben wird dort sein. Er wohnt doch da.«

Im Gegensatz zu der Wohnung vorher lag das Haus nicht im Dunklen. Im Gegenteil. In einigen Zimmern brannte Licht, Bens Auto stand in der Einfahrt.

Und Marleens davor.

Lara saß in Bettys Wagen an der Straße, im Dunklen, und starrte auf das Haus von Bens Großvater. Ihre Mutter hatte sich geweigert, ihr zu erzählen, warum Ben nun bei seinem Opa wohnte. Ihr war nichts anderes übriggeblieben, als herzukommen, wenn sie mit Ben sprechen wollte. Doch sie war sich nicht im Klaren darüber, was sie erwarten würde.

Sie hatte Angst davor.

In ihr tobten die widersprüchlichsten Gefühle. Vertrauen stritt sich mit Unsicherheit, Angst mit Mut, Liebe mit Wut.

Wenn du keine Fakten hast, besorge dir welche.

Die Fakten waren: Ben war ausgezogen, die Wohnung leergeräumt. Marleen befand sich bei ihm in diesem Haus. Alles um diese Dinge herum waren Überlegungen, die sie in den Wahnsinn treiben würden, würde sie noch länger in diesem Auto sitzen bleiben und die Gedanken hin und her wälzen.

Sie stieg aus, schloss ab und ging langsam auf das Haus zu. Es sah aus wie immer. Der Vorgarten war gepflegt, der Garagenweg unkrautfrei. Durch die beleuchteten Fenster sah sie nicht viel. Eine Lampe an der Decke hier, einen Schrank am anderen Fenster.

Als sie vor der Haustür stand, hörte sie leise Stimmen aus dem Fenster direkt neben dem Eingang. Das war die Küche. Lara trat einen Schritt zurück und schaute hinein – und erstarrte.

Ben und Marleen standen eng umschlungen mitten im Raum. Sie sah ihre Umrisse, mehr nicht, doch das reichte ihr. Tränen schossen ihr in die Augen, und am liebsten wäre sie auf dem Absatz umgedreht und weggelaufen.

Doch Max' Stimme in ihrem Kopf drängte sie zur Haustür.

Fakten besorgen.

Sie hämmerte gegen die Tür.

»Mach auf, Ben. Verdammte Scheiße, mach die Tür auf.«

Ben

Es war wunderbar warm geworden, der Mai zeigte mit aller Macht, was der Sommer noch viel intensiver bringen würde. Alles blühte und spross, die Pflanzen und Tiere erwachten, und auch die Menschen wurden leichtlebiger, freundlicher und offener, als hätte der dunkle Winter sie endlich aus seinen grüblerischen Klauen fliehen lassen.

Der blaue Nordseehimmel lag hell über dem dunkleren Nordseewasser, sanfte Wellen wogen zum Deich und zurück. Ben stand schon eine Weile hier und ließ seine Gedanken treiben wie das Meer die Wellen.

Es war ruhig in ihm. Die Wut, die Hilflosigkeit, all die negativen Gefühle des Jahresanfangs waren verraucht. Sein Opa hatte recht gehabt. Die Arbeit am Haus hatte Ben zu sich selbst finden lassen. Zu sich, seinen Wünschen, seinen Träumen, seinen Ideen, seinen Plänen. Es hatte ihn verändert, und niemand war erstaunter darüber als er selbst.

Es war fast fertig, sein großes Umzugsprojekt. Es war ihm schwergefallen, einfach weiterzumachen, nachdem er Lara einige Male mit diesem dunkelhaarigen Kerl gesehen hatte, doch da es keine Anzeichen gab, dass sie was mit ihm hatte – keine Küsse – beschloss er, es dabei zu belassen. Er war ja auch selbst schuld, seine Joggingrunden immer an dem Haus der Whitmans entlangzuführen. Der Lauscher an der Wand hörte eben oft Dinge, die er eigentlich nicht wissen wollte.

Ihre Ehepause hatte Halbzeit. Drei Monate ohne Lara, ohne die Selbstverständlichkeiten einer Ehe, ohne mit ihr zu reden, ihren Duft einzuatmen – ohne mit ihr zu schlafen. Ihm war bewusst geworden, dass sie in den letzten Jahren längere Phasen ohne Sex gehabt hatten, er verstand jedoch kein bisschen mehr, wie er das ausgehalten hatte. Er sehnte sich nach ihr wie nie zuvor. Nicht nur danach, nach allem. Er hatte tausend Mal das Handy in der Hand gehabt, um ihr von dem Projekt an der Nordsee zu erzählen. Um ihr vom Haus zu berichten. Dem Unfall, den er mit dem Auto gehabt hatte. Sie fehlte ihm, seine Lebenspartnerin, seine Begleiterin, seine Geliebte. Vielleicht war es das letzte Mal auf der Hochzeit gewesen, dass ihm seine Gefühle für Lara so bewusst gewesen waren, aber er hatte nicht vor, das wieder zu vergessen.

Natürlich nagte die Eifersucht in ihm. Er hatte geflucht, gewütet, getobt und auch geweint. Er wollte sie nicht verlieren, nicht an so einen Schnösel und überhaupt an niemanden. Er wollte seine Frau zurück.

Wie verrückt hatte er sich in die Arbeit gestürzt, im Büro und am Haus. Zuerst war Opa Alfons noch dagewesen, hatte für ihn gekocht, mit ihm gehandwerkt, doch dann war sein Zimmer im Heim freigeworden, und so ganz nebenbei hatten sie den Umzug auch geschafft.

Sein Schwiegervater hatte ihm Hilfe beim Haus angeboten, und Ben war stolz, dass er den Arsch in der Hose gehabt hatte, dieses Angebot abzulehnen.

»Ich will unser Verhältnis wieder in Ordnung haben, und deshalb möchte ich nicht wieder in deiner Schuld stehen. Aber ich weiß es zu schätzen, und ich lehne nur aus Respekt ab.«

Das hatte er ihm gesagt, und Hans hatte ihn in den Arm genommen und so gedrückt, dass Ben vor Rührung fast geheult hätte.

Hilfe nahm er nur von Karsten an, und so verbrachten die beiden Männer viele Abende und Samstage in trauter Freundschaft beim Renovieren des neuen Zuhauses. Und in dieser Zeit, in der sein Kopf aufklarte, mal wegen der Gespräche mit seinem besten Freund, mal wegen des Schweigens, hatte Ben eine wagemutige Idee gehabt, die er hier an der Nordsee noch einmal genau und in Ruhe durchdachte: Er würde Lara bitten, die Trennung aufzuheben, zu ihm zurückzukommen. Würde sie einladen, ins *Blue* vielleicht. Da wollte sie ja so gerne einmal hin, und dann würde er ihr das Haus zeigen. Ob sie ihn überhaupt noch wollte? Da konnte er sich nicht sicher sein, aber in ihm war ein Urvertrauen, dass alles gut werden würde. Als hätte Opa Alfons seinen guten Geist im Haus gelassen und so auf Ben übertragen.

Das Piepsen seines Handys riss ihn aus den Überlegungen, doch er ignorierte es. Auch neu. Das Handy einfach mal Handy sein lassen.

Wozu brauchte man das, wenn man sich den Wind um die Nase wehen lassen konnte, während man aufs Meer schaute?

Er las die Nachricht von Marleen erst am Abend.

Ben-Herzblatt, gehst du mit mir Kaffeetrinken? Ich würde gern mal quatschen.

Ben runzelte die Stirn. Er hatte Marleen vor Wochen im Studio das letzte Mal gesehen. Im Grunde hatte er mit ihr nichts zu tun, sie war Laras Freundin. Aber vielleicht konnte Marleen ihm einen Rat geben, ob er sich mit seinen Plänen auf dem Holzweg befand oder bei Lara offene Türen einrennen würde.

Ich bin an der Nordsee, ich melde mich, wenn ich zurück bin.

Das *Meiers* war fast ausgebucht, sie hatten nur um sechs einen Tisch bekommen. Am Tisch gingen Ben direkt die vielen Geräusche und die Lautstärke auf die Nerven. Auch Marleen fühlte sich sichtlich unwohl.

»Ich habe vergessen, dass mittwochs hier Happy Hour ist und entsprechend voll. Wir waren immer am Wochenende hier, da ist so früh noch nichts los.«

»Macht ja nichts. Wolltest du denn explizit mit mir sprechen oder nur Gesellschaft haben?« Ben sah sie fragend an, nahm ihr Nicken zur Kenntnis und fühlte sich ein wenig hilflos. Was wollte sie von ihm? Wenn er sie genau betrachtete, war sie recht blass, tiefe Augenringe hatte sie unter den Augen. »Ist alles okay mit dir?«

Marleen winkte ab, und das Essen über beließen sie es bei Small Talk. Mehr war eh nicht möglich. Die Happy Hour war eher L'Osteria-Flair.

Mit der Rechnung fiel Bens Blick aufs Datum, und mit einem Mal wurde ihm klar, warum Marleen hier war, warum sie so schlecht aussah. Nur warum sie ausgerechnet seine Gesellschaft suchte, machte das nicht deutlicher.

»Marleen. Heute ist … sind wir deswegen hier? Wegen Stefan?«

Sie hob den Blick und presste die Lippen zusammen. »War keine gute Woche, da dachte ich …«

Er griff nach ihrer Hand und drückte sie fest. »Lass uns gehen.«

Stefan. Er hatte ewig nicht an ihn gedacht. Im Grunde dachte er fast immer nur an diesem einen Tag an ihn, den Tag, den Marleen jedes Jahr mit Lara verbrachte, die ihm dann davon erzählte. Stefan war Marleens Mann gewesen, für genau sechs Monate. Dann war er gestorben. Das war viele Jahre her, doch Marleen hatte sich nie davon erholt. Und für einen Moment wurde Ben bewusst, wie viele Menschen es in seinem Leben schon nicht mehr gab, und fühlte sich bestärkt in dem Entschluss, den er an der Nordsee gefasst hatte.

Er schob Marleen sanft durch die Menschenmenge am Ausgang, ein Riese von Mann versperrte Sicht und Tür, und kaum, dass sie draußen waren, atmete Marleen tief durch. Ben zog sie an sich. »Entschuldige, dass ich nicht dran gedacht habe.«

Marleen legte den Kopf an seine Schulter, er spürte ihr Zittern. »Musst du auch nicht. Reicht ja, wenn ich es tue.«

»Wie lange ist es jetzt her?«, fragte er leise. Er fühlte sich hilflos, das konnte nun echt die falsche Frage sein, aber vielleicht auch die richtige. Er wusste nicht, ob sie darüber reden oder nur nicht allein sein wollte.

»Sechs Jahre. Es ist eigentlich besser, aber … durch euren beschissenen Streit kam alles hoch.« Sie nahm Abstand und zog ihre Handtasche vor, um sie zu öffnen.

»Was hat unser Streit damit zu tun?« Ben war ratlos.

Marleen nahm ein Taschentuch heraus und putzte sich die Nase. »Das wüsste ich auch gern. Seit ihr diese dämliche Pause macht, bin ich völlig durcheinander.«

Ben zog die Augenbrauen hoch. Das würde wohl doch ein längerer Abend.

»Ich habe Lara angefahren, sie soll froh sein, dass sie einen Mann hat, mit dem sie streiten kann und der ihr auf die

Nerven geht.« Marleen zog an dem Strohhalm, der in ihrem Erdbeer-Shake steckte.

Sie waren durch die Stadt gelaufen, weil es noch früh und zudem angenehm warm war, saßen nun auf einer schmalen Mauer am Bach und beobachteten die Leute, die spazieren gingen, den lauen Abend in einem der zahlreichen Cafés genossen oder irgendwohin eilten.

»Autsch.«

Marleen nickte. »Ich weiß. Fand sie auch nicht so richtig lustig.« Sie verzog das Gesicht.

»Warum hast du so was gesagt? Ich mein … es mag ja von der Aussage an sich richtig sein, aber … es hat doch nichts mit Stefan zu tun.« Ben gab sich Mühe mit den richtigen Worten. Das war verdammt dünnes Eis, denn so einsichtig Marleen auch zu sein schien, sie war Marleen. Aufbrausend und leidenschaftlich.

»Das ist es ja. Ich war so sauer, so beleidigt, dass ihr eure Liebe so in den Sand setzt. Ihr wart immer das Traumpaar für mich, mein Glauben an eine große wahre ewige Liebe. Ich war wütend, weil ich dachte, ihr habt gar nicht begriffen, was für eine große Chance das ist und was für ein Privileg. Einen Partner zu haben, mit dem man sich streiten kann, um den man kämpfen kann. Denn nichts anderes tut Lara mit ihrer dämlichen Pause ja.«

»Ich kann es erst seit Kurzem so sehen. Und auch nur in den guten Momenten.« Ben ließ den Blick schweifen. Es war wirklich schön hier. Warum haben sie so lange nicht einfach in der Stadt gesessen und das gemeinsame Leben genossen? »Anfangs war ich so durch.«

»Ich habe das mit Sabine gehört. Deswegen wollte ich dich sprechen. Weil sie rumerzählt, dass sie mit dir in der Kiste war und Lara wär Geschichte und so.«

»Was?« Ben ruckte den Kopf herum. »Das ist Blödsinn. Da lief nichts. Wir haben uns ein paar Mal getroffen, aber als sie mehr wollte, habe ich es beendet. Ich konnte das nicht, es wäre … scheiße gewesen. Lara gegenüber.«

Marleen sah erleichtert aus. »Da bin ich froh. Ich habe mich nämlich gut auf einen Vortrag vorbereitet, den ich dir halten wollte, wenn du mit der rumgemacht hättest.«

Ben grinste. »Kannst du dir sparen. Ich bin treu wie sonst was. Hab nicht mal nen Porno angesehen.«

Marleen hielt sich die Ohren zu, der Shake wackelte gefährlich. »Lalalala. Zu viele Details.«

Ben lachte leise. Irgendwie machte ihm Marleen Mut, und plötzlich fiel es ihm leicht, offen zu reden. »Denkst du, sie ist auch treu? Ich habe sie mit jemand anderem gesehen.«

»Hast du?« Marleen beäugte ihn. »Einfach so, rein … zufällig? Wo sie am anderen Ende der Stadt wohnt?« Ben setzte einen treuherzigen Blick auf, und jetzt lachte Marleen. »Himmel, Ben. Du hast sie gestalkt?«

»So würde ich das nicht nennen. Ich bin nur beim Joggen zufällig … bei den Whitmans vorbeigelaufen. Er hat sie genau in diesem Moment dort abgesetzt.«

»Mehrmals.«

»Naja. Ja. Mein Timing ist eben besonders.«

»Ist klar. Wie sah er aus?«

»Keine Ahnung. Groß, dunkle Haare. Lässig.«

Marleen überlegte einen Moment. »Dürfte ihr Schreib-coach gewesen sein. Mit dem hängt sie oft zusammen, und die Beschreibung passt.«

»Schreibcoach? Was für ein Schreibcoach?«

Sie warf ihm einen amüsierten Blick zu. »Du weißt eine Menge nicht über deine Frau. Ihr solltet euch unterhalten. Sie hat einen Schreib-Workshop besucht, den er geleitet hat. Sie hat ein Buch geschrieben.«

»Oh.«

»Mhm. Weißt du, mir ist was klar geworden.«

»Was denn?«

»Es ist die Sache wert. Auch wenn man so dummes Zeug macht wie ihr.« Sie wedelte mit dem Becher herum. »Einen Partner zu haben, zu jemandem zu gehören. Mir hat das gefehlt. Aber ich war nicht bereit, Stefan zu ersetzen. Das hat mich garstig und verbittert gemacht. Ich bin zu jung, um verbittert zu sein. Das Leben geht weiter.« Sie guckte selbstgefällig. »Ich finde mich selbst sehr weise gerade.«

»Du bist sehr weise. Weil es stimmt. Aber immer, wenn man es dir gesagt hat, bist du …« Er stockte.

»… ausgeflippt?«

»So hätte ich es nicht ausgedrückt, aber ja.« Er grinste und schubste mit der Schulter gegen ihre. »Du wolltest also abchecken, ob ich Lara noch will und Vermittlerin spielen?«

»So in etwa. Wir sind für morgen verabredet. Dachte, ich höre vorher mal bei dir nach. Hast bestanden.« Sie grinste, hob den Arm mit dem Becher und kniff die Augen zusammen. Dann warf sie, und der Becher flog in den Mülleimer. »Ben?«

»Ja?«

»Wenn du einen coolen Typen kennst, kannst du mich gern vermitteln. Aber ... verheimliche ein paar Details.«

Er zeigte Marleen das ganze Haus, jede Kleinigkeit, die er sich für ihr neues Zuhause überlegt hatte. Mit jedem Zimmer wuchsen seine Begeisterung, sein Mut und seine Sicherheit, dass all das Lara einfach auch begeistern musste.

Endlich konnten sie so leben, wie sie es sich immer gewünscht hatten. Für sich, in der Natur, mit genug Platz. Mit guter Anbindung in die Stadt zu den Jobs, nicht zu weit, um mit dem Rad zu fahren. Es war perfekt.

Und er hoffte inständig, Lara würde das auch so sehen.

»Du meldest dich also morgen Abend?«

»Sobald ich eine Ahnung habe, was Lara vorhat und wie es ihr mit der ganzen Sache geht, verkrümle ich mich aufs Klo und schreib dir.« Marleen nickte und hob die Hand, kreuzte die Finger.

Ben grinste. »Und wenn alles positiv ist ...«

»... lade ich sie für Sonntag ein und lotse sie hierher. Jaha. Habs kapiert. Ben, das wird schon klappen.«

In einer spontanen Reaktion zog er Marleen an sich. Sie roch nach Freundschaft, nach Vertrautheit. Nach der Erinnerung an seine Hochzeit vor Ewigkeiten, als Marleen Lara als Trauzeugin beigestanden hatte, ihr die Tränen getrocknet, das Kleid gerettet und ihnen zusammen mit Stefan die Kutschfahrt geschenkt hatte.

Ihm wurde es eng im Hals. »Danke für alles. Wir kriegen das hin. Und ich geh für dich ins Studio und reiß den heißesten Typen auf, den du haben willst, ich versprechs dir.«

Er spürte, wie Marleen an seiner Schulter lachte. Sie drückte sich eng an ihn, und er ahnte, dass die Tränen, die nicht nur ihm hochkamen, nicht nur Tränen der Rührung waren.

Marleen schniefte und nickte. »Und ich versprech dir, dass Lara und du, dass ihr wieder glücklich sein werdet.«

»Das wirst du auch. Du bist zu lieb und zu toll und zu hübsch, um allein zu bleiben. Und das Verbitterte, das hört nun auf. Wir haben dann auch ein Gästezimmer.«

»Ach, Ben.« Sie weinte. »Ich hoffe so sehr drauf. Ich will doch so gern nur einen netten Kerl für mich und dass das mit euch in Ordnung kommt. Pass auf ... wahrscheinlich sitzt sie schon gelangweilt in ihrem Protzzuhause und zählt die Stunden, bis ...«

»Mach auf, Ben. Verdammte Scheiße, mach die Tür auf.«

Lara

Was Lara am meisten irritierte, waren die gelassenen Gesichtsausdrücke von Ben und Marleen. Da war kein Erschrocken sein, kein schlechtes Gewissen. Im Gegenteil.

Marleen sah verheult aus, lächelte aber und zog sich seelenruhig ihre Jacke an, nahm ihre Handtasche vom roten Sofa im Flur – das verdammte rote Sofa – und legte ihre Hand auf Bens Arm. »Bis morgen.« Dann schlüpfte sie an Lara vorbei aus der Tür. »Auch dir: Bis morgen. Ich hab dich lieb.«

Lara schnaufte und wandte ihren Blick Ben zu, der die Arme verschränkte, im Türrahmen lehnte und sie die ganze Zeit ansah. Irgendwas … war anders an ihm. Die Haare waren ein bisschen länger, er war unrasiert und trug zu ihrer Erleichterung offensichtlich die gleiche Kleidung wie vorher im *Meiers*. Und er hatte dieses amüsierte Zucken in den Mundwinkeln.

Sie kniff die Augen zusammen. »Was genau ist so witzig? Du hast mir was zu erklären. Und ich finde das alles kein bisschen witzig.« Sie klang nicht halb so wütend wie noch vor wenigen Sekunden, als sie glaubte, die

Tür einschlagen zu wollen. Irgendwie nahm Bens Gelassenheit ihr komplett den Wind aus den Segeln. Sie verfluchte die Idee, mitten in der Nacht herzukommen. Sie sollte im Bett liegen und ausschlafen, morgen musste sie ins Büro und ...

»Möchtest du reinkommen?« Seine Stimme jagte ihr einen Schauder über den Rücken. Sie biss sich auf die Unterlippe und schluckte die Erwiderung herunter. Schweigend stapfte sie an ihm vorbei und blieb exakt vor dem roten Sofa stehen.

Scheiße. Was tat sie nur hier?

»Ben ...«, begann sie, doch er unterbrach sie.

»Es ist ziemlich spät. Wir müssen morgen beide früh raus, sonst würde ich dir einen Kaffee anbieten. Stattdessen ein Wasser? Oder lieber ... was Stärkeres?« Er zwinkerte ihr zu, und sie fragte sich, woher er die Unverfrorenheit nahm, so ruhig zu sein, nach allem ... was sie ihm vermutlich fälschlich unterstellte.

»Ben, unsere Wohnung ist leergeräumt. Was machst du?« *Warum verlässt du mich, warum nimmst du alles mit, was uns gemeinsam gehört, warum rufst du mich nicht an, warum habe ich so ein Kribbeln im Bauch?*

»Das würde ich dir gern erklären. Gehen wir rein, ja? Bitte. Oder bist du nur hier, weil du mich anschreien willst?«

»Eigentlich wollte ich dich anschreien.« *Ich will dich küssen und festhalten und an uns glauben.*

»Und jetzt?« Er blieb vor ihr stehen, viel zu nah, viel zu weit weg. Sie sah zu ihm hoch, atmete tief durch, atmete ihn ein. Ihr wurde schwindelig. Lara seufzte.

»Reden wir.« Sie ging an Ben vorbei in die Küche. Das alles war irritierend. Der alte Holzboden des Großvaters mit ihren Flurmöbeln. In der Küche helle Fliesen, dazu die alte Holzküche, von der sie wusste, dass Opa Alfons sie einmal selbst geschreinert hatte. Ihr Küchentisch. Ihre Kaffeemaschine.

Ben stellte zwei Gläser Cola auf den Tisch und deutete einladend auf einen der Stühle.

Lara setzte sich, nahm eins der Gläser, hielt sich daran fest. Sie hatte das Gefühl, völlig den Halt zu verlieren.

Ben setzte sich ihr gegenüber. »Ich finds schön, dich zu sehen. Du sieht toll aus. Du hast«, er machte eine Handbewegung zu den Haaren, »die Haare abgeschnitten.«

»Ja.«

»Neuer Lebensabschnitt, hm?« Er lächelte und ließ sie nicht aus den Augen. Verdammt.

»Es war Zeit für was Neues.«

Er nickte und nippte an seiner Cola.

Sie tat es ihm nach. Warum nur war sie so nervös?

»Ich habe euch gesehen. Dich und Marleen. Und dann kam ich nach Hau… in die Wohnung und sie war leergeräumt. Mama wollte mir nichts sagen und hat mich hergeschickt.«

»Du hast um diese Zeit deine Mutter geweckt?« Bens Mundwinkel zuckten.

»Nein, sie …« Lara musste gegen ihren Willen grinsen. »Sie hat mich wohl gehört und kam runter.«

»Verstehe.« Er verkniff sich ein Lachen. »Ich hab gedacht, du trittst die Tür ein.«

»Hatte ich auch vor.« Lara schnaubte. »Erst sehe ich euch Arm in Arm vor dem *Meiers*, dann kuschelnd in der Küche. Und da …«

»… sind wohl die Pferde mit dir durchgegangen.« Ben lächelte, auf so eine entzückte Art und Weise, als ob er sich zu freuen schien.

»Sag mal, freust du dich darüber?«

»Naja. Ja. Schon.« Er hob die Schultern. »Ich meine, du wolltest eine Pause von mir, und nun tauchst du hier auf und trittst fast die Haustür ein, weil du eifersüchtig bist.«

»Ich bin doch nicht eifersüchtig.«

»Ach so.« Er lachte leise. »Dann ist ja gut.«

Sie murrte leise und ließ den Blick durch die Küche streifen. Es war gemütlich. Ziemlich sogar. Was immer Ben sich hier aufbaute, es war ihr auf Anhieb sympathisch. Wenn man mal außen vor ließ, dass sie nun vor dem Nichts stand.

»Zwischen mir und Marleen läuft genau so viel wie zwischen dir und Tom.«

Lara hob die Augenbrauen und sah Ben an. Sein Blick war nicht mehr ironisch, nicht mehr amüsiert, nur noch ernst. Er sah älter aus, was natürlich Blödsinn war, es waren nur zwei Monate gewesen, dass sie ihn nicht gesehen hatte, aber er kam ihr anders vor. Vielleicht war es auch für ihn ein neuer Lebensabschnitt, sehr wahrscheinlich sogar, immerhin saß sie in seiner neuen Küche in seinem neuen Haus und seinem neuen Zuhause.

Aber er sah nicht abweisend aus. »Wir wollten reden. Du oder ich?«

Sie konnte gar nicht antworten. Die Angst vor dem, was er nun sagen wollte, schnürte ihr den Hals zu. Sie holte tief Luft. »Ich … ich muss mich entschuldigen. Es war total idiotisch, hier mitten in der Nacht aufzukreuzen und Theater zu machen. Ich weiß gar nicht, was in mich gefahren ist, aber als ich in der leeren Wohnung stand, bin ich völlig ausgetickt.«

»Verständlich, und es tut mir wirklich leid. Elly meinte, du warst letztens erst da und würdest sicher nicht kommen. Ich habe nicht mit dir gerechnet. Und ich hätte dich morgen angerufen.«

»Ach? Um mir was zu sagen? Dass du ausgezogen bist und alles mitgenommen hast?«

»Dass ich ausgezogen bin. Dass Opa uns das Haus hier geschenkt hat, er im Seniorenheim ist, ich es renoviert habe und zudem Opa meine Schulden bei deinem Vater bezahlt hat.«

»Wow. So viel habe ich nicht zu erzählen.« Sie runzelte die Stirn, ließ sich das, was er gesagt hatte, durch den Kopf gehen. »Von vorne bitte. Das Haus ist … unser? Opa ist im Seniorenheim und hat was? Meine Eltern haben mir überhaupt nichts erzählt.«

»Das sollten sie auch nicht. Ich wollte das allein regeln.« Er hob entschuldigend die Schultern. »Opa hat einen Platz im Seniorenheim, das Haus ist mein Erbe. Und das Geld auch. Er hat es nun vorgezogen als Schenkung, damit ich es deinem Vater zurückzahlen und die Renovierung bezahlen kann. Ich bin schuldenfrei. Wir ... sind schuldenfrei.«

Sie nickte langsam, spielte mit dem Glas, schob es hin und her. Die Kratzer an der Kante, da war Ben mal eine Pfanne auf den Tisch gefallen. Sie strich darüber. So viel aus ihrem Leben war hier in diesem Haus. Und sie auch.

Doch wollte er, dass sie hier war? Sie fühlte sich fehl am Platz. Es fühlte sich fremd an und doch so vertraut. Schuldenfrei. Was sich alles verändert hatte, während sie nicht dagewesen war. Es nagte an ihr. Solche Entscheidungen, solche Erlebnisse, da hätte sie doch an Bens Seite gehört.

Sie schürzte die Lippen, dann nahm sie all ihren Mut zusammen. Es nutzte ja nichts. Sie hatte doch eh mit ihm reden wollen.

»Ich wollte am Sonntag anrufen.« Sie hob den Kopf und suchte seinen Blick. Er sah überrascht aus.

»Ach? Um mir was zu sagen?« Erneut zuckten seine Mundwinkel, und ihr Herz flutete über, weil er es ihr so leicht machte, so gelassen war, so sehr Ben und so sehr der Mann, den sie liebte.

»Ich habe die Pause damals gewollt, weil ich das Gefühl hatte, wir sind einander überdrüssig, ohne wirklich zu viel zu sein. Zu nah beieinander ohne Nähe. Zu harmonisch ohne Intensität. Es war nur noch ein Zusammenleben, ohne wirklich das Gefühl zu haben, etwas miteinander zu teilen. Ich habe dir vieles nicht erzählt, meine Sorgen und Gedanken mit mir selbst ausgemacht. Habe mit Mama oder Marleen gesprochen.«

»Oder Tom«, warf Ben ein, und sie nickte.

»Oder Tom. Und als du dann gelogen hast«, sie hob abwehrend die Hand, als Ben einen Einwand machen wollte, »ist mir klar geworden, dass es so nicht weitergehen konnte. So eine Lüge hat einen Grund, und den nur bei dir zu suchen, war zu einfach. Aber ich musste Abstand haben.«

»Den hast du dir ja dann genommen.« Ben verzog den Mund, und eine Sekunde lag ein bitterer Zug darum.

»Es tut mir leid, dass ich dir damit weh getan habe. Ich habe in diesem Moment fest daran geglaubt, dass es das Beste für uns ist. Abstand bekommen, sich selbst finden, gucken, was wir wollen.«

»Du bist das Risiko eingegangen, dass es kaputtgeht. Dass einer von uns entscheidet, es geht ohne diese Beziehung weiter.«

»Das Risiko wären wir auch eingegangen, hätten wir einfach so weitergemacht. Die Chance, es zu retten, war so aber größer.« Sie legte den Kopf schief. »Zumindest dachte ich das.«

Er schluckte, nickte dann und nahm einen Schluck Cola. »Und was denkst du jetzt, nach diesen drei Monaten? Es ist immerhin erst Halbzeit.«

»Ja, es ist erst Halbzeit. Ich habe einige Entscheidungen für mich getroffen. Und du ja offensichtlich auch.« Sie machte eine Handbewegung in den Raum hinein. »Meine sind nicht so allumfassend. Aber dass ich schreiben will und werde, ist eine davon.«

»Schreiben.« Er verschränkte die Arme und stützte sich auf dem Tisch ab. Seine Augen ruhten unverwandt auf ihr, nichts darin sprach von Ablehnung oder Belustigung. Sie sah nur echtes Interesse. »Erzähl mir davon.«

Ein warmes Gefühl breitete sich in ihrem Bauch aus. Wie lange hatte sie sich gewünscht, mit Ben über ihre Leidenschaft reden zu können? Sein ernsthaftes Interesse zu spüren. Zu sehen. Und sie sah es ihm an, er war vollkommen bei ihr, wollte wirklich wissen, was in ihr vorging. Konnte sie Hoffnung haben, dass er ihre Beziehung genau wie sie fortführen wollte?

»Als ich bei Betty Whitman eingezogen bin, hat sie eine Bedingung an mich gestellt. Die Bedingung dafür, dass ich bei ihr wohnen darf, war, dass ich schreibe. Sie wusste, wie wichtig es mir war.«

»Kann ich eine Frage stellen?« Ben unterbrach sie.

»Hast du doch schon.« Sie grinste, und als er das erwiderte, nickte sie. »Klar.«

»Warum hast du mir nie vermittelt, wie ernst es dir damit ist? Und ich meine das nicht als Vorwurf. Ich frage mich nur, woran es liegt, dass es nie Thema war.«

Sie schaute aus dem Fenster. Draußen war es dunkel. Keine direkte Laterne vor dem Haus, die ein fahles Licht zauberte, einfach nur Dunkelheit.

Das Licht war hier, in diesem Raum.

Sie wandte sich Ben wieder zu. »Ich habe immer gedacht, weil du kein Interesse an mir hast. Die Wahrheit ist aber: Weil ich mich selbst nicht ernst genommen habe. Ich habe es immer heruntergespielt. Ist ja nur Schreiberei, ich bringe ja eh nichts fertig. Alles nur Hobby. Wie sollte ich dir das vermitteln, wenn ich es mir nicht mal selbst abgekauft habe? Es war einfacher, dir die Schuld zu geben. Mir keine Blöße vor dir zu geben.«

Ben nickte. Offensichtlich verstand er das sogar. Er erhob sich, lächelte sie an. »Erzähl weiter. Ich brauch nur gerade was zu essen.«

Lara zog in einer spontanen Reaktion die Schuhe aus und die Füße auf die Sitzfläche.

Ben nahm zwei Äpfel, wusch sie ab und schnitt sie in mundgerechte Stücke.

»Ich habe also bei Betty gewohnt, ein Projekt angefangen zu schreiben und ein kleines Coaching mit ihr gemacht. Das war aber eher Schreibtherapie. Sie wollte mich ans Schreiben bringen. Das hat auch funktioniert, ich hatte viel Inspiration, weil auch das ganze Ambiente so stimmig ist. Ich habe ein Zimmer oben, mit Blick auf den Wald und den Fluss. Und dann bin ich über einen Schreib-Coach gestolpert und habe einen Workshop bei ihm gebucht. Jeden Montagabend haben wir uns in der

Gruppe getroffen, und das war fantastisch. Und Max –
der Coach – naja. Er ist mir wichtig geworden.« Sie griff
nach den Äpfeln, die Ben eben hinstellte, und schielte beiläufig nach ihm. So einfach wollte sie es ihm doch nicht
machen, nach der Sache mit Marleen, und dann war ja
noch das mit Sabine. Und tatsächlich, sein Gesichtsausdruck verdunkelte sich.

Er setzte sich hin und atmete tief durch. »Max also.«

»Max. Maximilian Arentz.«

»Der Bestseller-Autor?« Offensichtlich kannte sich
Ben ein wenig aus.

»Genau der. Er hat mir sehr viel beigebracht. Ich habe
… so viel gelernt, habe mich so entwickelt. Und mir ist
klar geworden, dass ich das Schreiben wirklich, wirklich
als Teil meines Lebens haben will.« Sie spürte, wie ihre
Wangen rot wurden, wie immer, wenn sie darüber sprach.
Aber jetzt fühlte es sich endlich nicht mehr falsch an.

Sie war eine Autorin.

»Ich habe ein Buch geschrieben. Es ist fertig, 232
Seiten.«

Ben schwieg, und als er sie ansah, glänzten seine Augen.
»Ich habe dich nie so voller Leidenschaft reden gehört.
Du strahlst regelrecht, weißt du das?«

Lara nickte. Ja. Das wusste sie. »Es bedeutet mir so viel,
Ben. Und Max hat genau wie Betty so viel Anteil daran.
Ich denke, er wird mich weiterhin begleiten.« Sie sah ganz
genau, wie sich Bens Augenbrauen hoben, und ihr Herz
hüpfte. »Als Freund und als Coach.« Sie sah Ben schlu-

cken, und nun hielt sie es nicht mehr aus, wollte ihn nicht mehr quälen und im Ungewissen lassen.

Sie beugte sich über den Tisch und legte ihre Hand auf seine. »Es gab keinen anderen Mann, Ben. Ich bin hier, weil ich dich will, weil ich unser Leben zurückwill, anders als vorher, besser. Aber zusammen. Ich will alles mit dir teilen, und endlich wieder gemeinsam leben. Es gibt keinen anderen Mann. Gab es nie.«

Ben presste die Lippen aufeinander, forschte in ihrem Gesicht, und so offen und so ehrlich wie möglich sah sie ihn an, mit all der Liebe, die sie empfand.

»Ich weiß nur nicht, wie es bei dir aussieht, wegen Marleen und …«

Ruckartig stand er auf, doch ihre Hand ließ er nicht los. »Komm mit.« Fast schon harsch zog er sie hoch.

»Ben. Was ist denn?«

Er führte sie wortlos in den Flur, Richtung Haustür. Wollte er sie nun gewaltsam vor die Tür setzen? Idiotischerweise fielen ihr jetzt ihre Schuhe ein, die unter dem Küchentisch standen.

Doch Ben wollte nicht zur Tür hinaus. Stattdessen machte er an der Flurtreppe das Licht an und zog Lara mit sich, jetzt schon sanfter, die Treppenstufen waren abgetreten und rund. Auch im oberen Bereich des Hauses sah Lara, dass die Mischung aus alt und neu beibehalten worden war. Vor einer Zimmertür machte Ben Halt und drehte sich zu Lara, hielt ihre Hand fest, und dann nahm er auch ihre zweite.

»Opa hat mir das Haus vermacht, jetzt, zu Lebzeiten, damit wir uns hier ein Nest bauen können. Er war der Ansicht, wir sollten zusammenleben, nur du und ich. Nicht im Haus deiner Eltern, nicht mit Schulden als Last. Ich bin hier eingezogen, weil ich es als Chance für uns sah. Es hat eine Weile gedauert, bis ich so weit war, es als Chance zu sehen, aber letztendlich tat ich es.« Er lächelte sie an. Seine Augen waren feucht, und auch ihr wurde die Kehle eng. »Es tut mir von Herzen leid, dass du die leergeräumte Wohnung sehen musstest. Mein Plan war eigentlich, dass ich dich einlade und es dir zeige. Und dich auf Knien anflehe, zu mir zurückzukommen.«

Er holte tief Luft, doch bevor Lara etwas sagen konnte, öffnete er die Tür des Zimmers, vor dem sie standen. Verlegen lächelte er und ging ein Stück zur Seite. Lara erhaschte einen Blick in das Zimmer, auf dessen warmem Holzboden ihr blauer Teppich lag. Überrascht schaute sie erst Ben an, dann drängte sie sich an ihm vorbei in den Raum – und erstarrte.

Mit Blick auf das Fenster stand ihr Schreibtisch mitten im Zimmer. Ihr Buchregal an der einen Seite des Raumes, eine Blumenbank auf der anderen. Luftige Vorhänge hingen am Fenster, und sie wusste ganz genau, dass dieses Zimmer früher das Schlafzimmer von Bens Großeltern gewesen war. Dass sich im Dunklen hinter den Vorhängen ein Balkon befand, dass sie von diesem Balkon auf Wald und Felder schauen würde, dass sie die Natur riechen würde, wenn das Fenster geöffnet wäre, dass sie vom Schreibtisch aus den Blick schweifen lassen konnte.

»Ben …« Sie drehte sich zu ihm, konnte nicht verhindern, dass ihr die Tränen in die Augen stiegen. »Du hast das alles mit mir geplant?«

»Natürlich.« Seine Stimme war erstickt, heiser. »Ich habe immer nur für uns zusammen geplant.«

Mit einem Schritt stand sie vor ihm, und er zog sie an sich. Seine Augen leuchteten, als sie einander so nahe waren, sein Griff war behutsam.

Doch Lara spürte es. Auch Ben hatte sich verändert. Auch er hatte eine Entwicklung durchgestanden. Und so nötig diese Pause gewesen war, so gut sie für sie beide gewesen sein mochte: Das war ihr Zuhause.

Ben war ihr Zuhause.

»Ich habe gedacht, du willst mich nicht mehr. Bist ausgezogen, einfach abgehauen. Es tut mir leid, dass ich so von dir gedacht habe«, flüsterte sie, während sie sich an ihn drückte und seinen vertrauten Geruch wahrnahm, das vertraute Gefühl seiner Hand in ihren Haaren.

Ben drückte sein Gesicht an ihren Kopf. »Ich habe auch viele schlimme Dinge über dich gedacht, aber letztendlich habe ich versucht, an uns zu glauben. Ich habe uns gesehen hier, wie wir leben, mit Kindern, mit Tieren …«

Lara hob den Kopf und sah ihn an, forschte in seinem Gesicht nach den vertrauten Zügen. Sie waren da, sie kannte jeden Millimeter dieses Menschen, und doch würde sie ihn völlig neu kennenlernen müssen. Und nichts machte sie in diesem Moment glücklicher.

»Du musst nicht auf die Knie gehen. Ich komme auch so zurück«, flüsterte sie und lächelte.

Er küsste sie wortlos auf die Stirn, liebevoll, strich mit der Nasenspitze über ihre, dann sah er ihr tief in die Augen.

»Ja, bitte. Komm nach Hause, Lara. Denn ich liebe dich. Für immer und darüber hinaus.«

Epilog

Sieben Monate später

Die Seeluft schmeckte salzig auf seinen trockenen Lippen, und Wassertropfen der Gischt trafen ihn auf der Wange. Alfons musste lachen, weil es ein bisschen kitzelte, aber er wich nicht zurück, so weit käme es noch.

Es war lange her, dass er am Meer gewesen war. Eigentlich war es auch nicht so richtig das Meer, es war ja nur die Nordsee. Aber das war schon sehr schön. Und ziemlich kalt.

Seine Anni hatte das Wasser damals zwar durchaus gemocht, aber noch lieber war sie in den Bergen gewesen. Die hatten ihr immer imponiert, regelrecht schwer beeindruckt hatten sie sie.

Alfons hingegen liebte das alles hier, und er war sehr gerührt gewesen, dass Ben drauf bestanden hatte, dass er mitfuhr in den Weihnachtsurlaub. Die ganze Familie sollte einmal richtig zusammen sein. Als Dankeschön für die Hilfe und Unterstützung über all die Jahre, und wahrscheinlich auch als kleine Entschuldigung. Er war ja doch ein bisschen schwierig gewesen in der letzten Zeit.

Alfons warf einen Blick auf Ben und Lara, die mit einigem Abstand von ihm eng umschlungen am Wasser standen, während Hans und Elly hinter ihm über das Abendessen diskutierten. Sie diskutieren immer. Hans hatte feste Meinungen, aber Elly auch, und das mochte er an den beiden.

Hier an der Nordsee gab es leider keinen Strand, deshalb war es auch kein Meer. Hier gab es nur Kies und Asphalt und Schotter, und doch war es Wasser mit einem Blick auf einen Horizont. Genau das brauchten die Kinder. Die Ferne, die Weite, die Möglichkeiten, die noch nicht zu erahnen waren. Für einen Strandurlaub wäre es jetzt im Dezember eh viel zu kalt. Ben hatte sie zwar alle gewarnt, wie kalt es werden konnte, doch Alfons fror ein bisschen zu sehr.

Dennoch.

Er konnte gar nicht in Worte fassen, wie glücklich er war, dass sich alles noch zum Guten gewendet hatte. Obwohl er das ja gewusst hatte. Ihm war immer klar gewesen, dass Lara zurückkommen würde, wie seine Anni damals auch. Und er hatte gewusst, dass Ben sich im Job behaupten würde. Er war nun allein in dem kleinen Büro und mächtig stolz darauf, dass sein Chef ihm keinen neuen Standortleiter vor die Nase gesetzt hatte.

Was Alfons aber am glücklichsten machte, war, dass das Haus, das er so liebte, in vertrauensvollen Händen war, in Bens Händen, und der hatte die alte Bude wirklich schön renoviert.

Ben war seiner Mutter so ähnlich, und beim Gedanken an Manuela wurde Alfons ein bisschen flau im Bauch. So lange es auch her war, es hörte nie auf, weh zu tun, sein Kind zu verlieren. Doch jetzt war Ben sein Kind, sein Ein und Alles, Ben und Lara. Und das Kleine.

Jetzt gerade sagte sie es ihm wohl. Er sah ganz genau, wie Lara ihren Ben ansah, seine Hände drückte, diese Spannung auf ihrem Gesicht, die Überraschung auf seinem. Wie er auf ihren Bauch schaute, sie hochhob und umherwirbelte, durch das Wasser. Na, das gab nasse Schuhe.

Alfons lächelte. Hans und Elly traten an seine Seite, sie lächelten auch. Elly hakte sich bei ihm ein. Sie alle drei schauten auf Ben und Lara und wurden Zeugen eines Moments, den die beiden Kinder wohl nie vergessen würden.

Alfons' flaues Gefühl im Bauch wurde abgelöst von Vorfreude und einer tiefen Zufriedenheit.

Es würde weitergehen.

Irgendwie würde es immer weitergehen.

Gedanken

Es ist Donnerstag, der 22. Juli 2021.
Ich habe mein Buch eben ein letztes Mal Korrektur gelesen, um es anschließend in den Buchsatz zu schicken. Und diese letzten Worte von Opa Alfons haben mich zu Tränen gerührt.

Irgendwie würde es immer weitergehen.

Vor einer Woche ist passiert, was viele Menschen völlig überrascht hat: Hochwasser hat unser Dorf geflutet. Auch wir mussten unser Zuhause verlassen und einige Tage bangen, ob wir zurückkommen dürfen.

(…) da wird sie froh sein, wenn es zumindest beruflich ein paar Dinge gibt, an denen sie sich festhalten kann. <3

… schrieb meine wunderbare Freundin Kim während dieser Zeit an die Menschen, die mir einen großen Traum erfüllen. Denn ebenfalls erhalten wird dieses Manuskript die Produktionsfirma Lausch Medien, die *Bis dann, ich lieb dich* als Hörbuch herausbringen.

Ich habe mich daran festgehalten, dass ich diese große Chance bekomme, aber noch mehr habe ich entschieden, weniger zu zaudern, weniger zu hadern, weniger Angst zu haben. Und ich habe verdammt viel Angst.

Dieses Projekt hier geht dermaßen über meine Vorstellungen, dass ich nicht weiß, wie ich das schaffen werde. Aber wenn du dieses Buch in der Hand hältst, habe ich es geschafft.

Denn es muss nicht erst etwas Schlimmes passieren, um sich Träume zu erfüllen, sich den Herausforderungen zu stellen, die das Verlassen der Komfortzone mit sich bringt.

Trau dich einfach mal was.

Das ist Laras Antrieb, die eingefahrene Situation aufzulösen, und letztendlich auch meiner. Nicht nur, dass ich *Bis dann, ich lieb dich* im SelfPublishing herausbringe, nein, ich setze diese Geschichte an den Anfang einer Reihe namens *Writer's Notes*. Geplant sind zwei weitere Bände, die im Halbjahrestakt erscheinen sollen. Jedes Buch ist für sich alleinstehend, und doch teilen sie sich eine Welt.

So wie ich meine Welt teile. Mit dir, mit euch.

Danke

für das Stützen beim mutig sein:

- meinem Mann Jochen, der meinen wilden Enthusiasmus in realistische Bahnen lenkt

- meiner Freundin Kim, für alles, was sie tut und ist

- Daniel, der den Traum hinter dem Engagement gesehen hat und Teil sein will und wird

- dem Team von Lausch Medien für die Begeisterung und den Support

- Constanze für diese unfassbar schönen Buchcover

- Susanne und all jenen, die schon an der ersten Veröffentlichung beteiligt waren

- mir.

Jetzt reinhören!

Bis dann, ich lieb dich ist auch als Hörbuch erhältlich. Gelesen von Viola Müller und Flemming Stein, produziert von Lausch Medien.

Mehr von mir:

Black Heart: Der Sturz ins Ungewisse

Yanis Martel kann sich nicht entscheiden. Steht er auf Frauen oder auf Männer? Liebt er seine beste Freundin Julie oder doch eher den Cafébesitzer Gabriel, der ihm im Nu den Kopf verdreht hat?

Das Schicksal nimmt ihm jedoch die Entscheidung ab. Yanis rettet Julie vor dem sicheren Tod und wird damit zu ihrem Wächter. Denn Julie ist eine Hexe, und sie zieht ihn in eine Welt der Magie, die sein Leben komplett auf den Kopf stellt …